Eilika, die Henkerstochter
Rosemarie Altenstein

Rosemarie Altenstein

Eilika,

die Henkerstochter

DeBehr

Copyright by: Rosemarie Altenstein
Herausgeber: Verlag DeBehr, Radeberg
Erstauflage: 2013
ISBN: 9783944028521
Umschlaggrafik und Grafiken Copyright by Fotolia.com by © Tamara Kulikova und © artikularis

Prolog

Das Mittelalter …, was gibt es darüber nicht alles zu berichten, soweit wir über jene Zeit Nachforschungen anstellen können.

Die Menschen, die damals lebten, betrachten wir als unsere Vorreiter. Mit ihren Erfindungen halfen sie, den Alltag und damit das Leben zu erleichtern. Aber schon die Urmenschen unterschieden sich bald von anderen Lebewesen – durch ihr Gehirn, das an Kompetenz seinesgleichen suchte. Mit dem ständigen Denkenmüssen veränderte sich auch die Struktur des Gehirns, die Neuronen vergrößerten sich. Die Körperhaltung veränderte sich, es kam zum aufrechten Gang und die Entwicklung dieses Lebewesens nahm seinen weiteren Lauf.

Schon immer lagen Lachen und Weinen nahe beieinander, genauso wie Liebe und Hass, es geschahen Verbrechen, Morde, es kursierten Lügen – so wie heute, da hat sich im Grunde nicht viel verändert, auch nicht die Motive dafür. Nur: Raffinierter ist das alles geworden.

Immer wollte der Mensch das haben, was er nicht besaß, und immer schon fand er gerade das als besonders begehrenswert, was der Nachbar hatte und er leider nicht. Und schon immer wollte der Mann das Weib besitzen, das er kaum oder gar nicht haben konnte. Sein eigenes war ihm schon lange viel zu langweilig, das hatte keinen Reiz mehr für ihn.

Noch immer kämpfen wir um Liebe, Anerkennung, Vertrauen, Verständnis, Wohlstand, genau wie vor vielen, vielen Tausend Jahren. Nun, heute haben wir die Elektrizität, die Elektronik, das Internet, wir haben Maschinen, die für uns waschen, spülen, den Kaffee oder Tee kochen, die für uns schreiben und drucken, die uns Filme und Musik vorspielen zu unserer Kurzweil. Wir sind kultivierter und haben Wissen erworben.

Wir haben gelernt, die Zeit zu erkennen, zu messen, aber auch heute können wir sie nicht beherrschen oder gar beeinflussen. Die Zeit bleibt unbestechlich, sie vergeht unerbittlich, auch wenn man versucht, sie sich gut einzuteilen ... Zeit haben die Menschen heute nicht.

Alle hasten und rennen durchs Leben, ohne zu spüren, dass ihre Lebenszeit ohne rechten Sinn abläuft, ja, sie ihre liebsten Mitmenschen wie Vater oder Mutter, auch Freunde, vergessen! Voltaire fand einmal die treffenden Worte: Einer Hälfte des Lebens opfern wir unsere Gesundheit, um Geld zu erwerben, und der anderen Hälfte opfern wir das Geld, um unsere Gesundheit wiederzuerlangen ...

Der Urmensch steckt noch in uns drinnen, von dem konnten wir uns bis heute nicht befreien. Der ist noch immer in unseren Genen. Es geht noch immer darum, wer hat die größte Keule und wer kann die am besten schwingen!

Kaum vorstellbar, aber im Jahre siebenhundertdreiundneunzig nach Christi gab es genau wie heute eine Klimaumstellung – unsere Erde wurde in den vielen Milliarden von Jahren ständig von solchen Umstellungen heimgesucht. Und immer wieder erneuerte sich diese Erde ... und alles fing wieder von vorne an.

Schon immer gab es schreckliche Naturkatastrophen! Überschwemmungen, Dürren, starke Fröste im Winter! Hunger – und der ist wohl die stärkste Motivation –, um sogar seinen Mitmenschen umzubringen und ihn dann gar aufzuessen! Tausendeinhundertvierundachtzig war die Geburtsstunde der Inquisition. Papst Lucius der Dritte schuf Kirchengerichte gegen Ketzer. Drei Jahrzehnte zuvor regierte König Friedrich der Erste, von den Italienern in ihrer Sprache wegen seines roten Bartes Barbarossa genannt, das Deutsche Reich, Burgund und Italien. Die deutschen Fürsten wählten ihn zu ihrem König.

Der ließ sich von seiner Frau scheiden und heiratete die zwölfjährige Beatrix von Burgund. Diese Muntehe war nichts anderes als ein reines Rechtsgeschäft zwischen Adligen.

Kaiser Heinrich der Vierte, ein jähzorniger und sehr gewaltsamer Kaiser, wurde bekannt unter anderem durch seinen Gang nach Canossa, um dem Papst Abbitte zu leisten für seine Sünden – und das waren weiß Gott nicht wenige! Dieser Heinrich wurde schon als Vierjähriger mit Bertha von Turin verlobt, die er sein Leben lang hasste und mit aller Macht die Scheidung beim Papst durchsetzen wollte.

Durch diesen erbitterten Streit im elften Jahrhundert zwischen Papst Gregor dem Siebenten und Heinrich dem Vierten war das Verhältnis zwischen Kaiser- und Papsttum sehr gespannt.

Tausendeinhundertfünfundfünfzig reiste Friedrich, der Barbarossa, nach Rom zum Papst Hadrian dem Vierten, der ihn am achtzehnten Juni jenes Jahres zum Kaiser des Römischen Reiches krönte.

Es gab noch keine Reichshauptstadt und deshalb blieb dem Kaiser nichts anderes übrig, als von Kaiserpfalz zu Kaiserpfalz zu reisen. Allein seine Anwesenheit bewirkte mehr als jeder Erlass. Seine Politik zielte dahin hinaus, das Reich unter seiner zentralen Gewalt wieder enger zusammenzufassen. Er bekämpfte die deutschen Gebietsfürsten wie Heinrich den Löwen und den Herzog von Bayern und den von Sachsen. Er schuf Gesetze, um die Menschen zu schützen.

Die Kaisersage, die ursprünglich Friedrich dem Zweiten, also eigentlich seinem Enkel, galt, wurde einige hundert Jahre auf ihn, Barbarossa, von der Romanik übertragen. Sie besagt, der Kaiser sei nicht tot, sondern warte schlafend in einem Berg des Kyffhäusers darauf, eines Tages zurückzukehren. Er würde alle hundert Jahre seinen Zwerg Alberich auf die Erde schicken, der nachsehen sollte, ob die Raben noch um den Kyffhäuser kreisen … Tun sie es nicht, werde er erwachen und die auf Erden gute alte Zeit wieder herstellen und alles Unrecht wiedergutmachen, so die Sage.

Das Zeitalter der Kreuzzüge der Ritter mit ihren Knappen brach an. Es dauerte fast vier Jahre, ehe aus einem Knappen, der Dienste am Ritter zu leisten hatte, selbst ein Ritter wurde. Viele Gefahren mussten die Knappen überstehen, Turniere gewinnen, so auch ohne Waffen mit einem Eber kämpfen oder die Geschicklichkeitsprüfung bestehen, einen bestimmten Vogel mit Pfeil und Bogen vom Himmel zu holen.

Ein Ritter musste Mut haben und sich bestimmten Regeln unterwerfen. Die Ritter zogen in das „Heilige Land", um die Juden totzuschlagen und Jerusalem den Moslems zu entreißen.

Jerusalem sollte von den Ungläubigen befreit werden, Tausende von Menschen mussten sterben, und das alles im Namen Gottes!

König Löwenherz von England kämpfte mit seinen Mannen gegen den mächtigen Saladin um Jerusalem. Löwenherz kannte nach seinem Sieg keine Gnade und ließ allen Gefangenen die Köpfe abschlagen. Ihm blieb keine andere Wahl, was sollte er auch mit ihnen tun? Sie zu ernähren und zu unterhalten, dazu fehlte ihm das Geld, ließe er sie frei, würden die sofort wieder gegen ihn kämpfen!

Es war tausendeinhundertneunundachtzig, als Barbarossa einen Kreuzzug gegen die Türken unternahm und die Schlacht gewann. Tausendeinhundertneunzig ertrank er bei einem Bad im Fluss Saleph. Sein Nachfolger war sein Sohn Heinrich der Sechste, der schon vier Jahre lang sein Mitregent und längst zum Ritter geschlagen worden war. Heinrich selbst ließ sich tausendeinhunderteinundneunzig zum Kaiser krönen.

Das Leben der einfachen Menschen war im Mittelalter kurz und sehr beschwerlich. Die Bevölkerung bestand zu achtzig Prozent aus Bauern. Die damalige Lebenserwartung lag bei dreißig bis vierzig Jahren und gearbeitet wurde von Sonnenaufgang bis Sonnenuntergang. Die Kindheit endete mit fünf Jahren. Kaum jemand wusste, wann er geboren wurde. Eine Ehe brauchte damals noch keinen Priester und die Frauen durften, abgesegnet von der Kirche, brutal misshandelt werden.

Im Jahre tausendeinhundertdreiundzwanzig wurde das erste deutsche Kloster, Kloster Kamp, erbaut, das Kloster Ebrach vier Jahre später, und erst drei weitere Jahre darauf war man bereit, auch Frauenklöster zuzulassen. So entstanden zwischen zwölfhundert und zwölfhundertfünfzig etwa einhundertfünfzig Frauenklöster.

Diese Klöster allesamt wurden immer reicher. Die Mönche waren fleißig und entwässerten die Sümpfe, die arme Bevölkerung arbeitete auf ihren Äckern für einen Hungerlohn. „Arbeite und bete!" war das Credo eines jeden Klosters.

Die Mönche schrieben ihre Rezepte zu Tinkturen und andere Erfahrungen mit neuen Erkenntnissen auf, ja, sie verfassten handschriftlich ganze wissenschaftliche Bücher! Ein Kloster wurde somit zu einer Fundgrube des Wissens, aber auch viele Gräueltaten geschahen an solchem Orte. Die menschliche Schöpfung ließ sich nicht so einfach unterdrücken und man erfand auf Schleichwegen immer eine Gelegenheit, der Liebe zu frönen. Daran konnten alle Gesetze der Welt nichts ändern, ein Mann blieb eben ein Mann auch in einer Mönchskutte. Und eine Frau blieb ebenso eine Frau in einer Nonnentracht!

Die Evolution hatte es so vorgesehen und keine Gesetze der Welt konnten daran etwas ändern. Genau das hatten die Kirchenfürsten nie bedacht, das Menschliche zu beachten, als sie das Zölibat erfanden und es in der katholischen Kirche zum Gesetz wurde: Ihre Priester durften nicht heiraten. Immer wieder sollte es sich rächen, wenn man sich gegen die Natur stellt.

Die Neugeborenen, die dann nicht ausblieben, wurden entweder verschenkt oder gar ermordet, sie waren unbequeme Zeugnisse des so gar nicht keuschen Lebenswandels eines Mönches, Abtes oder gar Bischofes und der Nonnen. Die Klostergärten sollen damals voll mit Kinderleichen gewesen sein!

Auch in dieser Zeit gab es schon Freudenhäuser und die Geschlechtskrankheiten verbreiteten sich rasend schnell, hatte so ein Freudenmädchen gar diese verheerende Krankheit, wurde es aus dem Haus verwiesen. Die so genannten Badestuben, die es damals gab, wurden zu einem Sündenpfuhl, dort verlustierten sich Männlein und Weiblein nach Herzenslust! Es war damals im Winter üblich, um den wärmenden Herd herum halb sitzend auf Kissen zu schlafen.

Auch das Jahr siebenhundertdreiundneunzig war von Katastrophen geprägt, viele Überschwemmungen, dann wieder Dürren im Sommer und im Winter starke Fröste führten zu Missernten und ließen die Menschen hungern. Das Getreide faulte so manches Mal auf dem Felde und die Körner des Roggens wurden schwarz. Ein gefährlicher Getreidepilz verbreitete sich, der das Antoniusfeuer bei Menschen verursachte. Die Menschen, die davon betroffen waren, verrenkten ihre Glieder und zogen groteske Mienen, hatten Schaum vor dem Mund und mussten entsetzlich leiden. Weil man sich das damals nicht erklären – und leider auch nicht verstehen – konnte, nahm man von diesen Menschen an, sie wären vom Teufel besessen, und verbrannte diese Menschen als Hexen oder Teufel.

Die Menschen damals hungerten so sehr, dass sie anfingen, sich selber aufzuessen, der Kannibalismus griff um sich. Brüder aßen ihre Brüder, Mütter sogar ihr Kinder!

Solange die Erde besteht, spielte das Wetter eine große Rolle, schon immer war die Natur unberechenbar. So brachte der Sommer schrecklich heiße Tage und schwere Gewitter und der Winter sehr harte Fröste.

Fensterscheiben wurden durch Tierfelle ersetzt oder die Rahmen im Winter mit Stroh ausgestopft und hölzerne Fensterläden zum Schutz vor der Kälte angebracht.

Gegessen wurde mit den Fingern aus tönernen Töpfen, deren Inhalt nicht selten aus Krähen, Störchen, Eichhörnchen oder gar Igeln bestand. Später gab es Hornlöffel und Messer, die zweizinkige Gabel wurde von der Kirche nicht so gerne gesehen und gebilligt, erinnerte sie doch an den Teufel mit seinem Zweizack! Der Aberglaube war weit verbreitet und die Angst vor dem Teufel mit seinem ewigen Fegefeuer groß!

Die Nahrung war bescheiden und bestand vielerorts nur aus Rüben und Kohl. Die ärmere Bevölkerung begnügte sich beim Trinken mit Wasser und Milch, in Norddeutschland gönnten sich die oberen Herrschaften Bier und in Süddeutschland die etwas besser Gestellten Wein.

Damals rauchte nicht der Schornstein, sondern das Haus. Ein Eulenloch im Dachfirst entsorgte den Rauch. Waldrodungen mussten herhalten, um Land zu gewinnen. Windmühlen wurden in Europa bekannt, auch das Graphit zum Schreiben. Die medizinischen Praktiken bestanden aus mystischen Vorstellungen und Zaubersprüchen. Der Aderlass war zu dieser Zeit das Allheilmittel.

Die erste Universität entstand tausendachtundachtzig in Bologna, in Paris mehr als sechzig Jahr später. Theologie war die vornehmste Disziplin. Das geschriebene Wort wurde zu einem Machtmittel der Kirche, gerade weil der einfache Mensch damals weder lesen noch schreiben konnte.

Die Menschen waren gottesfürchtig, sie hatten Angst vor der Rache und der Macht der Götter – ein einfaches Gewitter versetzte sie in Angst und Schrecken. Naturerscheinungen konnten sie nicht verstehen und schoben das je nach Art dem Gott Odin oder gar dem Teufel zu.

Aber noch mehr fürchteten sie den Teufel und das Fegefeuer! Die Kirche benutzte die Hölle als Druckmittel gegen die arme Bevölkerung, denn nichts fürchteten die Menschen mehr als ewige, endlose Qualen! Jegliche Anomalie eines Menschen, etwa ein verkrüppelter Arm oder ein verformtes Ohr, irgendeine Abweichung vom normalen Wuchs des menschlichen Körpers war Teufelswerk! Der Aberglaube trieb die schönsten Blüten!

Baugeschichtlich hielt die Gotik Einzug. Die Sprache veränderte sich vom Hochdeutschen zum Mitteldeutschen hin und um tausendfünfzig begann Lateinisch zusehends die Volkssprache zu werden. Nachnamen lehnten sich zunehmend an der Beschäftigung des Mannes an – so entstanden neben anderen der Schmied oder der Eisenmann oder der Hausmann.

Es erschienen in der Barbarossazeit die ersten Gedichte. Vier berühmte mittelhochdeutsche Dichter – Hartmann von Aue, Walther von der Vogelweide, Gottfried von Straßburg und Wolfram von Eschenbach –schrieben Gedichte für die hohe Minne. Einem bis heute unbekannten Dichter verdanken Generationen die Nibelungen, das erste deutsche Drama überhaupt.

Die Gesellschaft teilte sich in Hörige und Leibeigene, Ritter und Geistliche – die Folge für die Entstehung des Adels. Die Unfreien mussten Frondienste leisten und unterstanden ihrem

Herrn auch in der Gerichtsbarkeit. Er konnte seine Untergebenen erhängen, erwürgen, erschlagen oder in irgendeiner Form bestrafen – sie waren ja sein Eigentum! Vielerorts entstanden Klöster und ab hundert Einwohnern entstand schon eine Stadt.

Vergewaltigungen waren an der Tagesordnung, ein Weib galt nichts, und doch gab es auch schon zu dieser Zeit Königinnen und Äbtissinnen, die sich ihre Macht schwer und mühsam erarbeitet hatten.

Wer sich als Unfreier in eine Stadt absetzen konnte und keiner forderte ihn zurück, war nach einem Jahr und einem Tag ein freier Mensch und bekam das städtische Bürgerrecht. So bildeten sich Siedlungen von Kaufleuten, die sich bald zu Städten ausweiteten.

Wollten die Menschen damals in einer Stadt wohnen, mussten sie dafür bezahlen. Für dieses Recht musste man dem Kaiser einen Zins bezahlen und bekam dafür den kaiserlichen Schutz. Die Zigeuner brauchten das nie, denn sie zogen frei im Lande umher. So heißt es in einem überlieferten Lied, das wie heute noch kennen:

„Lustig ist das Zigeunerleben, faria, faria, ho.
Brauch dem Kaiser kein' Zins zu geben,
faria, faria, ho.
Lustig ist es im grünen Wald,
wo des Zigeuners Aufenthalt, faria, faria, ho!"

Tausendeinhundertzweiundachtzig half der Kaiser den Bürgern von Cölln und Augsburg gegen die Anmaßung ihrer Bischöfe und gründete die freien Reichsstädte. Auf deren Reichsstraßen, die bestenfalls bessere Trampelpfade waren, galt der „Königsfrieden". Aus den Wegzollstationen gründeten sich Städte wie Innsbruck, Saarbrücken und Frankfurt. Wer auch immer die geschützten Straßen verließ, tat das auf eigene Gefahr.

Die Schiffe bekamen im zwölften Jahrhundert zum ersten Mal Steuerruder, den Kompass gab es schon. Der Kaiser Friedrich Barbarossa ließ den Hafen Lübeck bauen, der wurde zu dieser Zeit das größte Handels- und Seefahrtgefüge des gesamten Mittelalters. Bezahlt wurde in römischen Pfund aus Silber und Gold, hinzu kamen die skandinavische Mark und der Heller, der Kreuzer und der Pfennig.

Die Bekleidung der Menschen bestand aus grauem oder braunem Leinen oder Nessel, Schafswolle, in der Mitte mit einem Gürtel aus Leder zusammengehalten. Kleidung aus Schafswolle konnten sich die höheren Stände leisten, sie hüllten sich auch in Seide. Schuhe waren größtenteils aus Ziegen- oder Rindsleder gefertigt und glichen eher Strümpfen. So entstand nach und nach eine bestimmte Kleiderordnung, aus der man ersehen konnte, welchem Stand der Mensch angehörte.

Die Nahrung war wie immer das Wichtigste, Gewürze waren sehr teuer, meistens mischten die Menschen Kräuter bei.

Die Moral war, wie nicht anders zu erwarten, schlecht. Zwölf Schilling Strafe musste ein Kerl zahlen, sollte er aus lauter Gier dem Weib die Röcke gewaltsam heben, aber er schuldete nur sechs Schilling, wenn er das nur bis zum Knie tat.

Die Kirche sorgte für fast hundertfünfzig Fastentage im Jahr. Das Essen wurde haltbar durch Einsäuern, Einsalzen, Räuchern gemacht. Oft mussten Breie aus Erbsen oder Hafer genügen, zur Sättigung gab es zu jeder Mahlzeit Brot. In etwas besseren Häusern fanden sich Wasserschalen auf dem Tisch und Leinentücher, um die Hände zu säubern.

Bienenvölker hingen noch in den Bäumen und man holte dort den Honig unter großer Gefahr herunter. Die Zeit wurde am Tageslicht oder einer Sonnenuhr abgelesen. Es gab die so genannten Stundenkerzen, in denen Kerben die volle Stunde anzeigten. Kittel oder Tunikas mit einem Ledergürtel zu tragen war üblich. Die Bruche, eine Unterhose mit Beinlingen, gehörte dazu. Nestelbänder hielten alles zusammen.

Der Fortschritt hielt Einzug mit der Entdeckung des Eisens, das immer mehr Verwendung fand. Pferde wurden beschlagen und Pflugscharen geschmiedet.

Die schon damals sehr bekannte Hildegard von Bingen, von deren Wissen wir noch heute uns bereichern, wurde einundachtzig Jahre alt. Mit zehn Jahren wurde sie von ihren Eltern ins Kloster gebracht. In etwas späterer Zeit lebte auch Walther von der Vogelweide. Er hat uns neunzig seiner Lieder hinterlassen, mit hundertfünfzig Sangessprüchen dazu. Er war der Vorreiter unserer heutigen Volksmusik, Schlager, Opern, Operetten, Musicals. Oft zog er mit seiner Laute durch die Lande.

Die Menschen musizierten auf der Harfe, spielten die Fidel, die Trompete oder zupften die Saiten der Laute, benutzten Drehleiern oder Tierhörner zum Signalgeben.

Auch damals gab es Tränen, Glück, Zufriedenheit, Traurigkeit, Verzweiflung, Ehrlichkeit und Verrat, entsetzliche Verbrechen und schamlose Lügen blieben nicht aus. Es herrschte die allgemeine Auffassung, dass sich alle Himmelskörper einschließlich der Sonne um die Erde drehen, die ja nach dem Wissen der Menschen noch eine Scheibe war.

Zu dieser Zeit lebten die Menschen in der Zeitrechnung des julianischen Kalenders, nach Julius Cäsar. Obwohl schon fünfhundert Jahre zuvor zwei Griechen herausgefunden hatten, dass die Erde eine Kugel und die Sonne das Zentrum unseres Planetensystems ist, lebte die Menschheit noch eine ganze Zeit mit diesem Irrtum der Erdscheibe. Besonders die Kirche weigerte sich zu glauben, dass die Erde eine Kugel ist!

Der Henker stand am Rande der Gesellschaft, das Amt, dass er ausübte, wurde verachtet! Trotzdem suchte die ärmere Bevölkerung in ihrer Not den Henker auf, denn der hatte das Wissen um die Anatomie des menschlichen Körpers und konnte in manchen Fällen helfen. Auch die Heilkraft von Kräutern war ihm nicht fremd und er konnte so manchen Schmerz bekämpfen. Eine Bürde hatten alle Henkerssöhne zu tragen: Sie durften nur Henkerstöchter ehelichen.

Es musste ein grausamer Tod sein, durchs Schwert oder Beil zu sterben, wenn man bedenkt, dass der Henker bei Maria Stuart fünfzehnhundertsiebenundachtzig dreimal ausholen musste, um den Kopf vom Rumpf zu trennen. Der erste Hieb prallte vom Kopf ab, der zweite traf den Nacken und erst der dritte Hieb erreichte sein Ziel!

Schon damals erfanden die Menschen furchtbare, grausame Vorrichtungen, um sich gegenseitig umzubringen, ja, es hatte fast den Anschein, als ob dies schon immer das Ziel der Menschheit war. Menschen, die man für ihre Untaten bestrafen wollte, wurden aufs Rad gebunden, lebendig gevierteilt! Beide Arme und Beine wurden von einem Pferd oder einer dafür entsprechenden Vorrichtung abgetrennt. Frauen und Männer verbrannten am lebendigen Leibe!

Ja, die Menschen waren schon immer sehr erfinderisch, sich gegenseitig auszumerzen. Sie vermehrten sich dennoch weiter und bevölkerten dicht den Erdball – und sind nahe daran, diesen zu zerstören.

„Der Augenblick ist kostbar wie das Leben."
(Friedrich Schiller)

Man schrieb das Jahr tausendeinhundertsiebenundachtzig. Da lebte in Deutschland Alexander der Gewaltige auf einem Moorhof, so genannt, weil der in der Nähe des Moores lag. Der Umstand, in dem er sich befand, hatte er sich ganz allein zuzuschreiben. Oder nannte man das einfach nur Pech? Sein Fürst, Kasimir der Mächtige, hatte ihn in der Hand. Kasimir besaß einen unermesslichen Reichtum – und das verlieh ihm Macht. Diesen verlassenen Bauernhof bekam er, Alexander, von seinem Fürsten Kasimir dem Mächtigen als Lehen und musste für ihn Frondienste von ganz besonderer Art leisten. Das war wohl das Schlimmste, was ihn treffen konnte, diese Abhängigkeit, wo er doch seine Freiheit über alles liebte – er konnte keine Zwänge ertragen. Eben wegen seines unbändigen Freiheitsdranges hatte er seine Eltern vor vielen Jahren verlassen, er fühlte sich dort auf der Burg eingeengt, ja, fast erdrückt.

Seine Mutter Eilika hatte ihn fest in ihrer Hand. Sein Vater, Ritter Henry, war mehr oder weniger auf der Jagd, und das nicht nur im Walde nach den Elchen, Wildschweinen und Bären. Er war im wahrsten Sinne des Wortes ein Glücksritter und huldigte der hohen Minne allzu sehr. Keine junge hübsche Magd war vor ihm sicher, was letztendlich dazu führte, dass die Burg verwaist war von Mägden, denn keine wollte dort mehr ihren Dienst verrichten, wenn sie es nicht musste.

Sein Ruf als liebestoller Ritter eilte Henry weit voraus. Er besaß einen Charme ohnegleichen, seine schönen blauen Augen konnten betören und seine Wortwahl war wohl trefflich, er wusste genau, was die Weibersleut jeweils hören wollten. Und er trug wesentlich mit dazu bei, dass die Menschheit nicht vom Aussterben bedroht wurde.

Die jungen Mägde, die noch auf der Burg verblieben, waren alle in gesegneten Umständen. Eilika war sich ganz sicher, dass die jungen Stallburschen und auch so manche Jungmagd in der Küche, die alle eine fatale Ähnlichkeit mit dem Ritter Henry, ihrem Gemahl, aufwiesen, auch seine leiblichen Kinder waren.

Nun war nur noch die alte Vettel Liese da, um den gesamten Haushalt auf der Burg zu besorgen, sodass sich auch Gräfin Eilika dazu erniedrigen musste, mit Hand anzulegen. Sie war so eingespannt in den Küchendienst, dass sie ihren Sohn vernachlässigen musste und somit nicht bemerkte, dass Alexander Reisevorbereitungen traf.

Mit Schrecken dachte Eilika daran, dass Alexander in zwei Monaten volljährig wurde und dann die Grafentochter Gundula von der Rabenburg freien sollte. Lore, ihre Schwester, hatte sechzehn Jahre zuvor den Grafen Bodo von der Rabenburg zum Mann genommen und nach der Geburt wurde Tochter Gundula gleich mit Alexander verlobt, der damals zwei Jahre alt war.

Nun war die Zeit des öffentlichen Verlöbnisses gekommen, ein rauschendes Fest sollte es werden! Aber wie denn nur, wenn keine Mägde da waren, dachte die Gräfin erbost. Die Gäste würden von weit her kommen, sogar vom Rhein, die waren sicher anspruchsvoll! Seufzend setzte sie sich auf einen dreibeinigen Schemel. Während sie darüber nachdachte, wie sie das ändern könne, schlich sich der Sohn heimlich aus der Burg, wohl versorgt mit reichlich Gulden und marschbereit mit dem Lieblingspferd von seinem Vater, einem Wallach. Jetzt wollte er die Welt sehen, riechen, schmecken und erfahren und wissen, was es alles so zu sehen geben würde!

Heimlich, denn seine Eltern hätten ihn nie gehen lassen, schlich er sich über Nacht wie ein Dieb aus dem Haus – und das war gar nicht so einfach gewesen. Er musste die Wache vor dem Tor ablenken.

Im Stall band er um die Hufen des Pferdes einige alte Lumpen, damit die Hufschläge nicht zu hören waren, und vor den Augen der Wache, die, mit einem Speer bewaffnet, das Tor nachts bewachten, stellte er einen großen Weinkrug hin. „Hier, wohl bekomms, ihr Mannen, einen Schluck zur Nacht, er soll euch guttun." Natürlich, ein gutes Gesöff war ihnen immer willkommen! Diesen Krug leerten sie viel zu schnell mit großer Freud, und zwar restlos, und schliefen gut in dieser Nacht! Den Wachmann auf der Zinne oben hatte der Flüchtende auf die gleiche Art und Weise lahmgelegt.

Danach saßen die Wachmänner alle vier, im Rausch versunken, stockbesoffen in der Torecke und schliefen! Alexander konnte somit gefahrlos das Tor öffnen, die Zugbrücke herunterlassen und in die weite Welt entwischen. Er hätte ja bequem durch das Mannsloch gehen können, das neben der Brücke in der Mauer war, aber da passte eben das Pferd nicht durch und die Brücke musste er dann doch herunterlassen. Das alles machte einen höllischen Lärm, doch die Wachen wurden nicht munter, sie waren betäubt durch den schweren Wein.

Noch einmal sah der Jüngling zurück und bemerkte um diese späte Stunde einen Kerzenschein an einem der Küchenfenster.

Hier war mit Sicherheit noch die Mutter am Werke, sie musste in letzter Zeit zu viel arbeiten. Eine bisschen Wehmut und auch ein Funken schlechtes Gewissen stießen ihm auf. Mit der Wildheit, aber auch mit der Unerfahrenheit seiner nicht ganz sechzehn Jahre preschte der Sohn davon.

Seit nun drei Jahren trieb Alexander sich in der Welt herum, suchte oft die Gefahr, da er eben ein Heißsporn war. Dieser Frondienst, in den er da nun geraten war, war aber ein ganz besonderer! Der Fürst ließ ihn immer dann kommen, wenn er Alexanders Dienste benötigte, ansonsten hatte er seine Freiheit. Er lieh den Jungen auch an Könige und andere Fürsten aus, sogar bis in andere Länder. So geschah es, dass Alexander sehr viel in der Welt herumkam, sich manches Wissen erwarb.

Alexander, wie gesagt, war aus reichem Hause. Seine Eltern hatten zu ihrem Leidwesen nur diesen einen Sohn. Die Gräfin konnte keine leiblichen Kinder haben, warum auch immer, Gott segnete sie nicht! Es halfen weder Spenden an die Kirche noch eine Wallfahrt von Ritter Henry noch die vielen tränenreichen, flehenden Gebete Eilikas an ihren Gott.

Einer Nonne des nahe gelegenen Klosters wurde von einem wilden Manne im Walde, als sie dort Beeren sammelte, die es nicht im eigenen Garten gab, Gewalt angetan. Er sah ihre Lieblichkeit und auch die Nonnenhaube konnte ihre Schönheit nicht verbergen. Er zerriss ihren Habit und der Korb voller köstlicher Waldhimbeeren kullerte einen Abhang hinunter.

Barbara schrie ihren Schmerz und ihre Angst in den Wald, dass es einen jeden erbarmt hätte, nur den schwarzen wilden Mann nicht, der in seiner Gier seine Lust an ihr stillte.

Sie kannte ihn nicht, aber nie würde sie je wieder in ihrem Leben sein wildes Angesicht vergessen!

In ihrer Angst riss sie ihm sein Amulett, das er um seinen Hals trug, ab! Jetzt, da er seine Lust gestillt hatte, sah er sie an. Er wurde sich mit einem Schlage seiner Erbärmlichkeit bewusst! Was hatte er da wieder in seiner Unbeherrschtheit angerichtet? Nie würde er je wieder diese ängstlichen und vorwurfsvollen Augen vergessen! Was hatten die nur für eine seltsame Farbe? Er rollte sich zur Seite und sah sie wieder an.

Sie lag stumm neben ihm und die Tränen liefen ihr lautlos übers Angesicht. Jetzt war er derjenige, der sich schlecht fühlte. Wortlos legte er seine gut gefüllte Geldkatze neben die Nonne und schlich sich davon. Als der Fremde schon lange weg war und Barbara sich mühsam erhob, sah sie das Amulett im Moos liegen: Es gehörte dem schwarzen Kasimir dem Mächtigen! Das Amulett war sehr wertvoll und ohne dieses konnte er sich nicht mehr als Herrscher seiner Burg ausweisen, das wusste sie wohl.

Nach neun Monaten gebar sie einen Knaben, nur weil sie den Schutz des Bischofes genoss, durfte sie weiterleben, musste aber das Kloster verlassen. Der Junge selbst hatte das Glück, auf einer Burg aufwachsen zu dürfen, weil Eilika ihn zum Sohne nahm. Während Ritter Henry auf der Wasserburg eine Jagd veranstaltete, übergab die Äbtissin Johanna der Rittersfrau den neugeborenen Knaben, sie hatte von Eilikas Not gehört. Diese war darüber so selig und sie liebte dieses Kind abgöttisch, war sie doch der Meinung, Gott wollte seinen Fehler, ihr keine eigenen Kinder zu schenken, wieder damit beheben.

Unermüdlich dankte die Gräfin ihrem Gott für diese Gabe und Ritter Henry war wie vernarrt in diesen Sohn. Dennoch erzog er den Knaben sehr streng, zu streng, so war es kein Wunder, dass der Knabe Alexander dagegen rebellierte. Ein Hauslehrer unterrichtete ihn und hatte seine Last mit diesem, der voller Starr- und Eigensinn war. Der Hauslehrer Nepomuk musste sich so manchen Schabernack von diesem Knaben gefallen lassen.

Eines Tages fasste Alexander für sich den Entschluss, seine Heimatburg im Thyringischen einfach so über Nacht zu verlassen und auf Wanderschaft zu gehen. Er wollte etwas von dieser Welt sehen, die ihm sein Hauslehrer so schmucklos erklärt hatte. Er wollte selber sehen, wann und wo diese Erdscheibe zu Ende ist! Seine ungestillte Neugier trieb ihn aus der wohlbehüteten Gemeinsamkeit seiner Eltern hinaus in die Welt! Mal da- und mal dorthin. Aber merkwürdigerweise erreichte er nie den Rand und somit das Ende der Welt!

Er nahm auch so manches Mal eine Arbeit an, er musste ja von etwas leben. Die Gulden, die er besaß, waren nur für die Not da, und er hielt sie zusammen! So erlernte er verschiedene Arbeiten – und wenn es nur um das Holzhacken ging, das auch beherrscht werden musste.

Das Wissen um den menschlichen Körper und seine innere Seele hatten es ihm angetan, so versuchte er bei einem Bader zu lernen, was es eben da zu lernen gab.

Bei einer einsamen Frau im Walde, dem Berblein, erhielt er Lehre über die Kräuterkunde und lernte viel über die Wirkung der Pflanzen und die erfolgreiche Heilung, aber auch, was

Pflanzen noch konnten, nämlich töten, wenn sie giftig waren! Nun, er war ein gelehriger Schüler.

Im Walde hielt er sich oft und gerne auf. Einmal, er war gerade dabei, den Bogen zu spannen und eine Wildente vom Himmel zu schießen, brauchte Berblein etwas zum Kochen. Da kam eine gar schöne Maid den Waldweg entlang und sang eine sehr wundersame Melodie. Sofort nahm der Schütze den Bogen wieder herunter und blickte ihr verwundert entgegen. Juliana sah den Jüngling sehr wohl da stehen vor Berbleins Waldhütte, aber sie wollte ihn einfach übersehen. Warum starrte der sie so an? Sie hatte Angst vor ihm, aber das wollte sie nicht zeigen, um nichts in der Welt!

Der Jüngling musterte sie wie ein Stück Vieh auf dem Markt, das er kaufen wolle! Unerhört! Juliana besaß die Demut leider nicht, die die Männer bei einem Weibe so schätzen. Sie ging einfach vorbei, ohne auch nur einen Blick ihm zuzuwerfen oder gar ihm einen Gruß zu entbieten, basta!

Alexander sah der Fremden nach. So ein wunderschönes Antlitz sollte man wohl so schnell nicht vergessen – und so stolze Augen, ihr Hochmut war nicht zu übersehen! Diesen hätte er ihr sehr gerne ausgetrieben, dachte er belustigt.

Berblein kam aus der Hütte und sah Juliana nach. „Die wollte bestimmt zu mir", dachte sie und sah Alexander vorwurfsvoll an. „Diese Maid wollte mir Salz bringen, ist aber bestimmt aus Furcht weitergegangen!", rief sie ihm zu. Er zuckte nur mit den Schultern und spannte seinen Bogen neu.

Auf charmante Weise horchte er Berblein über diese Maid aus.

Nun bekam er zu hören, wer sie war und wer ihr Muntherr! Er gedachte, sie sich als sein Weib zu holen, ihr Hochmut reizte ihn gar sehr.

Alexander war gerade dabei, die Pilze von den ungiftigen und den giftigen zu unterscheiden. Er lernte bei Berblein auch noch, allerlei Gifte herzustellen und den feinen Unterschied vom Töten zum Heilen kennen. Die Dosis machte das Gift! ´

Er staunte sehr, als er eines Tages sah, dass diese Waldfrau genau das gleiche Mal auf ihrem Oberarm trug, wie er es an seinem linken Oberschenkel hatte. Der Träger ihres Kittels war verrutscht und der Fleck wurde sichtbar. Beide Muttermale hatten die Form eines Eichenblattes. Er sprach sie einmal darauf an. „Zeige das Mal niemandem, die Menschen sind manchmal gar seltsam und du könntest schon allein dafür auf den Scheiterhaufen kommen!" Berblein sah ihn mit traurigen Augen an, so dass es Alexander ordentlich warm ums Herz wurde. In ihren Augen schwammen Tränen und sie strich ihm mit ihren abgearbeiteten, rauen Händen zärtlich über sein Gesicht. Wehmütig dachte sie: „Das ist also mein Sohn, er lebt und ist ein liebenswerter junger Mann geworden." Nie würde Alexander in seinem ganzen Leben diese mütterliche Geste vergessen, die so voller Liebe war. Der Abschied voneinander fiel beiden sehr schwer. Berblein weinte stumm vor sich hin, das hatte ihr Lehrling sehr wohl bemerkt.

Bis zum heutigen Tage hatte er ihren weisen Rat befolgt und sein Mal gar wohl versteckt gehalten. Nun, er hatte es keinem gezeigt oder je davon gesprochen. Eigenartig war das schon, dachte er damals. Er erinnerte sich oft ihres Wissens, so war er in vielen Dingen mit diesem seinen Mitmenschen weit voraus und verstand die Dinge besser als andere seiner Zeit.

Er kam, da er seine furchtbare Arbeit verrichten musste, weit in dieser Welt herum: Kasimir der Mächtige hatte ihn das schreckliche Handwerk des Henkers erlernen lassen. Alexander begriff die Kunst des Schwertführens genauso gut wie das höfische Benehmen und so manches mehr. Er machte in Liebesdingen seine Erfahrungen mit Mädchen, Huren und Damen und lernte so zwischen den Weibsleuten zu unterscheiden. Alexander konnte sich sowohl mit einem hochwohlgeborenen Fürsten unterhalten als auch mit einem einfachen Bauern, er fand immer die richtigen Worte.

Immer wieder musste er an diesen unseligen Tag, damals im Herbst, zurückdenken, als ihn das Unglück ereilte … Eines Tages – der Sommer ging zur Neige und der Wind frischte auf, dass die schon gefallenen Blätter wild umherwirbelten – gelangte er wieder einmal zu einem Markt, dem eines Bistums, das dem Freiherrn von Freising gehörte. Er band seinen Gaul an einem Baum fest und spazierte umher. Das Markttreiben war für ihn schon immer sehr spannend gewesen, was man da so alles zu sehen und zu hören bekam!

Die Kinder Michel, Linhard, Hans und das Dorlein standen bei der Feder-Engellin. Die hieß so, weil sie ihr Federvieh auf dem Markt verkaufte. „Na, wie viele Kreuzer hat euch denn die Frau Mutter mitgegeben und was soll es denn sein?", fragte sie die Kinder, die noch barfuß in dieser Jahreszeit unterwegs waren, obwohl es doch schon so manches Mal sehr kalt werden konnte, und zerlumpt vor ihr standen und gierig auf die noch lebenden Hühner starrten. Hans, der Älteste, sah in seine schmutzige Hand. „Ich habe von der Frau Mutter einen Heller bekommen, ich soll vier Hühner heimbringen und noch Äpfel und Kohl dazu." Sehnsüchtig sah er nach der anderen Bude, wo die Waffelbäckerin gerade ihre Waffeln ausrief. Der Duft des Gebackenen ließ bei den Kindern Hunger aufkommen. Alexander lief schnell zu der Frau und kaufte ihr vier große, köstliche heiße Waffeln ab. Die Bäckerin strich noch etwas Honig darüber und reichte sie ihm. „Die sollen Ihm gut schmecken", sagte sie mit einem Lächeln zu ihm. Er sah, sie hatte vorne keine Zähne mehr. Sie war rund und sauber und sah gar hübsch mit ihrer weißen Haube aus. Er nahm dankend die Waffeln entgegen und gab ihr einen Pfennig dafür. „Oh, Herr, da bekommt Ihr noch einmal vier dafür!"

„Das ist kein schlechtes Geschäft, die gebe Sie dann den Kindern, die zu Ihr kommen werden." Er zeigte auf die Kinder, die am Stand der Feder-Engellin standen. Die Hühner, gerade eben erst geschlachtet, steckte die Marktfrau in den Korb der Kinder. Engellin schmiss deren abgetrennte Hühnerköpfe in ein altes Gefäß. Hans hob den schweren Korb an. Alexander trat zu den Kindern. „Hier, ich habe für euch eine kleine Stärkung." Er reichte den Kindern die Waffeln. Das Dorlein schrie entzückt auf: „Danke, mein Herr!", und sie knickste vor ihm. Er sah sie lachend an. „Wenn du dir einmal dein Antlitz waschen würdest, dann sehest du viel hübscher aus", sagte er zu ihr. „Wenn ihr die aufgegessen habt", rief er allen vier Kindern zu, „dann holt ein jeder von euch sich noch einmal eine Waffel, bezahlt sind sie schon."

Hans, der Älteste, sah den vornehmen Herrn misstrauisch an, er hatte mit seinen zwölf Jahren gelernt, dass es nichts umsonst gab in diesem Leben. Darum war er auch der Erste, der seine Waffel schon verschlungen hatte.

Alexander ging weiter und ließ vier frohe Kinder zurück – das machte ihn glücklich. Die Geräusche, der Duft und das Gewusel der Menschen umeinander machten das Treiben eines Marktes aus, er liebte das!

Ein angeblicher Arzt stellte in einem Leiterwagen eine junge Person aus. Um diese herum war ein Holzgitter, an das sie gefesselt war, und ihre Beine waren gespreizt, so dass ihre Scham für jeden sichtbar war. Man sah das eigenartige Geschlechtsteil sehr genau – ein weibliches Geschlecht, aus dem ein kleiner Penis hervorragte!

Die Mütter nahmen schnell ihre Kinder und hielten denen die Augen zu oder zerrten sie ins Haus. So etwas hatten die Menschen hier noch nie gesehen! Alexander war empört über diese Art, mit einem Menschen umzugehen. Dieses arme Menschenkind, ein gar sehr ansehnliches Mädchen, wand sich vor Angst und Scham. Ein Zwitter! Die Menschenmenge gaffte und glaubte daran, dass das Teufelswerk sei!

Alexander hatte so etwas schon einmal in Griechenland gesehen und wusste von den Einheimischen, dass solche Menschen nun einmal so geboren und nicht vom Teufel geschaffen waren. Die Natur machte eben auch manchmal Fehler!

Alexander sah die unendliche Qual dieses Wesens und voller Wut zerschlug er mit seinem Degen das Holzgitter, in dem der verzweifelte Mensch gefangen war, ohne ihn zu verletzen.

Dann schnitt er die Fesseln an Armen und Füßen durch und gab der Maid seinen Umhang, um ihre Blöße zu bedecken. Der Hut war ihm dabei vom Kopfe gefallen, schnell bückte er sich, um den wieder aufzuheben.

Er achtete nicht auf das Geschrei des bösen Kerls, der das Mädchen so misshandelt hatte. Mit einem dankbaren Blick sah dieses arme Ding seinen Retter an. Es war mit seinen langen schwarzen Haaren und seiner zierlichen Figur eine Schönheit. Ja, was war es nun, ein Jüngling oder eine Jungfrau? Alexander spürte, dass es eher eine Jungfrau sein wollte. Die Brüste und die langen schwarzen Haare und sein schüchternes, aber zauberhaftes Lächeln sprachen dafür.

Die gaffende Menge schrie erbost auf, aber keiner traute sich an diesen fremden, gefährlich aussehenden Mann heran, und der angebliche Arzt sah wütend seine Einnahmen schwinden. Aber er war eine feige Natur und sah Alexander nur an. Es stellte sich dann heraus, dass dieses arme Wesen sogar seine leibliche Tochter war. Er hatte Angst, von der Menschenmenge verlacht zu werden, so etwas gezeugt zu haben!

Da in seinem Haus viele Kinder lebten, die immer Hunger hatten, und sein Weib ihm laufend neue Kinder schenkte, war er auf diese böse Idee gekommen, sein eigenes Kind auf dem Jahrmarkt auszustellen und dafür Geld zu verlangen! Seine Frau Rosalinde hatte ihn auf Knien angefleht, das nicht zu tun, und sich verzweifelt an sein Wams geklammert, als er das Haus verlassen wollte. Sie umklammerte sein Bein in ihrer Not und bat und bettelte ihn an, doch barmherzig zu sein.

Er schlug sie und schüttelte sie ab wie ein lästiges Insekt. Die Not machte aus den Menschen wahre Bestien!

Das Mädchen Susanna, schon angebunden in dem Leiterwagen, schrie verzweifelt nach der Mutter. Die anderen elf Kinder standen drumherum und konnten das alles nicht verstehen. Sie hatten Angst vor dem gewalttätigen Vater und weinten, als sie diese Tragödie miterleben mussten. Nachbarn hatten sie nicht, ihre Kate stand viel zu nah am Waldesrand, abseits von den anderen Behausungen.

Alexander hatte mit seinem Gerechtigkeitssinn und Mut das junge Mädchen gerettet, er brachte das arme, zitternde Wesen, das noch immer weinte, bei seiner Wirtin unter und ging wieder zu dem Markt zurück, mit seinem vielen Geschrei und den Wanderhuren sowie Gauklern.

Auf der Wiese unter einem Holunderbusch lag ein Weib mit entblößtem Körper und ein Kerl war gerade dabei, seine Lust an ihr zu stillen. An der großen Eiche standen die Kerle und entleerten ihre Blase. Sie hatten wohl zu viel von dem Dünnbier genossen, dachte er. Aus einem kleinen Haus warf ein Bewohner seinen Unrat einfach auf die Straße.

Und dann, dann kam sein Unglück auf ihn zu, nur wusste er das damals leider noch nicht, sonst hätte er wohl besonnener gehandelt. Ein junger Mann war es, der hoch zu Ross daherkam und ihn ob seines Gewandes verlachte. Alexander spürte sofort, dass das ein Großmaul war. Drei blasierte Jünglinge begleiteten ihn und alle vier tobten wie unartige Kinder über den Markt – stahlen hier und dort einen Apfel oder spießten auf ihre Degen einen Kohlkopf auf. Einer angelte der Fischfrau

Anne aus dem Korb eine Renke mit seinen Spieß. Die schrie ihm nach: „Verdammter Hurensohn! Bezahl Er den auch!" Der Fisch fiel von der Degenspitze genau in das Sauerkrautfass der alten Kati hinein. Die fingerte den heraus und warf ihn der Anne wieder zu. Alexander sah diesem Treiben belustigt zu.

Plötzlich blickte er an sich herunter, nun ja, sein Wams war wirklich nicht mehr das neueste und schon im Laufe der drei Jahre sehr verschlissen, wohl auch etwas zu eng. Nur die Beinbinden passten noch.

Alexander war noch immer die Ruhe in Person. Die bösen Worte hörte er wohl. Der Büttel Jorge, der immer auf dem Markt war, um für Ordnung zu sorgen, sah beflissen weg. Alexander legte sich nicht gerne mit solchen Schönlingen an, er sah doch sofort, dass die reiche Väter haben mussten – und bei den Reichen, da zog man sowieso immer den Kürzeren.

Alexander spürte sehr genau, dass der Störenfried nur einen Grund suchte, um ihn zum Zweikampf herausfordern zu können. Sah er denn wirklich wie ein Depp aus, fragte er sich allen Ernstes. Er behielt wie immer die Ruhe, aber genau das reizte den anderen so, dass er immer wieder anfing, über ihn zu spötteln, und die Wortwahl immer beleidigender wurde. Er stieß ihn einmal so heftig, dass Alexander stolperte und in das Krautfass der alten Kati flog. Die Marktfrau war natürlich sehr erbost darüber und beschimpfte ihn, half ihm aber, mit seinem Hintern da herauszukommen. Alexander gab der Alten als Entschädigung einen Pfennig und sie war zufrieden. Erst biss, dann spuckte sie darauf und steckte den in ihre Kitteltasche, während sich Alexander die Krautfäden von seinem Wams abklopfte.

„Sieh an, sieh an, der feine Herr schmiert die Marktweiber, ist Sie nicht etwas zu alt für Ihn als seine Metze?", schrie das Großmaul über den ganzen Markt und er hatte die Lacher auf seiner Seite. Was war das für ein Spaß, den er da mit dem Fremden hatte!

Schnell sammelte sich eine Menschenmenge an, um zu gaffen und auf ein Schauspiel hoffend. Sogar die Schausteller hörten auf mit ihrer Darbietung und der Flötenspieler unterbrach sein Spiel. Jetzt war Alexander nur noch genervt, seine Augen blitzten gefährlich auf, leider übersah das der Fremde.

Alexander zog blitzschnell den Verdutzten vom Pferd herunter, griff sich den Stänkerer und verprügelte ihn erbarmungslos vor den Augen seiner Mitläufer, die ihren Pferden schnell die Sporen gaben und flink das Weite suchten, als sie sahen, welche Kraft dem Fremden innewohnte und was ihrem Anführer geschah, dessen linkes Auge schon zuschwoll und eine gefährliche Blaufärbung aufwies. Nun hatte Alexander die Lacher auf seiner Seite!

Als das Großmaul schließlich mit seinem geschundenen Leib zwischen den Äpfeln eines Karrens lag, verging ihm das Spötteln mit einem Schlag. Noch nie hatte ihn jemand so erniedrigt oder gar zum Gespött der Menge gemacht! Das erforderte Revanche! Er war es doch immer gewesen, der andere verlachte und verdrosch! Voller Wut forderte er mit seinem Degen Alexander zum Zweikampf heraus. Damit ereilte Alexander ein schwerer Schicksalsschlag, was er aber nicht wissen konnte.

Alexander suchte seinen Degen, den sein Herausforderer verstecken lassen hatte. Hans hatte das beobachtet und übergab seinem Wohltäter den Degen. Dankbar sah er den Jungen an. Dann tötete er in dem Zweikampf diesen Burschen, der sehr frech und anmaßend gewesen war und ihn bis aufs Blut gereizt hatte. Das war aber nicht beabsichtigt gewesen, er wollte diesem vorlauten und arroganten Jüngling nur eine Lektion erteilen, aber der war genau in seinen Degen hineingelaufen!

Der war aber nun der verhätschelte Sohn vom Fürsten Kasimir dem Mächtigen, also somit sein Halbbruder, gewesen, aber auch das wusste Alexander damals noch nicht.

Nun musste der Büttel doch eingreifen und brachte Alexander zu dem Fürsten. Der ließ den Mörder seines Sohnes mitnichten töten, das wäre Verschwendung gewesen, an dem konnte er verdienen! Als er dann noch sofort bemerkte, welche fantastischen Kenntnisse Alexander besaß und welchen wachen Geist der doch hatte, machte er ihn zu seinem Leibeigenen und zwang ihn, ein Handwerk zu erlernen, dass ihm, den Fürsten, viele Gulden einbringen und für Alexander der Fluch seines Lebens werden sollte. Der liebte seine Freiheit über alles und war nur deshalb dem Elternhaus entflohen, um allen Zwängen zu entkommen. Alexander schickte sich drein und versuchte, das Beste daraus zu machen: Es hätte viel schlimmer kommen können!

Die Zwitterjungfrau Susanne ließ er zurück in der Stadt, wo sie sich als Küchenmagd verdingen konnte, ihre Schönheit öffnete ihr viele Türen. Alexander machte sich mit seinem Pferd auf den Weg zu seinem Lehen, das nahe bei seiner Heimat lag.

Diese Kate hier am Moor, in der er seitdem wohnte, war zum Teil auch schon mit Bruchsteinen erbaut worden. Reichlich Acker, ein großer Garten und einige Scheunen und Ställe gehörten dazu. Nun, mit Fleiß und Köpfchen ließ das hier wohl gut bewirtschaften, dachte er.

Alexander war von Gestalt sehr groß und seine Muskeln waren durch harte Arbeit gestählt. Sein Gesicht wäre schön zu nennen gewesen, wenn da nicht so ein wilder Ausdruck in seinen schwarzen Augen gestanden und ihm seine lange schwarze Haarmähne nicht so unbändig und wild im Gesicht gehangen hätte! Er nahm sich, ohne viel zu fragen, was er brauchte, daher sein Name: der Gewaltige. Aber nie vergaß er, auch dafür zu bezahlen, und im Grunde hatte er ein weiches Gemüt, da kam der Einfluss seiner Mutter Eilika durch.

Die Dorfbewohner hier in dem kleinen Drywasser – der Name kam daher, weil hier sich drei Bäche zu einem Fluss vereinigten –
achteten ihn, obwohl er ein Zugezogener war. Es ließ sich gut leben hier im thyringischen Lande, das voller herrlicher Wälder war! Wald, das hieß Leben, es gab Tiere, die man jagen konnte, die Bäume lieferten das Holz für Katen und Möbel und die Kräuter und Beeren des Waldes verhießen Nahrung.

Eines Tages war er einfach da, so aus dem Nichts gekommen, dachten die Leute. Dann –er war gerade neunzehn Jahre alt – holte er sich im Monat Aprilis aus dem Dorf Drywasser Juliana, die Tochter des Färbers Otto, zur Frau. Er erkannte sie sofort wieder und sie ihn auch.

Schon eine ganze Weile hatte er sie beobachtet und befunden, dass nur diese Jungfrau die richtige für ihn sein konnte. Sie war schön und mit ihrem sehr langen kastanienbraunen Haar und den giftgrünen Augen eine Augenweide für jeden Mann, auch war sie zart von Gestalt. Sie schien arbeitsam und sauber zu sein. Außerdem gefiel ihm ihre liebliche Stimme, wenn er ihr „Deiderumdei" hörte, war er ganz verzaubert! Es störte ihn nicht, dass sie niederer Herkunft war.

Eines Tages kam er ungefragt zur Tür der Kate des Färbers herein, warf seine schäbige Geldkatze, gefüllt mit einigen Gulden, auf den roh gezimmerten, aber sehr sauberen Holztisch. Er schnappte sich, ohne ein Wort an das Mädchen zu richten, das erschrockene Menschenkind und zog es zu sich auf sein Pferd und ritt mit ihm zu seinem Moorhof. So wurde sie sein Eigen und er befand sie für sich als trefflich, noch dazu, da sie auch genau wie er alemannisch sprach.

Für das Geld konnte sich der Färber ein Schaf kaufen. Der Färber Otto, urtümlich in seinem Denken und Handeln und sehr selten einmal ohne Rausch des Johannisweines, den er sich selber zusammenpanschte, sah sich das Geschehen ohne jeglichen Einspruch an, griff, ohne nachzudenken nach dem schon wieder gefüllten Weinbecher. Dann musste eben jetzt die nächstjüngere Tochter, Reinhilde, das Amt der Schwester übernehmen. Er hatte Glück und war, wie viele im Dorf, noch kein Höriger und hätte es leicht zu etwas mehr Wohlstand bringen können, wenn er nicht zu faul und zu behäbig gewesen wäre und dem Weine nicht so sehr zugesprochen hätte.

Sein Weib, die Basina, war ihm im letzten Kindbett gestorben. Ein anderes Weib fand er nicht, seine schwarzen Hände von der Färberei stießen die ab. Bis zum nächsten Dorf zu reiten, das war ihm zu viel. Die Weiber hatten Angst vor ihm.

Nun hatte er sechs Blagen zu versorgen, und das ohne Weib! Er war Alexander dem Gewaltigen sogar dankbar, dass der ihm eine davon abgenommen hatte. Einen Priester konnte Alexander in dem Kaff so schnell nicht finden und in die nächste Pfarrei zu reiten fiel ihm nicht ein, das konnte warten. Für ihn war die Ehe auch so gültig, nur seinen Lehnsherrn musste er davon in Kenntnis setzen. Der Vater gab den Segen dazu, der im Grunde darüber recht froh war, eines von diesen unnützen Fressern endlich an den Mann gebracht zu haben!

„Weine doch nicht, du sollst es gut haben bei mir." Alexanders Ton war so warm und weich, dass Juliana verwirrt zu ihm aufsah. Wie konnte ein Bär wie er so zärtlich sprechen? Sie hatte ihn für einen Grobian gehalten und sich vor ihm gefürchtet. Seine empfindsame Stimme machte ihr Mut und ließ ihre Tränen versiegen.

Juliana kannte ihren Ehemann nur vom Sehen: Einmal stand er vor der Waldhütte von Berblein mit seinem Bogen und einmal hatte er sich vom Schmied im Dorf einen neuen Pflug geholt, die Schmiede war gleich neben ihrer Kate. Und da hatte sie doch tatsächlich gesehen, wie Alexander den Schmied fürchterlich verdrosch, weil der ihn betrügen wollte und zu viele Kreuzer verlangt hatte. Geschah ihm recht, diesem geizigen Raffhals! Würde Juliana hier bei Alexander auch so viele

Schläge bekommen wie von ihrem Vater? Ängstlich harrte sie der Dinge, die nun kommen würden.

Alexander sah sein Weib an und strich ihm wieder zärtlich über das Haar. Es rührte an seinem Herz, als er sie so verschüchtert, barfuß und in einem ärmlichen Nesselkleid da so verängstigt stehen sah. „Hab keine Angst vor mir, wenn du mir ein gutes Weib bist, soll es dir gut ergehen. Halte die Kate sauber und vor allem den Balken. Bei einem krankhaften Ausschiss gehen wir lieber ins Gras. Ich hasse allen Schmutz, hier herum ist viel Wasser und der große Moorsee lädt von Aprilius bis Septem zum Baden ein. Und meide das Moor, ich sehe keinen Anlass dafür, dass du dorthin gehst, es ist tückisch und es zieht einen schnell herunter. Vergiss nicht, dich jeden Tag zu waschen. Hier in der Tischlade wird immer eine Geldkatze liegen, sie wird immer gut gefüllt sein, aber quase nicht mit dem Geld. Kannst du kochen?"

Juliana sah ihn erschrocken an, ihr stockte der Atem, sie traute sich nicht zu reden, das konnte sie nicht gut, sie würde bestimmt stottern, oh Schreck, was sollte der Herr dann von ihr denken? „Ich muss ihm zeigen, dass ich kein Dummchen bin", dachte sie. Trotzig hob sie ihren Kopf und ihre Augen funkelten ihn an. „Oh ja, Herr, es soll alles so sein, wie Er es wünscht", sagte sie nun etwas freundlicher und ihre Augen fingen an zu glänzen, als sie herum die Pracht sah, in der er wohnte. Das alles würde sie jetzt zu behüten haben, wie wundervoll!

Julianas Trotz wandelte sich zu einer großen Ehrfurcht vor ihm. Alexander sah sie stirnrunzelnd an. „Sage nicht ... Herr zu mir, ich bin Alexander, rede mich auch so an. Ich gehe jetzt in den Wald noch einen Baum fällen, ich brauche das Holz für die neuen Stallungen. Das Lehen habe ich von meinem Lehnsherrn, dem Fürsten Kasimir dem Mächtigen, als Dank bekommen. Ich habe ihm geholfen, als seine Esslust zu groß war, und er wimmerte gar viel." Diese Ausrede gab er ihr als Rechtfertigung für all das hier, was er so besaß. Sie sollte nicht wissen, mit was für einem schrecklichen Handwerk er seine Gulden verdiente. „In der Speisekammer liegen einige Igel, die müssen gut durchgeröstet sein. Ich zünde dir noch das Feuer an, hinter dem Haus liegen die Holzscheite. Gehabe dich wohl bis heute Abend."

Alexander ging zu dem Dreigestell, das in einer Mulde im Steinfußboden stand, und fachte mit Funken, die er mit den Feuersteinen schlug, ein Feuer an. Zuerst brannte er einen kleinen Strohhaufen an, den er unter die Holzscheite legte. Er lächelte Juliana aufmunternd zu und verließ die Kate – nicht ohne Juliana noch einmal zuzublinzeln. Er hatte ihr zugelächelt, oh, wie sie das freute und ihr Mut gab! Vor allem, es nahm ihr diese grauenvolle Angst.

Sie hatte im Grunde erwartet, dass er sein Recht als ihr Mann einfordern würde. Alle Kinder wussten das, die Männer und Weiber nahmen da keine Rücksicht auf die Kinder. Davor hatte sie Angst, sie wusste es genau, wie das zwischen Mann und Frau lief. Ihr Schamgefühl verbot ihr, länger darüber nachzudenken: Sie selber hatte noch nie bei einem Mann gelegen.

Verträumt sah sie aus dem Fenster auf den Hof. Es müsste einmal einer kommen und ihr liebe Dinge sagen und sie vor allem kosen und sehr zärtlich sein. Das waren ihre Träume von einem Mann und der Liebe. Aber er war eben der Herr und das hatte er ihr nur allzu deutlich gemacht, er hatte etwas Herrisches an sich. Aber er sah auch sehr gut aus und sie könnte ihn schon mögen.

Juliana sah an sich herunter und schämte sich zum ersten Mal in ihrem jungen Leben, wie sie aussah: Ihre Füße waren fast schwarz! Schnell lief sie zum Moorsee, zog ihr armseliges Nesselkeid aus und sprang in das Wasser, das klar wie ein Quell, aber noch sehr kalt war. Im Wasser konnte sie die Zeit vergessen, das wusste sie, darum kam sie auch genauso schnell wieder heraus und zog sich auf die nasse Haut ihr Gewand. Sie musste sich eilen, denn das Feuer durfte nicht ausgehen, sie musste es hüten!

Wieder im Haus, legte sie noch einige Holzscheite auf, ging in alle Kammern und sah sich erst einmal ihr neues Heim an. Die Kate, eigentlich mehr schon ein Steinhaus, was sie gar nicht kannte, war ziemlich groß. Ehrfurchtsvoll betrachtete sie alles, berührte hier und da sanft den Stoff oder das Fell der Decken und Kissen.

In einer Kammer standen zwei gemütliche Strohbetten mit je einem Fellkissen und einer großen Felldecke, die aus mehreren Bärenfellen zusammengenäht war. Die würde sicher im Winter gut warmhalten, dachte sie erleichtert, denn nichts hasste sie so wie Frieren und Hungern.

Aber jetzt war es fast Sommer und draußen schien hell und warm die Sonne. Juliana nahm die Tierhäute vom Fenster und schlug die Holzläden zurück, damit die frische Luft hereinkommen konnte. Sie holte ihr Bündel, das Reinhilde ihr noch nachgeworfen hatte, um es auszupacken. Viel war es nicht, aber immerhin noch ein gutes Kleid aus feinstem Linnen – es hatte einmal der Mutter gehört – und etwas saubere Wäsche zum Wechseln.

Juliana legte alles fein säuberlich in eine Truhe, die noch leer im Zimmer unter dem Fenster stand. Sie sah, dass die anderen Truhen, noch drei an der Zahl, gefüllt waren mit Wäsche und frisch gewebtem Linnen. Eine Truhe barg nur Stoffballen aus Nessel, aber auch einen Stoffballen aus reinster Seide. Eine schwarze Truhe, sicher Ebenholz, war verschlossen. So etwas kannte sie von der Schlossherrin Mechthilde der Gütigen her, die Gräfin, die immer so gut gekleidet durch das Dorf ritt. In einem purpurroten Obergewand fuhr die im Sommer in ihrer Kutsche einmal umher.

Man sagte, die Gräfin habe ein Techtelmechtel mit dem reichen Bernward dem Großen, dem gehörte das meiste Land und die besten Äcker und der hatte viele Rösser im Stall stehen.

Es war die Zeit, wo so mancher Ritter die Lande durchzog, mit einer Laute hoch zu Ross. Im Dorfe weilte einmal Walther von der Vogelweide und sang zu seiner Laute das „Deiderumdei" mit lieblichen Versen. Seitdem sang es Juliana immer nach.

Das Mädchen fragte sich mit Unbehagen, wie wohl ihr Mann zu so einem Reichtum kam? Die Stühle, die dreibeinigen Hocker und der große Tisch waren roh gezimmert, aber die Schränke in den anderen Stuben und Kammern schienen etwas Besonderes zu sein. Sie waren alle bunt bemalt. Sie öffnete einige und staunte. Da hingen gar zu schöne Dinge, alles für einen Mann: ein schwarzer Mantel mit Kapuze und Beinkleider aus teurem Stoff. Ganz hinten im Schrank stand ein gewaltiges Schwert. Auch eine ganze Lade voll mit den schneeweißen Beinbinden fand Juliana.

Ihr wurde immer unbehaglicher zu Mute. Je mehr sie sich in diesem Haus umsah, umso mehr Fragen kamen dazu: Ein Wams war sogar aus Brokat! Sie kannte so was, weil sie einmal auf dem Schloss war. Minna, die Nachbarstochter hatte da eine Stellung als Hausmagd bekommen.

Heimlich waren sie beide einmal, in tiefster Nacht, über den Gesindeeingang ins Schloss geschlichen. Minna war damals dreizehn Jahre, aber sie selber war erst neun gewesen. Minna hatte unglaubliche Dinge gesehen. Sie erzählte es Juliana, doch die glaubte ihr nicht, so wollte Minna ihr das eben zeigen.

Eines Nachts im October traten sie frech in das Haus ein. Die Treppen waren aus Marmor und der Fußboden glänzte wie ein Spiegel. Den konnte man nicht mit einem Reisigbesen auskehren! Viele Gäste waren im Schlosssaal und tranken auf die kommende Jagd. Der Hausdiener Ekkehard und die Mamsell Else waren nicht nur in der Küche beschäftigt, so eine große Jagdgesellschaft musste auch gut bedient werden.

Mamsell Else scheuchte die Mägde hin und her. Auf drei Spießen brutzelten drei Ferkel und auf zwei Rosten lagen die Hasen zum Garen, die Braten mussten ständig übergossen werden. Eilika dachte noch heute daran, wie ihr vor Hunger das Wasser im Munde zusammengelaufen war, als ihr der herrliche Duft des gerösteten Fleisches in die Nase stieg.

Der Hausdiener Ekkehard schleppte die Weinkrüge hin und her. Oben von der Freitreppe aus sahen die beiden Mädchen die gesamte Gesellschaft, alles soff den schier nie ausgehenden Wein so gierig, dass er an den Mundwinkeln der Kerle wieder herunterfloss und ihre Wämser beschmutzte. Sie aßen mit den Händen und benahmen sich wie die Säue und schmissen die abgenagten Knochen in den Saal.

Huren waren allenthalben da und die schämten sich nicht, mit bloßen Brüsten herumzulaufen. Eine davon hatte der Nachbarsgutsherr Elmar schon in einer Ecke in seinen gierigen Händen und liebte sie wie toll im Stehen! Seine Beinkleider rutschten bis zu den Knöcheln herunter und sein weißer Hintern leuchtete aus der dunklen Ecke hervor.

Der Schlossherr saß neben seiner Gemahlin und mit der anderen Hand fingerte er unter dem Tisch an seiner Nachbarin herum, die ihn herausfordernd ansah, aber einfach weiteraß.

Einmal rutschte der Hausdiener Ekkehard mit einem neu gefüllten Weinkrug auf einem Knochen aus und lag nun hilflos zwischen all dem Dreck und war zu allem Unglück noch voller Wein. Die Herren grölten laut, als sie das sahen, und in ihrer Weinlaune fanden die Herren sogar die dicke und alte Mamsell Else schön – und die musste sich so allerhand gefallen lassen! So manche gierige Männerhand griff ihr unter die Röcke und sie hatte zu tun, sich vor diesen unbeherrschten Kerlen zu schützen, denen der viele Wein in den Kopf gestiegen war!

Die beiden Mädchen gingen unbemerkt weiter, heimlich von Zimmer zu Zimmer, wo eines prächtiger als das andere war. Wie hatte Juliana da gestaunt, was es da alles gab!

Sie blieb vor einem großen Spiegel stehen, konnte sich gar nicht sattsehen, sie sah doch hübsch aus – ein neues Wams, nun ja, das wäre schön gewesen! Auf jeden Fall waren ihre langen kastanienbraunen Haare eine herrliche Pracht, solche hatte noch nicht einmal die Gräfin. Nie hatte sie diesen Prunk in ihrem jungen Leben vergessen und jetzt war hier, wo sie die Frau sein sollte, auch alles so vornehm. Das schüchterte sie ein und ließ sie für kurze Zeit ihren Trotz vergessen.

In der Kate des Vaters war es doch dagegen geradezu ärmlich gewesen, was hatten Juliana und die kleineren Geschwister immer im Winter gefroren, überall zog es durch die Ritzen! Oft war kein Feuerholz da und sie konnte nicht einmal kochen. Der Vater in seinem Suff spürte das wohl kaum. Sie musste in der Kate mit ihren zwei Schwestern Reinhilde und Martha zusammen auf einer Strohschütte schlafen. Die drei Kleinen, der vierjährige Jonas, der sechsjährige Paul und der acht Jahre alte Peter schliefen zusammen in der kleinen Kammer in einem größeren Strohbett.

Juliana war in Armut aufgewachsen. Und hier? „Hoffentlich träume ich nicht nur", dachte sie entsetzt und kniff sich schnell in den Oberarm. Aua! Nein, sie träumte nicht. Wer war ihr Ehemann? Mit diesem Reichtum hier konnte er kein einfacher Bauer und schien vermögend zu sein! Aber warum hauste er einsam am Rande vom Niedermoor in diesem Steinhaus, das aber immerhin aus Bruchsteinen bestand? Was für ein Geheimnis verbarg er vor ihr?

Auch war sein Odem sehr angenehm, hatte sie festgestellt, als er ihr vorsichtig eine Haarsträhne aus dem Gesicht strich.

Er hatte versucht, sie zu küssen, aber dann, als sie abrupt ihr Gesicht wegdrehte, es aufgegeben und sein Hauch hatte sie gestreift. Ob er Weinspülungen anwendete? Oder rieb er seine Zähne regelmäßig mit gebranntem Hirschhornpulver ein? Prüfend strich sie über ihre makellosen Zähne, ob die vielleicht Essensreste enthielten ...

Sie spürte es mit jeder Faser ihres Leibes, mit dem „Schwarzen" stimmte etwas nicht! Und doch schlug ihr das Herz bis zum Hals, wenn sie nur an ihn dachte, er gefiel ihr eigentlich gar sehr.

Juliana fiel das Essen wieder ein! Schnell legte sie noch ein großes Buchenscheit auf das Feuer und kochte in einem Kessel zuerst die Hafergrütze und legte dann den Rost auf das Feuer, um die Igel zu rösten, die Alexander ausgenommen und deren Haut schon abgezogen hatte.

Sie musste noch viel lernen, vor allen Dingen hier im Moor, das eine Meile hinter dem Hof anfing, gefahrlos laufen zu können, um sich die Blumen und die Kräuter von dort zu holen. Auch sollte das Moorhuhn sehr schmackhaft sein, also müsste sie einige dieser Tiere fangen.

Schlachten hatte sie der Vater gelehrt, es hatte sie eine große Überwindung gekostet, dem Huhn den Kopf abzuschlagen. Da war sie zehn Jahre alt gewesen, gern machte sie es noch immer nicht. Nun, das wäre auch nicht so schwer, denn jetzt war ein Mann dazu da.

Zum Glück war der Wald sehr nahe, gleich hinter den Heidewiesen, wo die herrlichen Wacholder standen. Juliana sah durch das Fenster, wie sich die Moorbirken im leichten Sommerwind wiegten. Sie öffnete es und atmete tief diese herrlich würzige Luft ein! „Es ist schön hier", dachte sie und ein Lächeln machte sie viel schöner, „eine Fülle von Blüten und die herrlichen wilden Blumen und die vielen Bäume, so muss es im Paradies sein!" Vor allen Dingen überkam sie hier nicht der Gestank von der Straße, wo jeder seinen Abfall und Unrat hinwarf.

Der Kolkrabe Jakob kam neugierig und merkwürdig nahe an das Haus heran, er wirkte sehr vertraulich. Er musste sich die neue Hausbewohnerin erst einmal richtig besehen. Unruhig und aufgeregt, hüpfte er um sie herum, flog ein Stück zurück, kam wieder näher ..., so ging das eine ganze Weile. Belustigt sah Juliana dem zu. Dann, ganz plötzlich, flog er wieder in sein Reich zu der alten Eiche zurück.

Die Natur barg wundervolle Geräusche. Da sang eine Rohrdommel ihr Lied, die Frösche quakten und die Grillen gaben wohl an diesem Tag ein Hauskonzert, um Juliana hier zu begrüßen. Ab und zu krächzte der Kolkrabe von der alten Eiche herunter, auf die er wieder geflogen war, dort schien er zu wohnen. Der Vogel beobachtete sie immer noch sehr argwöhnisch.

Juliana nahm die Tongefäße aus einem Regal und stellte sie auf den Tisch. Die gerösteten Igel verbreiteten einen Duft, ihr lief das Wasser im Munde zusammen! Sie hatte seit dem Frühmahl, der üblichen Hafergrütze, noch nichts weiter gegessen.

In einem Tongefäß fand sie noch ein ganzes Fladenbrot. Sie brach sich ein Stück ab und biss herzhaft hinein. Das sah ja keiner, denn vor dem Herrn essen durfte sie nicht, das wusste sie sehr wohl, sie war nur sein Weib und schuldete ihm Gehorsam und Ehrfurcht. Juliana hob ihren Blick zum Eulenloch, wo der Rauch abzog. In den Dachsparren hingen die Schinken zum Räuchern.

Dann fiel ihr Blick auf ihre Füße. Na ja, Schuhe hatte sie nicht, es war nicht üblich, in dieser Jahreszeit welche anzuziehen, aber was, wenn der Winter kam? Die alten vom vorigen Jahr passten nicht mehr, die trug jetzt ihre Schwester Reinhilde. Zum teuren Schuster Claus im Dorf konnte sie nicht gehen und zum alten Pfeffersack, dem Krämer, wollte sie nicht, seine Augen glupschten sie immer so gierig an, so dass sie sich wie nackt vorkam.

Es musste schon spät sein, die Sonne stand tief und fing an, ein wunderbares Abendrot zu schenken. Verträumt stand Juliana in der Haustür, um sich an der herrlichen Kulisse zu erfreuen. Sacht wiegten sich die Baumspitzen der Moorbirken im Winde.

Alexander kam aus dem Wald über den Hof. Der Duft der Mahlzeit stieg ihm in die Nase, dass sein Weib das Essen nicht vergessen und aufgeräumt hatte, freute ihn sehr. Das Feuerholz war sauber aufgeschichtet. Der Hausherr schmunzelte. „Hier, ich habe dir ein Tuch mitgebracht, als mein Weib musst du dich an die Sitten halten und nun dein Haar bedecken." Alexander nahm das Tuch und wollte es Juliana gerne selber umlegen, da löste sich das Lederbändchen, das sie um die Haare geschlungen hatte, und ihre herrliche Haarpracht fiel auf ihre

Schultern. Bezaubert sah er sie an. „Die ist ja eine Schönheit", dachte er.

Abrupt stieß er sein Weib von sich, rannte zum Feuer, nahm die schon fertig gerösteten Igel vom Feuer, damit die nicht verbrannten. Er war ärgerlich auf sich selber, natürlich, er brauchte eine Frau im Haus! Nur, man konnte, war man verliebt, nicht mehr klar denken und der Schlaf wollte sich nicht einstellen bei Nacht. Man wurde misstrauisch, wenn man nicht im Haus war, ob da nicht ein anderer Mann einem die Frau wegnahm! Nein, das alles wollte er nicht noch einmal haben!

Er hatte gelitten wie ein Hund, als er Borga verlor, und sie hatte nur gelacht und ihm war, als würde man ihm sein Herz aus dem lebendigen Leibe reißen! Er hatte geweint wie ein Kind. Borga ging mit einem fremden Reitersmann davon, später fand man sie, erdrosselt, auf einer Wiese liegend. Das war nun ein halbes Jahr her.

Alexander wandte sich wieder um und sah, wie hilflos Juliana dastand und ihn ansah, als würde gleich der Himmel über ihr einstürzen! Jetzt tat ihm sein ruppiges Benehmen wieder leid und er trat auf seine junge Frau zu und nahm sie in den Arm. Sie zitterte vor Aufregung, sie war so zart und reichte ihm gerade mal bis an seine Brust. „Komm … und verzeih bitte, ich bin manchmal etwas zu grob, aber du brauchst vor mir keine Angst zu haben, ich werde dir nie etwas Schlimmes antun." Er wischte ihr behutsam die Tränen aus dem Gesicht, küsste sie zärtlich und trug sie zu den Strohbetten in die Schlafkammer. Juliana, völlig unerfahren in Liebesdingen, mehr ängstlich als erfreut, klammerte sich in ihrer argen Not an ihm fest. Alexander deutete und verstand das aber falsch und hielt das für ein Zeichen ihrer Liebe zu ihm.

Er liebte sie mit einer Unbeherrschtheit, die seiner Jugend entsprach. Juliana war das nicht fremd, sie wusste ja, was kommen würde. Wie oft hatte sie das bei den Nachbarn und einmal auch schon im Walde beim Beerensammeln gesehen! Und auch Minna hatte das schon öfter erzählt, sie hatte das mit dem Knecht Walther schon oft getan. Die fand das wunderschön und hatte einmal gesagt: „Der Walther hat den stärksten Schwengel, den ich je in mir hatte." Juliana aber war entsetzt, was sollte daran denn schön sein?

Es tat weh, verdammt weh, und sie sah danach, dass sie blutete! Tränen der Verzweiflung liefen ihr über das Gesicht. Alexander strich ihr verlegen übers Haar. Was war er nur für ein Klotz! Er konnte doch dieses zarte Wesen nicht mit Borga vergleichen, der es nicht wild genug in der Liebe zugehen konnte, die war eine Hure im Bett gewesen. Nun, es hatte ihm schon gefallen, aber dieses zarte Wesen hier musste die Liebe erst lernen und er hatte als Mann dafür zu sorgen, dass sie es gut verstand, nur dann würde auch sie daran ihre Freude haben können.

„Sei nicht traurig, bitte weine doch nicht. Ich war wieder wie ein Holzklotz. Es wird nicht immer weh tun, glaube mir! Wenn du mich lieben kannst, wird es auch ihr gefallen." Sie sah ihn mit ihren tränennassen Augen verzweifelt an und glaubte ihm nicht. Das sagte der doch nur so, um es immer wieder mit ihr tun zu können – und sie sollte auch noch Freude daran haben! „Komm, wir essen jetzt, du hast den Tisch ja schon gedeckt."

Er blickte zum Tisch hin, ging auf ihn zu und nahm das Messer, das dort lag, in seine Hand. „Dies Messer ist ein Damastmesser und nur zu meiner Rasur da, nimm es bitte nie wieder!" Juliana sah Alexander erschrocken an, sie hatte das Messer als wunderschön empfunden und wollte ihm eine Freude machen, indem sie es auf seinen Platz legte. Sie wurde traurig, schon wieder hatte sie etwas falsch gemacht.

Der Hausherr sah es wohl, nahm sein Weib in die Arme und sprach zu ihm: „Draußen steht ein Wassertrog neben dem Brunnen, da können wir uns im Sommer waschen. Nimm frische Tücher mit raus und geh dich waschen, bitte. Ich gehe dann nach dir." Juliana nahm aus der Wäschetruhe Tücher und ging sich waschen – Alexander hatte sie umarmt, jetzt war sie wieder froh!

Juliana sah sich um, es war kein Mensch in der Nähe, die Bäume und das Strauchwerk schützten vor fremden Blicken zur Kate und den Hof. Der Kolkrabe hüpfte schon wieder aufgeregt hin und her, was er nur hatte? „Komm zu mir, komm", versuchte Juliana, ihn zu locken, aber der Vogel beäugte sie nur und kam nicht ein Stück näher. „Jakob muss mich erst besser kennen lernen", dachte Juliana.

Der Zuber, der neben dem Brunnen stand, war wirklich sehr groß. Kurzerhand zog Juliana ihr Kleid und das Unterkleid aus. Eine Unterhose hatte sie nicht an, sie besaß keine. Sie stieg in den Bottich und nahm die Seife, die sie vom Seifensieder gekauft hatte. Einmal im Jahr kam der in das Dorf und bot dort seine Ware feil. Sie wusch auch gleich noch ihre Haare.

Ungeduldig sah Alexander zur Tür, wo blieb sie denn nur? Er hatte Hunger, es war ein schweres Stück Arbeit gewesen, die vier Bäume hinter dem Haus zu roden, um den kleinen Acker zu vergrößern. Er stand hastig auf, um nach seinem Weib zu sehen. Verdammt, wo war es nur?

Er konnte Juliana nicht sehen, weil sie gerade im Waschzuber untergetaucht war. Prustend kam sie wieder hoch. „Wenigstens reinlich ist sie und so übel sieht sie wirklich nicht aus", dachte Alexander, er hatte sich in seine eigene Frau verliebt. „Sie soll alles haben, was ich möglich machen kann", schwor er sich in diesem Moment. Und nie, nie sollte sie erfahren, was er verrichten musste, um sein Leben und nun auch das ihre zu erhalten.

Er sah den Kolkraben unruhig herumhüpfen, das konnte nur eines bedeuten: Ein Fremder schlich sich an! „Sei ruhig, Jakob, ich sehe nach, wer da ist." Alexander ließ seinen Blick schweifen. Er bückte sich zu Jakob und der pickte aus seiner Hand ein paar mitgebrachte Brotkrümel. Da kam pfeifend um den Stamm der großen alten Eiche ein noch junger Wanderer und erblickte ein Weib in dem Zuber – nackt! Schnell warf er sein Gelump in das Gras und duckte sich, das wollte er aber genau sehen! Oh weh, schon stürzte sich Jakob, der alte Kolkrabe, der schlimmer war als ein scharfer Hofhund, mit aufgeregten krächzenden Lauten von seinem Sitz der Eiche herunter!

Alexander verstand den Rabenvogel gut, sie beide waren gute Freunde mit der Zeit geworden. Jeder billigte des anderen Reich und so kamen sie beide gut miteinander aus. Alexander schlich sich durch die Hintertür der Kate und klopfte dem verdutzten Fremden von hinten auf die Schulter. „Will Er sich noch die Augen aussehen an meinem Weib? Komm Er zu mir, Bursche!" Erschrocken drehte sich der Fremde um, das hatte er nicht erwartet! Wenn er nicht völlig in das Bild dieses badenden schönen Weibes vor ihm vertieft gewesen wäre, so hätte er die Schritte, die sich ihm näherten, sicher bemerkt.

Juliana hörte die Stimmen und wollte schnell aus dem Wasser. Alexander sah zu ihr hin. „Bleib im Wasser!", schrie er ihr zu. Erschrocken plumpste sie zurück. Dann sah sie den Fremden, der jetzt vor der Eiche stand. Jakob, der Kolkrabe, hüpfte aufgeregt um den herum. „Danke, lieber Freund", sagte Alexander zu dem Vogel.

Der Fremde sah erschrocken zu Alexander und dann auf das Tier. Er konnte das alles nicht verstehen und begann, sich zu fürchten. War das ein Zauberer oder gar des Teufels Gesell? Die Blicke des Herrn waren hart und seine Augen schwarz wie die Nacht, genauso wild hingen die langen schwarzen Haare um sein Haupt. Der schien ein Riese zu sein … und dieser schwarze Vogel dazu? War das nicht alles zusammen ein Zeichen der Hölle?

Der junge Wanderer hatte Angst und stotterte herum: „E-e-es tut mir leid, so-o-o glaubt es mir, i-i-ich konnte doch nicht wissen, dass sie sein Weib ist. Bin auf der Suche nach Lohn und Brot und verschwinde gleich wieder." Alexander sah sofort, dass es mit dem Fremden nicht gut bestellt war: billige Nesselkleidung, völlig zerlumptes Schuhwerk, das mit Lederriemen zusammengehalten wurde, und hungrige Augen. Sein Beutel, in dem er seine Schecke hatte, war auch schon sehr zerschlissen und sein Sacktuch guckte heraus, das einer Wäsche dringend bedurfte.

Sein Mitleid überwog Alexander dazu, zu dem Fremden zu sagen: „Komm mit in mein Haus und iss mit uns." Nichts hörte der lieber als das. Schon zu lange war er auf der Suche nach etwas Essbarem und der Hunger wühlte in seinen Därmen gnadenlos und schmerzhaft. Jetzt war es dunkel draußen und das Licht, was in der Kate leuchtete, ein kümmerlicher Talgkerzenrest.

Juliana wagte sich nicht, diese sündhaft teure Glaslampe mit dem Öl zu nehmen. So etwas hatten nur reiche Herrschaften, dachte sie ängstlich. „Wie nennt Er sich und was kann Er?", fragte Alexander. „Man nennt mich Lucas, den Flötenspieler und ich kann vieles. Komme von einem Fronhof, wir sind acht Brüder und ich bin der jüngste und zähle sechzehn Lenze. Ich will mir die Welt ansehen." Er zeigte auf die kleine selbst geschnitzte Flöte, die an seinem Beutel hing.

Juliana kam herein. Alexander sah auf sein junges schönes Weib, dessen Haare noch nass waren. „Komm her, Frau, und höre! Das ist Lucas, ich möchte ihn gerne behalten als Knecht, was sagst du dazu?" Alexander wusste wohl, dass der Junge ausgebüxt sein musste. Lucas strahlte die Frau an, als wäre sie die Jungfrau Maria persönlich. „Gott wird es Sie lohnen, wenn Sie mich behalten wird", sprach er demutsvoll zu ihr und verbeugte sich leicht. Juliana wurde verlegen und sie wusste nicht, was sie sagen sollte, sie war noch nie gefragt worden und verbeugt hatte sich auch noch niemand vor ihr – sie sah hilflos zu ihrem Mann. „Hole das Mahl, Frau, jetzt muss es eben für drei reichen."

Juliana legte die gebratenen Igel auf eine Tonscheibe und holte noch das Fladenbrot, brach es in kleine Stücke und legte es in eine Holzschüssel und stellte die auf den Tisch dazu. Lucas sah begierig auf das gebratene Fleisch und hielt das für irgendwelche Vögel. Schnell hatte er seinen Anteil aufgegessen, sah fragend zu Alexander und nahm noch schüchtern von dem köstlichen Brot. Alexander holte für jeden noch einen Becher Met.

„Herr, ich habe noch nie so etwas Köstliches gegessen und getrunken, habe er Dank." Lucas war es, als ob er träume, was hatte er doch für ein Glück, na ja, er war eben ein Sonntagskind und hatte immer gottgefällig gelebt. „Lucas, will Er bei mir bleiben, so bekommt Er jedes Mal in einem Mond einen Taler. Bis seine Unterkunft fertig ist, muss Er in der Scheune schlafen." Ach was, dachte Alexander, den konnte er mit ruhigem Gewissen duzen. „Morgen gehst du mit mir zum Markt, da muss ich einiges kaufen für den Hof. Ich brauche einen Ochsen und zwei Kühe und ein paar Ziegen wären auch nötig. Einen Hengst aus gutem Stall brauche ich auch."

Juliana überlegte lange, ob sie sich hier einmischen durfte, doch dann sprach sie zu ihrem Manne: „Vergiss das Federvieh nicht." Dann sah sie verwundert zu Lucas. „Und was juckst du dich eigentlich immer so? Bringst du uns etwa Flöhe und Läuse ins Haus?" Sie bekam Angst, er könne Ungeziefer haben! Sie bemerkte, wie sich unter seinem Wams etwas bewegte.

Lucas sah die Herrin an, verlegen holte er eine kleine Katze hervor. „Ich habe die am Wegesrand gefunden. Nun ..., ich war allein und sie auch."

„Oh ...", Juliana nahm das niedliche Kätzchen aus seiner Hand. Sie schmuste mit ihm und gab ihm etwas von dem Rest ihres Essens, was das Tier natürlich sofort gierig verschlang. „Ich nenne sie Flocke, wegen ihres schneeweißen Fells." Dann sah sie zu ihrem Mann und fragte ihn mit bittendem Blick: „Die darf ich doch behalten?" Er nickte ihr freundlich zu.

„Ich fange gerade erst an, mir den Moorhof aufzubauen", wandte sich Alexander an Lucas, „ich verlange von dir Ehrlichkeit und Treue zu dem Ganzem hier, vor allem aber Ehrfurcht vor der Frau. Wenn ich nicht da bin, bist du dafür verantwortlich, alles hier auf dem Hof zu schützen, wenn nötig, mit deinem Leben. Wir errichten hinter dieser Kate ein neues, größeres Haus für meine zukünftige Familie und du kannst hier mit dem anderen Gesinde, das noch kommen wird, in diesem Haus wohnen. Die beiden Stallungen müssen frisch gekalkt werden. Morgen früh beim ersten Sonnenstrahl müssen wir in den Wald, um die Stämme zu holen, die brauchen wir, um zu bauen. Du bist noch sehr jung an Lenzen, hoffentlich gehst du nicht zu viel in die Schenke – ein Weib hast du sicher auch noch nicht. Was sagst du dazu?"

Lucas sah von einem zum anderen. „Herr, ich kann weder schreiben noch lesen oder rechnen und bin auch des Lateins unkundig, aber ich bin fleißig und mutig und ich habe viel zu Hause vom Vater gelernt. Ich kann tischlern, habe sogar die Braukunst von der Frau Mutter erlernt und schlachten kann ich auch und die Landarbeit auf dem Acker ist mir nicht fremd. Auch mit Tieren kann ich umgehen. Habe sogar schon einmal in einem Totenhaus gearbeitet. Und auch das Handgeklapper auf einem Markt ist mir geläufig, habe mit der Leier und der Flöte meine Lieder zum Ergötzen der Leut gespielt." Er strahlte Alexander an, in der Hoffnung, dass der mit ihm zufrieden sein würde. „Lucas, das hört sich gut an, aber bist du auch gottesfürchtig?" Lucas wurde brennend rot. „Ich lüge nur in der Not und ich bete jeden Tag zu unserem Herrgott und fürchte nur den Teufel und die Hexen."

Alexander nahm aus seinem Becher einen großen Schluck Met und sah plötzlich verwundert zur Tür. Man konnte ein zaghaftes Winseln hören. Juliana stand auf, um nachzusehen. Vor der Tür lag ein Hundewelpe und winselte vor sich hin. Juliana streichelte sein warmes kurzes Fell. „Rein mit dir, du Streuner, du brauchst Wasser." Der Hund, mit langem Hals und dünnen langen Ohren, erhob sich und folgte ihr, als würde er sie verstehen. „Ist der nicht lieb, darf ich den auch behalten?", fragte sie schüchtern Alexander. Der sah zu Lucas. „Ich glaube, da fragst du den Falschen, Frau. Das ist ein sehr schönes Tier, Hubertushund oder auch Bluthund genannt, der einmal sehr groß wird und den ich mir erziehen muss, sonst taugt er nicht. Die Mönche im Kloster ‚Saint-Hubert' haben diese Art gezüchtet, die gibt es schon seit dem zweiten Jahrhundert, die Hunde werden nur neun Menschenjahre alt."

Erstaunt sah Juliana wieder zu Alexander, woher wusste der das alles nur? Es wurde ihr langsam unheimlich mit ihm. „Oh

…, oh ja … Ja …, ein sehr schönes Tier und hier draußen in dieser Einsamkeit, da kommt es gerade recht."

„Der ist mir einfach zugelaufen, Herr. Ich habe eine merkwürdige Anziehungskraft auf Tiere", flötete Lucas. Und er schielte zu dem Hund und blinzelte ihm zu. „Er braucht noch einen Namen", sagte Juliana zu den Männern. Der Hund tat, als ginge ihn das alles überhaupt nichts an, er schlapperte das Wasser aus der Tonschüssel, die ihm Juliana hingestellt hatte. Lucas kratzte sich verlegen am Kopf. „Wenn Er erlaubt, würde ich ihn Satan nennen, na, der hat den Teufel im Leib!" Sofort bekreuzigte sich der neue Knecht.

Alexanders Scharfsinn hatte ihm sofort gesagt, dass dieser Hund zu Lucas gehört – die beiden waren sich sehr zugetan. „Na, warum nicht, rufen wir ihn so! Es ist schon spät, Lucas, geh jetzt in die Scheune zum Schlafen und nimm den Satan mit. Hier sind Haut- und Knorpelabfälle, die kann er haben …, er soll nicht leben wie ein Hund. Lucas, du wirst die Frau und mich, wie es sich gehört, anreden. Und, Juliana, ich bin nicht dein Herr …"

Juliana gab dem Hund die restlichen Essenabfälle und der fiel darüber her, als habe er seit Jahren nichts gefressen. Die Katze Flocke sah ihm hochmütig von ihrem neu erworbenen Platz auf der Truhe zu, als wolle sie ihm sagen: „Vergiss nicht, die Herrin hier bin ich!"

Juliana wusste aus Erfahrung, mit Hunden war nicht zu spaßen, sie waren Raubtiere und konnten auch ihren eigenen Herrn anfallen und totbeißen. Satan schien friedlich zu sein und beschnupperte behutsam Julianas Hände. Sie beide würden sich vertragen, das fand Juliana schnell heraus. Flocke verabschiedete sich auf Katzenart und verschwand in der dunklen Nacht. Satan legte sich neben Lucas, der ihn zur Nacht mit in die Scheune genommen hatte.

Alexander blies die Kerze aus und nahm die kalten Hände seiner jungen Frau in seine warmen und zog sie in die Schlafkammer. Er wusste genau, um die Liebe seines Weibes zu erringen, brauche es viel Vertrauen, das sie endlich haben musste. Sie hatte schon viel Arges erleben müssen. Juliana hatte in ihrem jungen Leben Tag für Tag kämpfen müssen, und wenn es nur für ein Stück hartes Brot für die Kleinen war. Sie selber hatte lieber gehungert, wenn es sein musste.

Als Juliana am anderen Morgen erwachte, blinzelte sie dem Sonnenstrahl, der durchs Fenster schien, fröhlich entgegen. Sie hatten vergessen, die Läden über Nacht zu schließen. Ach, wie schön war doch das Leben! Alexander hatte recht behalten. „Die Liebe ist schön, so wunderschön, das Schönste, was es auf der ganzen Erdscheibe überhaupt je gab und geben wird …", dachte Juliana wohlig und es fehlte nur noch, dass sie wie eine Katze schnurre. Wie gut taten seine warmen Hände auf ihrem Körper und wie berauschend konnten doch seine Küsse sein. „Ich will ihn immer lieben und ihm danken für so ein schönes Heim, in dem ich leben darf", dachte Juliana ergriffen. Vor Glück liefen ihr die Tränen über das Gesicht und sie machte zum ersten Mal die Erfahrung, dass man auch vor Freude weinen konnte.

Sie schlüpfte in ihr Gewand und lief hurtig zum Brunnen, zog sich einen Bottich frisches Wasser aus dem Brunnen hoch, um sich den Schlaf aus den Augen zu waschen. Noch nie war sie im Moor gewesen, der Vater hatte immer wieder davor gewarnt und es verboten, wenn er einmal ohne Weinrausch war. Nun, das war selten gewesen, aber vergessen hatte sie es nie. Nachts brannten diese unheimlichen Irrlichter im Moor, das konnte doch nicht mit rechten Dingen zugehen! Sicher waren sie dort zu Hause und in der Nacht tanzten sie im Moor.

Der alte Moorbauer, der hier einmal auf diesem Hof gelebt hatte, war schon vor langer Zeit gestorben und das ganze Gehöft war seit vielen Jahren verlassen. Das neu erbaute Kloster hinter dem Wald hatte schon seine Hand darauf gelegt, aber der Fürst Kasimir der Mächtige, dem das ganze Gebiet jenseits des großen Berges gehörte, kaufte das gesamte Lehen am Moor und übergab das Alexander zur Pacht. Alexander stand nun in der Pflicht, musste immer, wann immer der ihn auch rief, zur Stelle sein. So weit wusste das nun Juliana, aber wozu rief der Fürst ihren Mann, was sollte der dort? Wer waren Alexanders Eltern? Wie war seine Kindheit? Hatte er Geschwister? Nie sprach ihr Mann darüber zu ihr und ihn fragen traute sie sich nicht. Duzen sollte sie ihn ….

Sie sah zu dem nahen Wald, jeder Bär und jeder Wolf mied das Moor, das wusste sie, die Luchse und auch die Füchse waren da schon etwas mutiger. Auch das Moor- und Birkenhuhn waren hier zu Hause, das wusste der Fuchs ganz genau und wagte sich nur in seinem größten Hunger in das Moor, um sich hier seine ersehnte Mahlzeit zu holen.

Alexander war schon seit dem frühen Morgen im Wald, mit dem neuen Knecht Lucas. Hoffentlich würde ihnen der Bär, der schon seit einiger Zeit dort hauste, nicht zu nahe kommen. Einige Zeit lang war die Bärenhöhle verwaist gewesen, aber nun sollte das nicht mehr so sein. Die Menschen hatten Angst vor dem neuen Bewohner, manchmal hörten sie sein Brüllen bis zu sich schallen.

Ein paar Tage zuvor hatten die Leute den Ludger, des Schmiedes Sohn, tot aus dem Walde geholt. Er war dem Bären begegnet und seine Pfeile konnten nichts ausrichten gegen den Angreifer. Das Geschrei seiner Mutter hatte Juliana bis hierher vernommen. Ja, vor dem Untier hatte auch sie große Angst, wenn sie im Walde nach Pilzen suchte.

Hurtig lief sie auf die Wiese hinaus, um einige Brennnesseln zu holen, Juliana würde eine Suppe davon kochen und frisches Fladenbrot noch backen. Brennnesseln wuchsen ja genug hier, vermischt mit ein paar frischen Pilzen, würde das ein gutes, nahrhaftes Essen abgeben. In einigen Mooslöchern im Walde hatte Juliana eine Menge an Maronen gefunden. Abends würde sie den Storch noch braten, den Alexander am Tag zuvor mit einem Pfeil erlegt hatte. Er und Lucas waren gute Esser, da reichte der Storch alleine nicht.

Juliana kannte sich im Walde aus und wusste sehr genau, wo sie die schmackhaftesten Pilze finden würde, so manches Mal hatten diese die ganze Familie satt gemacht. Nicht nur deshalb liebte sie diesen wunderbaren Wald, der Nahrung gab, Holz zum Wärmen in den kalten Winternächten und ihr guttat, wenn sie seinen Geruch wahrnehmen konnte.

Sie hatte einen ganzen Korb mit Pilzen in der Vorratskammer gefunden, schon getrocknet, wusste aber genau, dass man diese

Pilze nicht essen durfte! Was machte Alexander mit diesen giftigen Pilzen? In einem anderen Korb lagen frische Pilze, die waren sehr wohl essbar und noch gut und die Haut war noch nicht schleimig. Damit kannte sie sich gut aus, es war im Vaterhaus oft so gewesen, dass nichts anderes da war zum Essen als Gesammeltes aus dem Wald.

Juliana fegte mit einem Reisigbesen die Kate sauber, schüttelte das Strohbett und die Decke aus und versuchte anschließend, das Feuer anzumachen. Sie nahm etwas Reisig zum Anfachen und stieß die Steine gegeneinander, die schlecht Funken schlugen. Es war eine große Mühe, das Feuer zum Brennen zu bringen. So hatte sie Arbeit den ganzen Vormittag.

Die Katze Flocke umschmuste schnurrend ihre Beine, der Hund Satan saß vor der Kate und betrachtete sein neues Heim, ab und zu schielte er gelangweilt zu Flocke hin, die ihn aber zu seinem Leidwesen gar nicht beachtete. Darum verbellte er sie gnadenlos und jagte sie, wenn er sie nur schon von Weitem sah.

Die Waldfrau Berblein kam mit ihrer Hucke. „Sieh an, wen sehe ich denn da, bist du nicht die Färberstochter Juliana? Brauchst du nicht ein Kräutlein oder gar einen Hasen zum Abend für den Mann?", fragte sie Juliana freundlich. Die sah mit einem freundlichen Lächeln auf Berblein. „Ja, da hat Sie recht, aber jetzt bin ich Alexanders Weib. Gebe Sie mir nur, was Sie hat, bis zum Markt ist es für heute zu spät. Hat Sie für mich auch ein Spinnrad dabei? Ich habe keines im Haus gefunden und der Flachs muss versponnen werden. Braucht Sie wieder ein Säckchen Salz?" Berblein schüttelte mit dem Kopf.

„Ich komme morgen wieder, da bringe ich ein Spinnrad mit. Hm, ein Säckchen Salz wäre gar trefflich. Bräuchtest du auch frische Wachteleier, Rebhühner oder gar ein Birkhuhn? Eine Brühe davon macht den Mann begierig." Sie kicherte verschmitzt. „Nein danke, mir reicht sein Begehren schon aus … Aber ich bin noch nicht lange hier und muss so viel lernen, ich will ihm doch alles recht machen. Er soll mich doch von Herzen gern haben." Die Alte wurde neugierig. „Trefflich, trefflich, das junge Weib! Wo kommt denn der Mann her und wessen Sohn ist er?" Wenn sie gewusst hätte, dass es *der* Alexander ist, nämlich ihr Sohn, der hier waltete, wäre sie überglücklich gewesen, aber das wusste sie leider nicht – noch nicht.

Juliana wollte nicht unfreundlich zu der guten Frau sein, aber viel konnte sie ihr auch nicht von ihrem Manne sagen. „Mir ist er ein lieber Mann und seinem Fürsten Kasimir verpflichtet, von dem wir hier das Lehen haben. Seine Familie kenne ich leider nicht." Berblein sah sie an. „Wenn du einmal Hilfe benötigst oder etwas wissen willst – ich wohne noch immer in der Waldkate hinter dem Moor, das weißt du wohl noch. Jetzt muss ich noch in das Dorf zu der Schmiedfrau. Sie hat wieder ein Kleines und ihre Brust ist wund, ich habe eine gute Salbe für sie. Gerne gehe ich nicht ins Dorf, es ist alles so schrecklich verkommen, da liegen tote Katzen und Hunde und der ganze Unrat auf der Straße, es stinkt dort zum Himmel. Der kleine Bach, der durch das Dorf fließt, ist verschlammt und stinkt wie die Pest! Und nun lebe wohl bis morgen in der Früh und danke für die Bezahlung und das Salz." Die Waldfrau steckte die drei

Pfennige in ihre Geldkatze. Juliana sah ihr glücklich nach, sie mochte diese liebe Frau schon immer sehr.

Juliana nahm den Hasen und hing ihn zum Ausbluten an den Haken an der äußeren Hauswand auf. Das Fell wollte sie ihm zum Abend abziehen, das Fleisch in Milch einlegen und dann die sich angehäuften Hasenfelle einsammeln und zu einem Teppich zusammennähen. Das würde dem Mann bestimmt gefallen.

Sie deckte ihre Augen mit der rechten Hand als Schutz vor der Sonne ab und sah zum Himmel, bemerkte, dass sich dort schon einige dunkle Wolken sammelten: Juliana hatte furchtbare Angst vor Gewittern, den ganzen Tag war es schon so schwül gewesen!

Im Vaterhaus waren die Geschwister einmal ganz alleine und alle hatten Angst, dass der Gott Wotan ihnen zürne. Der kleine Jörge hatte, zusammen mit Paul und Peter, wieder den Honigtopf heimlich leer geschleckt – und nun drohte die Strafe! Sie hockten alle zusammen unter dem großen Holztisch.

Reinhilde, Martha und Juliana versteckten sich meistens im Hühnerstall. Das Gackern der Hühner beruhigte sie und man brauchte die Feuerblitze vom Himmel nicht sehen. Einmal hatte einer in die große Eiche neben der Kate eingeschlagen! Alle Dorfbewohner kamen danach, um zu bestaunen, wie die Götter auch ohne Feuersteine so ein großes Feuer machen konnten, und die Ehrfurcht vor den Göttern wuchs, aber auch die Angst vor ihnen nahm zu.

Sie konnten so vieles nicht verstehen, warum sagte man, sie wären alle Gottes Kinder? Wenn doch die Weiber die Kinder gebären mussten und die Männer sie zeugten! Warum war dann Gott im Himmel ihr aller Vater? Vielleicht wegen Adam und Eva – diese Geschichte hatte die Mutter ihr erzählt, die wusste so etwas.

Ihre Mutter Basina war aus gutem Hause gekommen, aber von dem Vater verstoßen worden, weil sie ein Kind trug, nämlich sie, Juliana. Der Färber Heinrich hörte von ihrem Missgeschick und ehelichte sie, weil da ein Batzen Geld dranhing. Die Mutter wehrte sich gegen eine Friedelehe oder gar Winkelehe! Sie wollte eine richtige Kirchenehe und vom Pastor getraut werden, damit die noch zu erwartenden Kinder ehelich sein sollten. So konnte der Färber gar nicht ihr leiblicher Vater sein, das wusste sie. Vielleicht musste sie deshalb von ihm so viele Schläge ertragen!

Manchmal schweiften ihre Gedanken zur Mutter, die so ein erbärmliches Leben führen musste, nur weil sie einmal den Falschen geliebt hatte. Das konnte Juliana mit Alexander nicht passieren, das fühlte sie. Auch wenn seine gewaltige Kraft und sein wildes Aussehen sie manchmal sehr ängstigte, so wusste sie doch sehr genau, dass seine Kraft sie auch immer beschützen werde. Wutausbrüche hatte sie noch nicht erlebt.

Juliana beeilte sich, als Sturm aufkam, dass sie ins Haus kam. Der Hund Satan und die kleine Katze liefen hinter ihr her, denn Nässe mochten beide nicht. Nun harrten sie aus im Haus und vernahmen das fürchterliche Grollen vom Himmel! Die Götter wüteten heute gar furchtbar, was hatten die Menschen nur getan, um diese so sehr zu erzürnen?

Satan jaulte und kroch unter den Schemel, auf dem Juliana saß, noch passte der darunter. Es wurde schrecklich dunkel. Durfte sie den Kerzenstummel am Feuer anzünden? Immer wieder vergaß sie, dass sie jetzt hier die Frau war und solche Sachen selber entscheiden durfte. Sie zögerte damit.

Nachdem das Gewitter furchtbar getobt hatte, zog es ab und alle im Haus waren sehr erleichtert. Flocke sprang vom Schrank herunter und Satan lief schnell auf den Hof. Juliana erinnerte sich, dass sie noch Brotfladen zu backen hatte. Der Backofen war nicht im Haus, sondern auf dem Hof, und wenn es regnete, konnte sie die Teigfladen nicht rausbringen. Jetzt, nach dem versiegten Regen, holte sie mit einer alten Schaufel etwas Glut aus der Feuerstelle vom Dreigestell und füllte sie in den Backofen. Das war schnell getan. Zur Nacht würde sie die gebackenen Fladen herausholen. Die Hitze der Glut würde ausreichen.

Sie rief nach Satan und lief dann mit ihm zum Moorsee. Dort gab es gute Fische, hoffentlich hatten sich welche im Netz verfangen, dass Lucas am Vorabend noch ausgelegt hatte. Satan streckte sich aus auf dem Gras und ließ sich von den warmen Sonnenstrahlen verwöhnen, aber seinen wachsamen Augen entging nichts. Libellen flogen über den See, umsonst schnappte er nach diesen, die waren eben schneller als er.

Der rostrot blühende Gagelstrauch stand neben der Eberesche und die Moorbirken wiegten sich im Sommerwind. Juliana sah, dass das Pfeifengras in diesem Jahr sehr gut stand, daraus konnte sie neue Besen machen.

Juliana hob das Netz an, es war leider leer. „Da kann ich doch gleich noch einmal eine Runde im See schwimmen." Sie freute sich auf diese kleine Annehmlichkeit! Sie sah sich um, ob sie auch keiner beobachtete, aber keine Menschenseele war zu sehen. Sie warf ihr Gewand in das Gras zu Satan, der neugierig daran herumschnupperte und sich dann dazulegte, seinen mächtigen Kopf geruhsam auf seinen Pfoten, und in die Welt blinzelte. Mit Wonne sprang Juliana in das schon angewärmte Wasser, strampelte mit den Beinen und planschte zu ihrem Vergnügen herum. Bei diesem Lärm sträubten sich bei Satan die Nackenhaare und er knurrte böse.

Zu seinem Leidwesen hörte das der Wanderer Gunter nicht. Er wollte im Moorsee fischen, denn sein Hunger war arg schlimm. Gunter war ein entlaufener Knecht und er musste sehr vorsichtig sein, dass man ihn nicht wieder einfing – eine schlimme Strafe würde ihn erwarten, das wusste er sehr wohl.

Gunter war ein Jüngling, der ständig Hunger hatte. Darum griff er auf dem Hof, auf dem er Leibeigener war, schnell mal in den Korb, um sich ein Stück Fladenbrot zu stehlen. Er versteckte es in seinem Beinkleid und wickelte schnell die Beinbinde darüber. Aber die alte keifende Burga hatte es doch einmal gesehen und ihn verraten. Der Großknecht verprügelte ihn mit seinen großen Pranken fürchterlich! Gunter weinte mehr vor Wut und Scham als vor Schmerz, weil alle Mägde und Knechte zusahen und hämisch lachten. Nein, hier wollte er nicht länger bleiben, was Besseres als Hunger und Schläge würde er allemal finden!

Heimlich in einer dunklen Nacht – noch nicht einmal der gute alte Mond spendete ihm sein Silberlicht, dunkle Wolken verhinderten das – machte er sich davon. Gunter hatte gewartet, bis alle schliefen. Hermann, der alte Knecht, der hier nur noch sein Gnadenbrot erhielt, schlief immer schlecht, das wusste er genau, der war bösartig genug, ihn sofort zu verraten. Gunter stahl sich aus der Vorratskammer noch einen Brotfladen, er brauchte doch eine Wegzehrung! Nun suchte er sein Heil in der Flucht. Die erste Meile rannte er fast nur, als er völlig außer Atem war, blickte er zurück, langsam lief er nun weiter, immer der Nase nach.

Satan roch Gunter schon, als der noch gar nicht zu sehen war. Schnell rannte der Hund auf den Fremden zu, sprang an ihm hoch und bellte wie verrückt. Gunter, nun doch erschrocken über den Angriff, versuchte, den Hund abzuwehren.

Juliana hörte das wütende Gebell von Satan und sah zu, dass sie schnell wieder in ihre Kleider kam. Sie erblickte den Jungen, der da kämpfte, um seinen Angreifer loszuwerden. „Satan, komm her!", rief sie den Hund zu sich. Der sah nun zwischen Gunter und seiner Herrin hin und her, er tänzelte um Gunter herum und lief dann widerwillig zu seiner Herrin hin. Gunter, heilfroh dem neuen Schrecken entkommen zu sein, kam vorsichtig näher. Immer noch verängstigt, schielte er zu dem Höllenhund und verbeugte sich vor Juliana. „Ich danke. Ich bin Gunter und bitt recht schön um ein kleines Stück Brot für mich, mein Gedärm tut schon so weh." Erwartungsvoll sah er Juliana an. „Komm nur her, Gunter, Satan wird dir nichts tun. Komm mit auf den Hof, mein Mann wird noch nicht da sein, aber ein

Mahl sollst du haben." Sie gingen dem Gehöft entgegen. „Sicher wird dich auch der Durst plagen und du willst trinken. Aber dafür musst du etwas tun: Du wirst dem Hasen das Fell abziehen. Danach komm ins Haus zum Essen. Einen Rest kalter Brennsuppe habe ich auch noch für dich." Gunter hörte das gern und kam näher. Das Weib sah so gut aus und es roch nach Wald und Wiese!

Juliana blickte zur Straße, sie sah ihren Mann mit Lucas kommen. Sie hatten zwei Pferde vorgespannt und allerlei Getier für den Hof auf ihrem Wagen: Hammel, Schafe und drei Ziegen. Ein Holzgitterkasten mit Federvieh stand auf dem Leiterwagen. Alexanders Weib nahm die Hand wieder von den Augen, die sie vor der Sonne schützen sollte und um gut sehen zu können.

Sie war guter Dinge, schnell deckte sie den Tisch und hängte den Kessel mit der Brennsuppe noch einmal über das Dreigestell, um die Suppe noch einmal aufzuwärmen. Sie holte die Brotfladen herein und legte einige Stücke davon in eine Holzschüssel. Die Tonschüsseln stellte sie schon auf den Tisch und legte für jeden einen Hornlöffel dazu.

Sie sah auf ihr Werk: Da fehlten noch die Blumen, die sie eben von der Wiese gepflückt hatte. Sie füllte einen Weinbecher mit Wasser, um diese da hineinzustellen. Alexander sah sehr wohl, wie hübsch sein Weib alles gemacht hatte, und freute sich darüber.

Alles war plötzlich, seit Juliana im Haus war, so heimelig und so hell, ihre Wärme und ihr herzliches Lachen und ihren lieblichen Gesang wollte er nie wieder missen! Sie wärmte nicht nur sein Herz, sondern die Seele des Ganzen hier! Jetzt war auch er endlich hier zu Hause, im Grunde war sie es, die ihm hier eine Heimat schaffte, sie wusste das nur noch nicht. Juliane wartete umsonst auf ein liebes Wort von Alexander, das brachte er nicht über die Lippen. Er dachte es aber bei sich. Er war ein Mann der Tat und nicht des Wortes!

Lucas sah zu Gunter. Der stand noch immer auf dem Hof und hielt das Hasenfell in seiner Hand. „Wer ist das?", fragte Alexander seine Frau und zeigte auf den Fremden. „Das ist Gunter, ich habe ihn am Moorsee getroffen, halb verhungert! Er hat an meiner Stelle dem Hasen das Fell abgezogen und nun habe ich ihm dafür etwas zu essen versprochen", rechtfertigte sie sich gegenüber ihrem Mann. Der runzelte seine Stirn und blickte ärgerlich drein. „Du kannst nicht die Leute aufsammeln wie die Pilze im Wald. Wer weiß schon, wer der Kerl da ist?"

Der Hausherr ging auf Gunter zu. „Woher kommst du und wessen Sohn bist du?", fragte er ihn barsch. Gunter war nun in Verlegenheit. Er kannte seinen Vater und seine Mutter nicht, beide waren an dem Schwarzen Tod, der Pest, gestorben. Er war, so lange er denken konnte, Knecht auf einem Hof, der Herr dort war der Schwarze Wolf, wie sein Herr allgemein genannt wurde. Er hatte zusammen mit dem Hein, dem Großknecht, und den anderen im Schafstall gehaust.

Wolfram der Schwarze war weit im Lande bekannt und gefürchtet für seine Unbarmherzigkeit. Das aber konnte er dem Herrn hier nicht sagen, der würde ihn bestimmt zurückbringen. Etwas trotzig sah er den an. „Ich komme von nirgendwo und gehöre dem Wind und der Sonne und dem Mond und den Sternen." Alexander musste schmunzeln, ob er wollte oder nicht. Der Junge gefiel ihm, der hatte Mut und poetisch war er dazu!

Alexander hatte eine Woche zuvor, als er auf dem Markt in der Stadt war, die Ausrufer gehört, die verkündeten, dass man einen Jungen suche. Die Beschreibung passte genau auf diesen hier. Nun, der Schwarze Wolf war weit weg. „Komm hinein und iss mit uns – als ‚Himmelskind' bring uns Glück ins Haus!" Gunter schielte zu dem Herrn, wie meinte der das wohl? Er ließ sich dieses Angebot zum Essen nicht zweimal sagen.

Am Tisch blickte er zu der Frau – so schön die war, so wild sah der Herr aus, gerade zum Fürchten! Lucas grinste ihn an. Flocke kam und legte Alexander eine Maus vor dessen Füße und schnurrte um seine Beine. Lucas warf heimlich ein Stück Brot zu der Katze. Alexander sah schmunzelnd auf den Fang und warf den dann vor die Tür. Beleidigt huschte Flocke zur Tür hinaus.

Dann streiften seine Blicke die beiden neuen Bewohner. „Es füllt sich langsam, meine Gesindeschar", dachte er lächelnd. „Ich muss schnell anfangen mit dem Bau, ehe der Winter hereinbricht. Gleich morgen, ehe der Herbst mit seinen vielen bösen Wettern kommen wird, fangen wir an. Wenn ihr zwei", Alexander sah zu Lucas und Gunter, „bei mir bleiben wollt, dann habe ich nur eine Bedingung: Ehrlichkeit und Sauberkeit und dass mir der Balken immer sauber bleibt. Bei jedem Ausschiss gehe ein jeder ins Gras! Ich weiß, dass es bei euch üblich ist, sich alle paar Wochen einmal zu waschen, hier bei mir wascht ihr euch jeden Tag! Habt ihr das verstanden? Wasser dürfte genug da sein. Denkt beide darüber nach und morgen will ich eine Antwort haben."

Lucas und Gunter saßen erschrocken auf ihren dreibeinigen Holzschemeln. Das Wort Wasser war grauenvoll anzuhören, jeden Tag waschen war doch reine Verschwendung von Wasser! Im Grunde waren sie froh, ein Dach über dem Kopf zu haben und nicht immer diesen Hungerkrampf in den Gedärmen zu spüren – schwere Arbeit hingegen waren sie gewöhnt. Aber jeden Tag sich waschen zu müssen, das war hart!

Dann erklärte Alexander den beiden, warum er unbedingt die beiden Baumstämme noch am Abend haben wolle: Ein großer Berg Bruchsteine und der Lehm lagen schon in der Hofecke, um das neue Haus zu bauen.

Juliana sollte den beiden Knechten Gewänder zum Wechseln nähen – das würde viel Arbeit werden, aber Nesselstoff war ja genug da. Wie hatte sich doch in so kurzer Zeit ihr Leben verändert!

Sie würde gerne einmal ins Dorf laufen, um ihre Geschwister wiederzusehen und um Minna alles zu erzählen. Ja, die Minna, ihre Freundin, fehlte ihr schon arg! Was war Alexander für ein Mann und woher hatte er all seine Kenntnisse?

Juliana räumte den Tisch ab und sah, als sie durch die offene Tür blickte, einen Reiter auf den Hof zu kommen. Nein, ein Ritter war es nicht, der da hatte keine Rüstung an, sondern ein teures Wams auf seinem Leib, das trug das Zeichen einer fremden Grafschaft.

Alexander stand vor dem Haus und runzelte seine Stirn. Das kannte Juliana nun schon an ihm, das hieß, er war nicht froh über diesen ungebetenen Besuch. Der Reiter kam näher, hob zum Gruße seine Hand, stieg aber nicht ab. Er reichte Alexander eine versiegelte Pergamentrolle, sah dessen Weib mit gierigen Augen an und ritt wieder davon. Was sollte das bedeuten?

Alexander ging ins Haus, um zu lesen, was sein Fürst von ihm wolle. Auf seine Stirn gruben sich immer noch Falten. Juliana beobachtete ihren Mann genau – das konnte nichts Gutes sein! Er legte die Rolle auf den Tisch, stand auf, um in die Vorratskammer zu gehen, und kam mit einem Krug Wein zurück. Er holte zwei Becher und goss ein. „Komm her, Frau." Er reichte seinem Weib einen Becher. „Trink mit mir und hör! Ich muss einen ganzen vollen Mond lang zu meinem Fürsten, ich stehe ihm zu Diensten und muss gehorchen, morgen früh reite ich los. Das passt mir nicht so recht, denn das Haus muss vor dem Herbst fertig werden, bevor der große Regen kommt. Ich schicke noch einen Gesellen dazu von unterwegs. Frieder wird sein Name sein, merke ihn dir gut, er ist ein guter Baumann. Du wirst genug in der Geldkatze haben, um allen reichlich deren Esslust zu stillen. Gräme dich nicht, ich bin so schnell wie möglich wieder da. Und verschließe deine Kemenate in der Nacht sicher, solange ich nicht da bin, lass am besten den Satan immer bei dir zur Nacht ruhen, der Hund wird dich gut bewachen." Alexander stand auf, nachdem sie beide ihren Becher Wein geleert hatten.

Mit Lucas und Gunter machte er sich nun auf in den Wald, um noch einige Stämme zu holen. Juliana richtete das Nachtmahl und nahm den Hasen aus, um den auf den Rost zu legen, der Storch war verzehrt, sie hatte gehofft, dass der noch zum Abend reichen würde.

Neugierig nahm sie die Pergamentrolle vom Tisch, um sie sich anzusehen, aber sie konnte nicht so gut lesen und die Zeichnung sagte ihr auch nichts. Es war die Zeit, wo es bis spät in der Nacht noch hell blieb. Heute war wohl gar die Tagundnachtgleiche und dann würden die Tage wieder kürzer werden.

Sie aßen alle zur Nacht den gesottenen Hasen mit Brot dazu. Die Knechte Lucas und Gunter gingen in die Scheune zur Nachtruhe. Juliana hatte für beide eine saubere Strohschütte zurechtgemacht. Sie ging in die Schlafkammer, aber ihr Mann war noch nicht da. Sicher musste er sich entleeren und saß auf dem Balken, dem Abtritt neben der Mistgrube. Sie legte sich hin und verfiel sofort ins Grübeln: Warum musste der Mann wieder zu seinem Fürsten eilen? Verdiente er da die vielen Gulden? Darüber schlief sie ein, der Weingenuss half ihr in den Schlaf.

Alexander stand am Zuber, der neben dem Brunnen stand, und wusch sich den Schweiß des Tages vom Körper. Er betrat die Schlafkammer und sah sein Weib schon schlafen. Das machte ihn traurig, zu gerne hätte er jetzt noch den Beischlaf mit ihr gehabt. Alexander blickte liebevoll auf sein Weib, das da, zusammengerollt wie ein Igel, im Bett lag und selig schlief. Er ließ Juliana schlafen, sie arbeitete hart am Tage! Natürlich hatte er sich auf eine Liebesnacht mit ihr gefreut … Er hätte sie ja heimlich lieben können, während sie schlief, aber nein, er war doch kein Tier!

Ganz früh, in der noch dunklen Nacht, wo draußen auf den Wiesen noch der Nebel lag und gespenstisch wie ein Leichentuch darüber waberte, stand Alexander auf, fachte die Kerze an dem wohlgehüteten Feuer an. Er legte vorsichtshalber noch einige Buchenscheite dazu. Über Nacht hielt die Glut sich mit Torf und, gut abgedeckt, mit Tonscherben.

Er wickelte sich seine Beinbinden, zog sich seine schwarzen Beinkleider darüber und das schwarze Wams an, den Mantel mit der Kapuze noch darüber, steckte seine schwarze Augenmaske in die Seitentasche. Alexander griff noch einmal danach, um zu fühlen, ob die darin gut und sicher verstaut lag.

Er aß ein großes Stück kaltes Hasenfleisch vom Abend und nahm sich einen Brotfladen als Wegzehrung mit. Dann schlich er sich den geheimen Gang durch den Schrank, in die kleine verschlossene Kammer, die sich dahinter befand und von der keiner etwas wusste, und holte sich daraus ein grünes Fläschchen mit einem Extrakt. Dieses war aus getrockneten giftigen Pilzen zu einem Pulver zerstoßen.

Es war ein wirksames Gift, das sofort zum Tode führte! Die Menschen, die er töten musste – schließlich war er Henker –, sollten nicht unnötig leiden. Alexander steckte das Fläschchen in sein Wams, den kleineren Degen dazu und den scharfen Dolch in seine Beinbinden. Dann hing er sich sein Schwert um. Man wusste nie vorher, ob nicht ein Wegelagerer ihn überfallen würde, er musste sich wehren können!

Alexander verließ sein Haus, ging in die Stallung, stieg auf den schwarzen Hengst Hans und ritt in die bald endende Nacht hinein. Der Morgen schien anzubrechen, am Horizont graute schon der neue Tag. Alexander ritt zügig gegen Süden, der Weg war weit. Ein unheimlicher Anblick …, da ritt ein großer Mann mit einem schwarzen Umhang, der im Winde flatterte, und schwarzem Hut auf dem Kopf hoch zu Ross durch die Nebelschwaden. Ein Anblick, wie der Teufel persönlich!

Berblein sah ihn davonreiten. „Jetzt weiß ich, wer das ist, ich habe so einen Reiter schon einmal vor vielen Jahren gesehen: Das ist der Henker!", dachte sie mit Grauen an ihre schlimmste Lebenszeit … Sie musste damals als junge Nonne Barbara schnell aus dem Kloster fliehen, ihr Kindlein musste sie weggeben, weil sie gerade nur ihr Leben retten konnte. Das Kind werde in ein reiches Haus kommen, hatte ihr die Mutter Oberin Apollonia versprochen. Ein ihr unbekannter schwarzer Reiter im Walde hatte Berblein Gewalt angetan und die Folge war ein Kind!

Schwester Apollonia half ihr auch bei ihrer Flucht aus dem Kloster und sie kam damals an diesem Markt vorbei, wo ein Henker einer jungen Frau den Kopf abschlug! Noch heute hörte sie diesen dumpfen Schlag, als sein Schwert den Kopf der armen Frau vom Rumpfe trennte. Ab da wusste sie, wie Henker aussahen. Nun, heute war sie das von allen geachtete Kräuterweib Berblein, das noch immer eine unstillbare Sehnsucht nach dem Kinde hatte, das es als Nonne zur Welt brachte: Der Knabe war jetzt sicher im Mannesalter.

Einmal, vor etlichen Jahren, hatte sie einen jungen Mann bei sich, um ihm die Kräuterlehre nahezubringen. Der war ihr so ans Herz gewachsen, dass sie im Stillen genau wusste: Das war ihr Sohn. Ja, er hatte das gleiche Muttermal wie sie! Aber sie konnte ihm doch ihren Verdacht nicht mitteilen, nein, sie konnte es damals nicht – und der junge Mann ging wieder von dannen. Wenn sie nur wüsste, wo ihn die Nonne Apollonia hingegeben hatte, sie würde hinwandern und wäre es noch so weit, nur um ihn einmal sehen zu dürfen! Und eine bittere Falte mehr grub sich in ihr noch immer schönes Gesicht. Sie lief weiter den noch weiten Weg, mit der Hucke auf ihrem Rücken.

Juliana erwachte, es war eine gute Nacht gewesen. Sie sah neben sich – die Schlafstelle neben ihr war leer, Alexander war also schon weg! Der Schlaf hatte sie erquickt. Sie hörte schon das Klopfen und Hämmern von Lucas und Gunter. Hatten die beiden denn schon angefangen ohne den Fremden, der da noch kommen sollte? Wie hieß der doch nur …? Sie hatte den Namen vergessen.

Juliana zog sich schnell an, um nachzusehen, was da hinter dem Haus los war. Tatsächlich, da hoben Lucas und Gunter schon eine Grube für den Keller aus. „Einen guten Morgen! Ich mache euch gleich ein Frühstück, für heute nur Hafergrütze und Brot", rief sie aus dem Fenster den beiden zu.

Sie brachte die beiden Mutterschafe und die beiden Hammel mit den drei Ziegen auf die Wiese, pflockte sie an. Dann sah sie noch nach dem anderen Pferd, sie streichelte ihm seine Nüstern und sprach beruhigend auf die Stute ein. Sie führte die auf die Weide zu den Ziegen. Was für einen Namen konnte Juliana ihr nur geben! Nach längerem Betrachten entschied sie sich für Dicke.

Die Hühner liefen gackernd über den Hof und suchten sich ihr Futter selbst. Juliana holte noch die Eier aus den Nestern, in ihrer Schürze lagen sie sicher. Im Garten hinter dem Haus mussten die Rüben aus der Erde gezogen werden, die sollten in einer Miete in dem Erdkeller gelagert werden, aber erst, wenn die ersten schweren Nebel kommen würden.

Der Sommer würde wohl nun bald vorbei sein, vielleicht noch einen Mond lang dauern. Die Kraniche würden dann mit viel Gekrächze über das Moor ziehen, genau wie die Wildgänse es machten – wo die wohl hinflogen? Am Himmel waren dann ganze Schwärme zu sehen und die machten einen höllischen Lärm! Nur Jakob, der Kolkrabe würde bei ihr auf dem Hof bleiben.

Diese Tatsache machte sie immer traurig, hieß es doch, der Sommer geht. Sie würde es auch fühlen, wenn der Wind nicht mehr so warm sei und sich die Vögel sammeln zum Abflug, wohin auch immer. Sie hasste diese Regenzeit mit den Stürmen und dann erst die Winterzeit mit Schnee und der furchtbaren Kälte! Aber das hatte wohl noch etwas Zeit, erst musste das Getreide gesenst und gedroschen werden. Das würde eine schwere Arbeit werden, aber das Mehl, was sie dann stampfen musste, wurde gerade im Winter gebraucht. Sie mussten doch ihr tägliches Brot haben.

Zurück im Haus, bemerkte Juliana, dass der Honig fast aufgebraucht war. Claus, der Bienenmann, würde keinen zum Moor bringen, der war zu abergläubisch. Sie seufzte auf, der Weg war zu weit! Den schweren Honigtopf zu tragen war auch kein Spaß, sie würde Lucas zum Honigsammler schicken. Der Zeidler wusste genau, hier wohnten geheimnisvolle Dämonen und Geister – denen wollte er nicht begegnen. Juliana hatte auch vor ihnen Angst, doch Alexander sagte ihr, dass das alles Unsinn sei, sie brauche sich nicht zu fürchten. Wenn er daheim war, war sie unbesorgt, aber jetzt, wo er sie allein gelassen hatte, kam die Angst vor all dem Unbekannten wieder hoch in ihr.

Sie kochte die Morgengrütze und rief dann die Knechte zum Essen. Sie stellte einen Korb bereit für die Blaubeeren, die sie anschließend sammeln wollte. Da erschien plötzlich die Waldfrau Berblein auf dem Hof. „Einen gesegneten guten Morgen, hier, ich habe das Spinnrad und drei neue Spindeln dazu. Ich biete auch noch Äpfel und Birnen feil, aber die Kiepe muss ein Knecht holen."

„Ich danke Ihr, liebe Waldfrau, komme Sie herein und labe sich an einem Trunk." Juliana gab ihr einen Becher Wein. Erstaunt sah sich das Kräuterweib um. „Du lebst gar nicht schlecht bei dem Mann, oder? Sag mir doch bitte, hat dein Gemahl ein Zeichen auf dem Schenkel des linken Beines?", fragte sie beiläufig und plapperte munter weiter. „Das letzte Mal habe ich Wein bei einer Leichfeier getrunken. Der Wittib hatte reichlich davon da, der war froh, sein Weib endlich los zu sein." Genüsslich trank sie Julianas angebotenen Wein. „Wo ist er denn, der Herr? Hätt ihn schon gerne einmal kennen gelernt."

„Oh, er ist auf eine Reise für einen vollen Mond lang, zu seinem Fronherrn. Und ..., ja, er hat so ein Mal auf seinem linken Oberschenkel, warum will Sie es denn wissen?", fragte Juliana verwundert. „So, so, das ist doch aber sehr seltsam, kein junger Ehemann lässt seine junge Frau so bald allein. Und du machst dir keine Gedanken, was er tun könnte? Sehr seltsam ..."

Juliana sah Berblein ratlos an. „Was denn für Gedanken, ich vertrau ihm doch, dem Mann. Er ist schlau und kann lesen und schreiben und weiß von so manch seltsamem Ding aus der Welt."

„So, so", sagte Berblein und war sich sicher, die junge Frau wusste nicht, dass ihr Mann ein Henker und der Waldfrau Sohn war. Sie sah Juliana gütig an. „Ich werde wohl des Öfteren hier sein und vielleicht dann auch den Mann einmal kennen lernen", grummelte sie vor sich hin und nahm die Kreuzer von Juliana, setzte wieder ihre Hucke auf und zog weiter.

Lucas sah ihr hinterher, die war ihm nicht geheuer, und eine so schöne Frau im Walde allein, das machte ihm Angst. So stellte er sich eine Hexe vor, die vielleicht mit dem Gehörnten buhlte! „Mach weiter, Lucas, sonst können wir unser Versprechen nicht halten, die Grube sollte fertig ausgehoben sein, wenn der Fremde kommt." Lucas blickte beschämt zu Boden.

Juliana ging in die Vorratskammer und holte den Flachs zum Spinnen heraus. Der Flachs war schön geröstet und gut über das Nagelbrett gezogen, das zugehörige Werg lag in der Scheune zum Polstern der Kissen. Und die wieder für die Aussaat bestimmten Leinkapseln lagen in einer Holzschüssel für das Frühjahr bereit.

Alexander betrieb die Dreifelderwirtschaft, das hieß, ein Feld lag immer ungenutzt ein Jahr lang brach. Ja, er wusste viel, der Mann, Juliana lächelte, als sie an ihn denken musste.

Lustig drehte sich die Spindel und sie sang ein lustiges Liedchen dazu. Entzückt hörte der fremde Mann, der dem Hofe zuschritt, diesen lieblichen Gesang. Satan lief ihm entgegen.

„Brav, guter Hund", sprach der Ankömmling zu ihm. Der Vierbeiner schien Gefallen an dem Fremden zu finden, er beschnupperte seine Hände und sprang immerzu an ihm hoch.

Jakob, der Kolkrabe, kündigte krächzend von der alten Eiche den Fremden an. Juliana verstand seine Sprache nun auch und sah vorsichtig aus dem Haus: Beide, der Fremde und der Hund, tollten bis zur Kate, wo der Unbekannte stehen blieb und den beiden fleißigen Buben zusah. „Das ist schon sehr viel, was ihr beide da geschafft habt. Ich bin Frieder, der Baumann." Er ließ seinen Beutel fallen, den er auf dem Rücken getragen hatte, eine große Säge drang hindurch. Juliana kam, um den Fremden zu begrüßen, der war erstaunt, so ein schönes Weib in dieser Einsamkeit zu sehen. Er zog höflich seinen Hut von seinem hellen Haarschopf und verbeugte sich tief, mit leichter Ironie, vor ihr.

Weit entfernt vom Darben in einem Kloster, liefen seine Gedanken schon in eine gefährliche Richtung. Als ob der Hund das spürten konnte, knurrte der den Fremden jetzt an. Erschrocken sah Frieder zu dem Hund. Was war mit dem los? Konnte der vielleicht seine Gelüste spüren? Juliana hatte auch kein gutes Bauchgefühl, hellhaarige Männer konnte sie sowieso nicht leiden. Dieser Fremde hier, vor dem musste sie sich in Acht nehmen, sie spürte das sehr genau. Nun, sie konnte sich ihrer Haut schon wehren!

Frieder stellte sich mit seinem Namen vor und griff auch gleich zu. Bis zum Abend hatten die drei ihre Arbeit schon fast geschafft, anderntags mussten sie die viele Erde in dem Garten verstreuen.

Der Vollmond war vorbei und Juliana sehnte sich nach ihrem Mann, wo blieb der nur? Sie ahnte, dass die Waldfrau Berblein etwas wusste, was sie, Juliana, vielleicht gar nicht erfahren wollte. Immer machte die so seltsame Andeutungen, die machten ihr Angst! Dazu noch diesen Fremden, der es immer wieder versuchte, sie ins Heu zu kriegen. Lucas und Gunter sahen das wohl und sie würden im Falle der Not der Frau immer helfen, da waren sich beide einig. So war die Lage auf dem Moorhof sehr angespannt, aber sie kamen trotzdem mit dem Bau gut voran.

Zu aller Verdruss waren die letzten Augustustage sehr heiß und nahmen ihnen die Luft zum Atmen. Frieder stellte einen Wasserbottich mit frischem Wasser und einer Schöpfkelle zu den Männern, damit sie immer trinken konnten. Der Boden war stark genug, um das Gebäude darauf tragen zu können.

Satan knurrte den Baumann jetzt öfter an, den hatte er einmal dabei erwischt, als der seine Herrin bedrängt hatte. Frieder wollte Juliana zu gerne an die Wäsche, die sich aber heftig zur Wehr setzte. Frieder war aufs Äußerste erbost über so viel Starrsinn von diesem Weib. Was bildete das sich ein, eine Frau war nur einfach da und für nichts weiter zu gebrauchen, um den Männern etwas Freude zu machen! Der Hund war dem Fremdling an die Kehle gesprungen, seitdem war Frieder vorsichtiger geworden.

Es sprach sich im Dorf herum, der Moorbauer sei nicht da und die schöne Juliana so ganz allein. So manch frecher, übermütiger Gesell gab freiwillig sehr schnell Fersengeld, als Satan ihn verbellte. Sogar, als einmal eine ganze Horde Zigeuner sich wagte, den Moorhof zu betreten, nahmen die schnell wieder Reißaus, als sie diesen Höllenhund nur sahen! Darüber war Juliana besonders froh, denn die waren ihr nicht geheuer gewesen.

Juliana begriff schnell, dass es Satan war, der sie jetzt eigentlich beschützte. Sie verwöhnte ihn mit Streicheln und gab ihm besonders große Fleischstücke zum Fressen. Die Mannsleut in ihrer Umgebung fingen an, den Hund zu hassen. Satan wusste zum Glück nicht, in welcher Gefahr er war. Aber Juliana konnte es sich denken, sie kannte ihre Mitmenschen so weit recht gut und versuchte, den Hund so abzurichten, dass er kein Futter von Fremden annahm. Frieder sah das mit Ärger, er hatte auch schon daran gedacht, dem Mistvieh etwas ins Fressen zu tun. Lucas und Gunter halfen beim Abrichten des Hundes und dann war es so weit, dass Satan noch nicht einmal von den beiden, ihm Bekannten etwas annahm.

Eines Morgens stand Julianas kleine Schwester Martha vor ihr, barfuß und in einem viel zu kurzen Kleid, aus dem war sie schon herausgewachsen. „Juliana, du sollst zum Herrn Vater kommen, er will es so", keuchte unter Tränen die Kleine. Gunter und Lucas hörten diese Worte auch und sahen ihre Herrin an. Juliana kniete sich zur Schwester hinunter. „Warum denn, Martha, ich habe hier sehr viel Arbeit und mein Mann wird heute oder morgen wiederkommen. Da kann ich nicht so einfach weg, ist denn jemand krank? Oder hat gar einer das böse Fieber oder einen kranken Ausschiss?" Martha druckste herum, was Juliana stutzig machte. Was war da los?

Sie holte einen Blaubeersaft für die Kleine, die doch durstig sein musste! Heute war es noch einmal so richtig heiß geworden, es war, als wolle die Sonne zum Abschied noch einmal die Erde mit aller Kraft erwärmen. Schnell griff Martha zum Becher und auch schnell war dieser köstliche Saft getrunken! „Juliana, hast du auch etwas zu essen für mich?", fragte sie schüchtern. Die junge Frau sah erschüttert in die hungrigen Augen ihrer Schwester. Sie strich ihr über das Haar, das schon arg verfilzt war. „Natürlich bekommst du etwas." Sie ging ins Haus und bestrich ein großes Stück Fladenbrot mit dem Rest Honig. „Bitte gehe dir einmal im Bottich die Hände waschen", mahnte Juliana. Martha sah ihre Hände an. „Aber die habe ich doch gestern erst gewaschen, so glaube mir", beteuerte sie treuherzig. Es war für Juliana ein schweres Stück Arbeit zu erklären, warum sie sich noch einmal die Hände waschen sollte. Das Mädchen tat es dann auch, denn das Honigbrot lockte doch zu sehr!

So nach und nach bekam Juliana zu hören, warum sie zum Vater kommen solle. Der hatte einen Freier für sie, der viel mehr zahlte, als Alexander das getan hatte. Und die vielen Gulden verleiteten den Vater, wortbrüchig zu werden. Aber wie konnte sie Martha schützen? Die würde sicher Schläge bekommen, wenn sie nicht mitginge.

Martha zupfte schüchtern an Julianas Gewand. „Sage, Juliana, wohnt hier auch die Fee mit den roten Augen und den schwarzen Haaren und dem grünen Gewand, die so schreien soll, wie ein Wolf heult? Und wo sind die Elfen? Und hast du schon die guten Erdgeister gesehen?" Marthas neugierige Fragen überstürzten sich.

Juliana wollte gerne alles beantworten, da sah sie von Weitem einen Reiter kommen. Konnte das Alexander sein? Gespannt blickte sie in die Ferne. Da pirschte Satan schon los – seinem Herrn entgegen! Juliana war so aufgeregt, dass sie sich gar nicht so richtig auf die kleine Martha besinnen konnte und somit auch nicht bemerkte, wie die sich enttäuscht wieder dem Dorf zuwandte.

Der Färber war außer sich vor Wut, als Martha allein nach Hause kam. „Die feine Dame kann wohl nicht kommen?", schrie er das Kind an. Das stand erschrocken vor dem gestrengen Vater. Der Honig hatte ihr Gewand bekleckert und um den Mund herum klebte er auch noch. Der Färber, in der Annahme, dieses ungehorsame Balg hatte wieder den Honigtopf in der Vorratskammer geplündert, nahm den Stock und schlug herzlos auf das Kind ein.

Dem fremden Mann, der da stand und auf Juliana gewartet hatte, wurde ganz schlecht, als er das sah. Er schritt ein. „Halte Er ein, Er schlägt das Kind ja tot!" Martha aber war in der Tat schon tot, sie war mit dem Kopf an dem harten dreibeinigen Schemel aufgeschlagen! Der Färber, sich dessen nicht bewusst, warf das Kind einfach zu Boden. Erst als es sich so gar nicht wieder bewegte, griff er erschrocken nach dem Kinde. Der Fremde, entsetzt, machte schnell, dass er wegkam aus diesem Mörderhaus!

Reinhilde hatte es schnell begriffen, die Brüder waren nicht da, sie war mit diesem verfluchten Kindsmörder ganz allein!

War das nicht endlich die Gelegenheit, diesem Elend hier zu entkommen? Der Färber musste die drei Jungen zum Einbringen der Ernte auf den Nachbarhof schicken, alt genug waren die. Das Mädchen Reinhilde, mit seinen dreizehn Jahren, musste das Haus besorgen. Das sah, was der Vater diesmal wieder in seinem Jähzorn angerichtet hatte. Entsetzt floh Reinhilde aus dem Haus in Richtung Moor, nur Juliana konnte ihr helfen!

Sie stolperte über einen Haufen verfaulter Möhrenschalen und Kohlblätter, rutschte anschließend auf einem großen Hundekothaufen aus. Ihr braunes Kittelkleid war nun sehr schmutzig, sie sah an sich herunter und dachte an Juliana, die so etwas gar nicht mochte. Die aber saß glücklich mit ihrem Mann beim Weine und sie feierten das Wiedersehen.

Juliana hatte die kleine Martha in ihrem Glück leider vergessen. Alexander stand auf, er wollte die beiden fleißigen Knechte zusammen mit dem Baumann auch zum Trunke holen. Wo war der Frieder überhaupt? „Hast du den Baumann gesehen?", fragte er Juliana. Die schüttelte mit dem Kopf. Frieder aber hatte furchtbare Angst vor Alexander, der kannte dessen Gewalt und seine Wut, denen wollte er sich auf keinen Fall aussetzen! Er war von Natur aus feige – wenn das Weib nun ihrem Manne erzählte, dass er ihr fast Gewalt angetan hatte! Nein, er wollte es nicht darauf ankommen lassen und verzichtete lieber auf seinen Lohn. Dass er dafür aber die Stute, als selbstgezahlter Lohn für seine Müh, aus dem Stall genommen hatte, umso schneller diesen gefürchteten Ort verlassen zu können, das sah er nicht.

Satan spitzte seine Ohren und fing an zu knurren. Juliana sah auf ihn hernieder und streichelte ihn. „Was hörst du da schon wieder, mein Bester?" Da betrat Reinhilde den Wohnraum, nach einem schüchternen Kratzen an seiner Tür. Sie sah Alexander an und knickste vor ihm. „Verzeih Er bitte mein Eindringen, aber es ist wichtig." Juliana hatte schon ihren Arm um die Schwester gelegt. „Komm nur und setz dich zu uns." Juliana sah sehr wohl, wie schmutzig die Schwester war. Reinhilde konnte sich nicht mehr bezwingen und die Tränen flossen reichlich über das hübsche Gesicht. Unter Schluchzen und Weinkrämpfen schilderte sie die Tragödie, die sich im Vaterhaus abgespielt hatte. Alexanders Wangenknochen mahlten, kein gutes Zeichen, das wusste seine Frau. Er sah seine Juliana an. „Frau, mach die kleine Kammer fertig, das wird dann für Jungfer Reinhilde eine Unterkunft sein, aber steck die um Himmels willen erst einmal ins Wasser." Er blickte das Mädchen an. „Willst du bei uns auf dem Hof bleiben oder bist du jemandem versprochen?" Reinhilde antwortete nicht darauf, sie hatte Angst, wieder zurückzumüssen. „Wie wäre es als Magd bis zu deiner Verehelichung?"

Reinhilde sah ihren Gönner dankbar an, knickste vor ihm und schon wieder flossen die Tränen, aber diesmal vor Erleichterung. Sie kniete sich vor ihm hin und küsste ihm seine Hand. Bewundernd betrachtete sie diese, so stark und männlich! Ein Plan in ihrem Kopf begann, Gestalt anzunehmen ...

Warum sollte Reinhilde hier die Magd spielen? Vielleicht war der Hausherr nicht abgeneigt, eine Jüngere im Bett zu haben – Juliana musste doch schon fast achtzehn Jahre alt sein!

Sie war nicht so naiv und dumm wie ihre Schwester, sie wusste sehr genau, wie Männer beschaffen sind. So manches Mal reichte da schon ein Blick aus und wenn der Kerl eben nicht gleich begriff, na, dann hob sie ihre Röcke und zeigte ihm schon mal den blanken Hintern.

Juliana sah diesen verlangenden Blick der Schwester und ihr wurde bang vor der kommenden Zeit. Reinhilde war schon immer verschlagen und verlogen gewesen, sie traute der nicht! Auch Alexander war das stille Anbieten des Weibes nicht entgangen.

Gunter und Lucas waren schon wieder bei der Arbeit und auch Alexander ging hinaus, um mitzuhelfen, damit das Haus endlich fertig werde. So manches Mal schon wehte der Wind in der Nacht stürmisch und kalt. Flocke sonnte sich in den letzten warmen Sonnenstrahlen, die der Oktem noch spendete, und Satan legte sich neben sie. Aber Flocke musste einfach stänkern, sie wischte ihm eine mit ihrer Pfote an seine Ohren. Der Hund knurrte sie an – das verstand sie nur zu gut.

Reinhilde sah diese Idylle und neidete der Schwester diese. Wenn Alexander weiter so bauen würde, dann würde das hier eine richtige Festung werden! Sie sah dem Manne zu, wie seine Muskeln spielten, als er die schweren Bruchsteine und Quader hob und sie aufeinandersetzte und mit Lehmbrei verschmierte. Ihr stockte vor Verlangen fast der Atem.

Juliana sah sehr wohl, wo der Blick ihrer Schwester hinging. Nur Alexander bemerkte nichts von alledem. Mit keinem Atemzug dachte Reinhilde an die drei kleinen Brüder, aber Juliana dachte mit Schmerzen an die Kleinen. Nur, wo sollte sie die denn hier noch unterbringen? Sie machte sich große Sorgen, aber sie traute sich auch nicht, wieder in das Vaterhaus zu gehen.

Am anderen Tag kam der Dorfschulze zu ihnen auf den Hof geritten. Ächzend stieg er von seinem Gaul. Das viel zu gute Essen schlug bei ihm zu Buche. Er suchte Alexander, obwohl Juliana vor ihm stand, übersah er die geflissentlich. Er würde doch nicht mit einem Weib verhandeln!

Alexander bat ihn ins Haus und bot ihm notgedrungen einen Becher Dünnbier an. Der sollte sich nur in Acht nehmen, denn wer sein Weib missachtete, der sollte ihn kennen lernen! Das wusste der Schulz leider nicht. „Höre Er mir gut zu", sprach der, „der Kinder Vater ist schon in der Gerichtsbarkeit, er wird sicher hängen und die drei Bälger kommen zur Fron auf den Schulzenhof. Wo ist die Reinhilde?" Er war Witwer und wollte die junge Reinhilde gerne zu seinem Weibe machen.

Gerade als die beiden Männer sich zutranken, kam das Mädchen in das Haus mit einem Korb frisch gepflückter Äpfel, es waren die letzten für dieses Jahr, die sie abzunehmen hatte. Die guten sollten in einschichtigen Lagen auf die Holzroste in den Erdkeller gelegt werden zum Überwintern und die, die angestochen waren, dienten als Futter für die Pferde und Schweine.

Als Reinhilde den Schulzen sah, wurde sie leichenblass. Der sah sie mit brennenden Augen an und seine Gedanken überschlugen sich in Erwartung, was da kommen könnte. Sie konnte diesen Fettwanst, wie sie ihn immer bei sich nannte, nicht leiden! Alexander spürte sofort ihre Abneigung gegen den

Mann. Das war schade, denn wenn das Mädchen blieb, würde es große Zerwürfnisse geben, das spürte er genau.

Reinhilde war ein Weib, mit dem man nicht in Frieden leben konnte. Am besten war noch immer ein offenes Wort, wusste Alexander aus Erfahrung. „Jungfer Reinhilde, du kannst hier nicht bleiben, du weißt genau, warum … So ist es doch das Beste, du hast ein Auskommen auf dem Schulzenhof, wo die Brüder sind." Er redete zu ihr so deutlich, weil sie unverschämt und frech ihre eigene Schwester betrügen wollte.

Sie war Alexander am Abend zuvor in den Pferdestall nachgegangen und hatte doch tatsächlich versucht, ihn ins Heu zu ziehen. Er hatte nicht schlecht gestaunt, als sie schnell ihren Kittel ausgezogen hatte und ihn an seine Männlichkeit fassen wollte. Er gab ihr eine saftige Ohrfeige und warf ihr den Kittel, der im Heu lag, wieder zu. „Ziehe den nur wieder an und es wäre gut, wenn du dann vom Hof gehen würdest!", fuhr er sie an. Ab da war ihm klar, mit der musste er hart sein, die verstand keine andere Sprache!

Unfrieden würde auf seinem Hof einziehen und alles zerstören, was er sich bis jetzt aufgebaut hatte. Reinhilde war von der Art der Weiber, die rücksichtslos nur nahmen und nie genug bekommen konnten und die kein Heim wärmen oder auch nur halten würden, die nie ein gutes Wort für andere hatten oder gar einem Menschen helfen oder in Krankheit stärken würden. Reinhilde gehörte zu den Weibern, neben denen sogar das Feuer zu Eis erstarrte, weil sie immer nur an sich selber dachten!

Was hatte Alexander doch für ein Glück mit seiner Juliana, nie würde er dieses Prachtweib gegen eine andere eintauschen!

Seine Augen lächelten, er wusste es nicht. Reinhilde aber wollte so schnell nicht aufgeben, was sie sich da erträumt hatte. Die Schwester, pah, die war ihr doch egal! Ihre Augen schossen Blitze auf Alexander ab. „Hat der feine Herr gestern nicht bekommen, was er wollte, und schickt mich nun aus feiger Rache fort?", versuchte sie, den Spieß umzudrehen. Alexander wurde rot vor Wut über das freche Weib!

Juliana hörte diese scharfen und bösen Worte der Schwester noch, als sie das Haus betrat. Sie glaubte ihr diese Worte nicht, das Vertrauen zu ihrem Alexander war viel zu groß. Sie stellte den Korb mit den Birnen auf den Tisch und ging entrüstet auf ihre Schwester zu. „Du hättest hier ein Heim haben können, aber deine Falschheit und deine unermessliche Gier haben das vereitelt. Nun gehe, ich und mein Mann wollen dich hier nie wieder sehen." Alexander sah sein Weib verwundert an.

Reinhilde aber wusste, sie hatte verloren, voller Hass sah sie ihre Schwester an! Wütend trat sie nach dem dreibeinigen Schemel, auf dem die Katze Flocke saß. Die sprang entsetzt von diesem herunter, geradewegs auf Satan drauf, der hatte nämlich danebengelegen. Aber der hatte die Ruhe weg und sah sich nur staunend um, wer da auf seinem Rücken saß.

Der Schulze nahm seinen Hut und zerrte Reinhilde aus dem Haus, dabei verlor sie einen Holzschuh. Alexander warf ihr den hinterher. Der Schulze fuhr sie an: „Ich bin jetzt für Sie der Munt, dass Sie es nur wissen!" Sie musste mit auf sein Pferd steigen. Es hat angefangen zu regnen und der Wind brauste durchs herbstliche Land. Barfuß, ihre Holzschuhe in der Hand und voller Widerwillen, folgte sie dem Manne auf dem Pferd zu seinem Hof.

Lucas und Gunter kamen ins Haus und sahen noch, wie der Schulze mit Reinhilde forttritt. „Die muss weg, die gehört hier nicht her, gut so, dass der Schulze sie mitnimmt", sagte Lucas zu Gunter. „Hm, die Jungfer werde ich auch nicht vermissen", antwortete Gunter. „Herr, es regnet, wir haben noch schnell das Heu in die Scheune getragen. Gunter hat das Pferd gefüttert und die Schafe und die Ziegen habe ich von der Wiese geholt." Beide sahen, wie sich Alexander und Juliana an den Händen hielten, so etwas hatten sie noch nie zwischen zwei Eheleuten erlebt. Es war ihnen richtig feierlich zu Mute!

Schnell besann sich Juliana wieder ihrer Pflichten und bereitete das Essen zu, darauf freuten sich nun alle schon, weil die Frau immer so etwas Schmackhaftes auf den Tisch brachte. An diesem Abend zum Beispiel gab es zum Essen, weil es draußen schon so frisch war, heißen Kamillentee mit Honig. Den Honig hatte Lucas von Claus geholt. Doch Alexander, der Herr, trank lieber seinen Wein.

Da hörte Alexander den Kolkraben vor der Tür aufgeregt krächzen. Auch Satan spitzte seine Ohren. Neugierig ging der Hausherr zur Tür und als er die aufmachte, standen da zitternd die drei kleinen Brüder von Juliana davor. Sie trieften vor Nässe und zitterten vor Kälte, ein erbarmungswürdiger Anblick. Schnell holte er alle drei in das Haus. Juliana juchzte auf vor Freude, doch Schrecken und Angst saßen tief bei den Kleinen. Sie holte schnell Tücher, um die drei abzurubbeln, steckte die eiskalten und schmutzigen Füße der Jungen in eine Tonschüssel mit warmem Wasser. Schuhe besaßen sie nicht und es war schon sehr kalt draußen, besonders in der Nacht.

Gunter gab jedem einen Becher mit heißem Kamillentee und Lucas nahm die nassen Gewänder und hängte sie über die Schemel. Nun saßen die drei, in trockene Leinentücher gehüllt, auf der Ofenbank neben dem Feuer und schlürften das heiße Getränk. Ihre kleinen Gesichter strahlten vor Dankbarkeit und Glück. So etwas Schönes hatten sie noch nie erlebt!

Alexander sah sich die drei schmunzelnd an, die waren mit Bestimmtheit weggelaufen vom Schulze-Hof. Wie sollte er das nur regeln? Er musste zu seinem Fürsten reiten und die Erlaubnis einholen, die Buben auf seinem Hof behalten zu dürfen. Anders würde es nicht gehen, denn der Schulze würde sich solch billige Arbeitskräfte nie wegnehmen lassen.

Im Stillen fluchte er, das würde so seine Zeit brauchen! Wenn er aber nicht handelte, dann kam es zu einem Gerichtstermin und er müsste sich offenbaren – das war sein größtes Problem. Sein Handwerk als Henker musste hier ein Geheimnis bleiben! Er war hier offiziell der Bauer vom Moorhof und das sollte auch so bleiben. Keiner sollte je wissen, was er in Wirklichkeit tat, besonders nicht Juliana. Er würde ihre Liebe verlieren – und das hätte er nie ertragen. Sie war das Beste in seinem Leben. Zärtlich sah er sie an. „Geh in die Kammer und richte die für die Buben her", sagte er freundlich zu seinem Weib.

„Eines sage ich euch, ihr drei: Seid immer gehorsam und lügt nie oder stehlt gar. Morgen früh werdet ihr den Pferdestall ausmisten und die Pferde striegeln, habt ihr das verstanden?"

Die Buben nickten eifrig mit dem Kopf. „Lucas, gehe morgen in der Früh zum Schuster und hole für die drei Holzschuhe."

„Ja, Herr", antwortete Lucas, erstaunt, wie so ein starker großer Mann so rührselig sein konnte. Gunter hielt es an dieser Stelle für angebracht, dem Herrn zu sagen, dass der Frieder die Stute, die Dicke, gestohlen hatte. „Herr, wir haben nur noch ein Pferd, den Hengst, die Dicke ist weg. Die hat der Baumann Frieder, ich habe ihn gesehen", stammelte Lucas. „Nun ja, soll das sein Lohn sein – obwohl er klammheimlich gegangen ist." Alexander sah sein Weib wissend an, es war ja so leicht zu durchschauen.

Juliana wurde wieder einmal brennend rot, obwohl sie sich keiner Schuld bewusst war. Sie seufzte auf, das hieß für sie, morgen ganz früh aufstehen und am besten gleich noch vor dem Frühmahl anfangen zu nähen, denn nun brauchten auch die Kleinen neue Wämser. Ihre erbärmlichen abgemagerten Körperchen mussten eingekleidet werden. Schon wieder kamen ihr die Tränen, als sie die Buben da sitzen sah!

Es vergingen drei Jahre mit sehr viel Arbeit, aber auch Glück und Zufriedenheit. Julianas kleine Brüder durften auf dem Hof bleiben und arbeiteten fleißig. Sie fühlten sich hier sehr wohl und waren auch gehorsam, nur in den Wald, den sie über alles liebten, mussten sie heimlich gehen. Juliana wollte es nicht, die Gefahr dort war zu groß, der Bär regierte dort mit eiserner Tatze.

Alexander hatte die Erlaubnis bekommen, die Brüder auf seinem Hof zu behalten, die waren schon eine sehr große Hilfe! Das neue Haus stand und der Hof gedieh, sein Besitzer nannte bereits viele Tiere sein Eigen, sogar vier Schweine, obwohl die sehr teuer waren. Die Scheunen waren gefüllt, so wie die Vorratsräume auch.

Juliana war eine gute Bäuerin geworden und sehr umsichtig. Ihr einziges Unglück war, dass Gott sie nicht dazu ausersehen hatte, ein Kindchen zu haben. Sie fühlte sich minderwertig und schämte sich vor ihrem Manne, den sie so über die Maßen liebte. Es war, als ob er es nicht vermisse, Vater zu werden.

Gott musste sie einmal verflucht haben, was hatte sie nur getan? Dabei betete sie jeden Tag! In der Nacht kamen ihr die Gedanken …, dass sie da nicht früher daran gedacht hatte! Alexander und sie hatten nur eine Friedelehe, sie hatten sich nicht vor Gott trauen lassen! Das war es doch, warum dieser zürnte! „Das muss schnellstens geändert werden", dachte sie, endlich den Grund für ihre Kinderlosigkeit gefunden zu haben. Dann würde sicher auch der Kindersegen eintreffen. Beruhigt schlief sie nun ein.

Am anderen Tag kam wieder ein Reitersmann und brachte eine Pergamentrolle mit einem Befehl. Juliana hatte auf einmal Bauchschmerzen, wenn sie nur daran dachte, wieder so lange allein sein zu müssen. Alexander musste an seinem vierundzwanzigsten Geburtstag in die Fremde ziehen, sein Lehnsherr, Kasimir der Mächtige, wollte es so. „Juliana, mein Lieb, es könnte diesmal etwas länger dauern, aber vielleicht komme ich doch eher wieder zu dir zurück. Ich muss aber dann noch einmal weg für eine kurze Zeit. Lebe wohl." Er küsste Juliana und flüsterte ihr zärtliche Worte ins Ohr. Sie errötete und strich ihm über seine Wange. „Lieber Mann, komme gesund wieder."

Nun war er wieder unterwegs, fort, um einen Auftrag auszuführen, welchen, fragte sich sein Weib. Es wagte sich noch immer nicht, danach zu fragen, er würde es nie von sich aus sagen, das wusste sie. Er würde vielleicht erst wieder nach zwei Monden zurück sein …, aber es sollte viel länger dauern!

Jetzt war es tiefster Winter, aber auch der verging und es wurde wieder Frühling und der wonnige Maius war da! Überall summte und brummte es und es grünte und blühte so herrlich, die Erde konnte wieder atmen und sie duftete! Die Bäume standen in ihrer herrlichsten Pracht. „Ach, könnte man den Duft doch irgendwo für sich verwahren", dachte Juliana oft.

Die Vögel übertrafen sich im Singen und Zwitschern, was Juliane kaum wahrnahm, sie hatte Arbeit, die kein Ende zu haben schien. Im Garten musste die schwere Erde umgegraben werden und dann die Aussaat der Blumen und das Pflanzen der Gemüsesorten folgen. Die Äcker bestellten Gunter und Lucas.

Ein Wunder, dass sie alle noch lebten nach diesem so harten Winter, den sie nur überstanden hatten, weil Gunter und Lucas so gut mit Pfeil und Bogen umgehen konnten und so manches Stück Wild auf ihrem Rost landete. Einmal wollten sie gar einen Adler vom Himmel holen, aber da griff Juliana Lucas in den Bogen. „Nein! Lass ihn leben, bitte!" Sie sah sehnsuchtsvoll zum blauen Himmel, wo der Aar seine Kreise zog. Lucas verlor sein Gleichgewicht, er lachte und sie fielen beide in den hohen Schnee.

Jetzt blühten an den Bäumen schnee- und rosaweiße Blüten, wohin man auch sah! In ihrem Übermut drehte Juliana sich immer im Kreise und rief ganz laut: „Schön ist das Leben, wie schön ist das Leben!"

Alexander kehrte endlich auf den Hof zurück. Ihm folgten einige Holzfäller aus dem Dorf. Sie brachten eine schreckliche Nachricht mit: Die Waldfrau Berblein war in ihrer Kate erfroren. Die Holzfäller Hubertus und Sixtus hatten sie gefunden, als die Hunde wie verrückt davor bellten und durch nichts zu beruhigen waren.

Alexander war zum Glück in der Nähe, als sie die Tote aus ihrer Hütte holten, er schickte die Jäger sofort zum Leichenhaus. Er ging in die Hütte und fand eine kleine Holztruhe, in der ein wunderschönes altes Amulett und drei Bücher lagen: Eins war die Bibel und in den beiden anderen standen von Hand geschriebene Texte, wahrscheinlich von Berblein selber. Alexander wollte sie einmal, wenn er viel Zeit hatte, lesen. Er nahm die Truhen, samt Inhalt, mit. wunderschönes altes Amulett

Juliana sollte dahinein ihre gesammelten Schätze legen: einen goldenen Becher, den ihr Alexander vom königlichen Hofe mitgebracht hatte, und einen wunderschönen Ring aus schwerem Gold, den sie nie trug, weil er ihr viel zu groß war und auch zu schön. Auch den hatte sie von Alexander bekommen.

Sie besahen sich das alte Amulett, das hatte Berblein Juliana einmal in die Hand gegeben und zu ihr gesagt: „Wenn du einmal in große Not kommen solltest, dann zeige es deinem Mann und schwöre auf dieses Amulett, die Wahrheit zu sagen, aber denke immer daran, es wirkt nur einmal. Dieser Glücksbringer kann euer beider Leben zum Guten verändern. Ein großer Herr wird diesen Anhänger zur Wappenprüfung brauchen." Für Juliana waren diese Worte unheimlich gewesen und sie hatte Angst, das Amulett auch nur zu berühren. Vielleicht hatte das Zauberkräfte!

Juliana musste wieder an den vergangenen Winter denken. Sogar das Getreide war zur Neige gegangen und sie konnte mit dem Mahlstein nichts mehr zu Mehl mahlen und somit kein Brot backen. Lucas und Gunter hatten sich beide, als sie im Walde geholzt hatten, fast ihre Füße erfroren. Auch der Waldsee war zugefroren gewesen, Juliana musste mit dem Beil ein Loch in das Wasser hacken, um eine Angel darin auslegen zu können.

Beim Aufräumen fiel ihr ein Kittel von Paul in die Hand, den wollte sie doch Minna geben für deren kleinen Sohn. Paul, der mittlere von den Brüdern, war im Walde von einem wütenden Keiler angegriffen und von diesem tödlich verletzt worden. Juliana war an dem Tag, als die Kinderleiche begraben wurde, außer sich vor Schmerz gewesen. Seitdem ließ sie keinen von den beiden Brüdern wieder in den Wald – und das nahmen die Buben, Peter und Jörge, ihrer großen Schwester sehr übel.

Einmal schlichen sie sich wieder heimlich in den geliebten Wald. Sie sahen verblüfft einem Eichhörnchen zu, wie es wieselflink den Baum hoch- und wieder herunterkletterte und im Schnee die Vorräte suchte. Hier im Walde gab es so vieles zu bestaunen und zu sehen, dabei konnten sie die Gefahr noch nicht einschätzen.

Sie hockten neben einer großen Tanne und waren so sichtbar für die Zigeuner, die zurzeit das Land durchstreiften. Janosch, der Rangälteste, zeigte auf die beiden Kinder und schon schwärmten die Frauen aus und fingen die beiden ein ... Wochenlang wurde im Walde gesucht, aber immer umsonst: Die beiden Brüder blieben verschwunden. Juliana machte sich große Sorgen und es vergingen viele schlaflose Nächte und sorgenvolle Tage, ehe sie es endlich begriff, die beiden Jungen kommen nie wieder ...

Fünf Jahre waren nun schon ins Land gegangen und aus Gunter und Lucas waren standhafte Mannsbilder geworden. Sie waren dem Hof unentbehrliche und treue Knechte geworden. Satan, der Hofhund, würde wohl bald das Gnadenbrot bekommen, denn seine beste Zeit war nach neun Jahren vorbei. Alexander dachte schon lange über einen jüngeren Artgenossen nach, den müsste er sich nur diesmal besser erziehen, er dürfte nicht so verspielt wie Satan sein. Und Flocke hatte den Hof mit lauter niedlichen Katzenkindern versorgt, die sich wiederum auch vieler Katzenkinder erfreuen.

Nur Juliana hatte noch immer keinen Nachkommen, dabei hatte sie schon heimlich so manchen Zauber ausprobiert: Berblein hatte ihr vor langer Zeit einmal den Rat gegeben, ihr Frauenblut aufzufangen und es dem Mann in sein Essen zu mischen. Natürlich hatte sie das getan wie so manches andere, aber nichts hatte geholfen. Auch nicht, dass sie beide mit ihrer neuen Kutsche zu dem sehr weiten Pfarramt fuhren, um sich kirchlich trauen zu lassen. Der Pfarrer Tobias, der dort in Neukirchen die Pfarrei betreute, war nicht sehr begeistert gewesen! Obwohl ihm Alexander eine große Spende für seine Kirche vermachte, blieb der Pfarrer übel gelaunt, aber er erteilte ihnen das heilige Sakrament der Ehe. Auch das half leider nichts, es kam kein Kind.

Juliana hatte in der Not des Winters den Hahn schlachten müssen und nun brauchte sie einen neuen für den Hühnerhof. Sie hatte Angst, gar einem Weibe zu begegnen, das sein Kleines an der Brust nährte. Wenn sie könnte, würde sie ein Kind stehlen! Die Schmiedfrau im Dorf hatte schon sechs! Vielleicht wäre die gar froh, eines loszuwerden? Ja, sie würde die Frau fragen, Geld sollte die gerne haben, ja, das würde sie tun! Juliana atmete erleichtert auf, als sie den Gedanken zu Ende gedacht hatte.

Sie war mit ihrem Alexander so glücklich, vielleicht dachte Gott, dass das genug wäre an Glück! Wie sie nun aber doch sehr genau zu wissen glaubte, war es sehr wichtig gewesen, dass sie sich beide in der Kirche hatten trauen lassen. Nun würde Gott ihre Verdammnis ganz sicher aufheben! Nach zehn langen glücklichen Jahren war sie jetzt im vierundzwanzigsten Lebensjahr und ihre Rundungen waren noch immer sehr mädchenhaft ausgebildet.

Juliane saß am Weiher, in dem sie eben geschwommen war, und ließ die sanften Wellen über ihre Füße gleiten. Ihre Gedanken waren wie immer bei ihrem Manne, den sie über alles liebte. Ein Schauer rann ihr über den Rücken, als sie daran dachte, wie seine Hand ihre Brust liebkoste. So schrecklich wütend er sein konnte, so zärtlich war er auch.

Das Wasser war noch nicht sehr warm, aber Juliane war nicht empfindlich und hatte das Bad im kühlen Nass genossen. Sie sah sich die zwei herrlichen Weidenbäume an, deren Zweige bis in das Wasser dieses Sees hingen, unter denen sie sich so geborgen fühlte. „Ich muss wieder einige Körbe flechten, dazu bräuchte ich einige Ruten", dachte sie.

Juliana stand auf und ging über die Wiese, um Sauerampfer zu pflücken, den sie dann in ein ausgebreitetes Tuch legte. Den würde es am Abend zum Lamm geben, wenn es fertig gesotten war. Das Tier hatte sich an einem Abgrund verstiegen und war abgestürzt und natürlich dabei zu Tode gekommen. Da konnten sie es ebenso gut essen, ehe es da in den Bergen verrottete.

Gunter war mutig zu der Stelle geklettert, um das Lamm zu holen. Er hatte ihm das Fell abgezogen und es ausgenommen. Das Gekröse war für Satan bestimmt, das Fleisch würde ihnen allen schmecken und Sie alle freuten sich auf das Mahl, das es bei Weitem nicht immer gab. Das Fell sollte daheim sogleich gespannt werden, um die Wolle zu scheren.

Müde legte sich Juliana auf die Wiese in das duftende Gras, den Sauerampfer noch in ihrer Hand, schlief sie ein.

Darauf hatte Frieder nur gewartet. „Jetzt oder nie!", dachte er, seine Augen gierten nach dem Weib! Schon seit Tagen trieb er sich hier wieder herum, er wusste, dass Alexander irgendwo in der Ferne weilte, und wollte sein Glück noch einmal bei diesem Weib versuchen. Nie hätte er es gewagt, wenn der Herr daheim gewesen wäre, vor dessen Wut war kein Kraut gewachsen, dass wusste er nur zu genau. Ein Weib würde doch den Mann über so viele Nächte vermissen, vielleicht war Juliana jetzt froh, dass er da war und sie lieben wollte! Sie lag ihm einfach im Blut und er konnte an kein anderes Weib mehr denken!

Es war wie verhext – dass er noch nicht früher daran gedacht hatte: Sie war eine Hexe! Nur Hexen haben solche grünen Augen und so eine unheimliche Kraft, einem Kerl so zu schaffen zu machen! Was sonst sollte es sein, dass er immerzu an dieses eine Weib denken musste, wo er doch so viele haben konnte! Nein, nur an das konnte er noch denken – und das nach so vielen Jahren! Das war Hexerei!

Wenn er mit der Maid fertig war, würde er sie beim Landvogt anzeigen – brennen solle sie! Nachts stahl ihm dieses verfluchte Weib seinen Schlaf und er konnte nur noch sich selber befriedigen, um den Druck in seinen Lenden wieder loszuwerden. Er musste sie haben!

Versteckt hinter einem Gebüsch, das gerade genug Blätterwerk hatte, um ihm genug Schutz bieten zu können, kam er hervorgeschlichen, als sie schlief und ihn nicht bemerken konnte. Das Gras dämpfte seine Schritte. Er würde sich auch nicht scheuen, sie mit Gewalt zu nehmen, sollte sie ihm nicht freiwillig zu Willen sein! Sie lag ihm im Blut und er konnte Tag und Nacht an nichts anderes mehr denken als an ihre weißen Schenkel und das dazwischenliegende dunkle Dreieck ... Oh, es gab so viele Weiber, warum ausgerechnet diese eine?

Jakob, der Kolkrabe, hüpfte aufgeregt um Juliana herum, aber sie schlief fest und ein zufriedenes Lächeln lag auf ihrem Gesicht. Frieder hatte keinen Blick für diese Schönheit, die sich ihm da bot. Mit einem Satz war er schon über ihr, riss ihr das Wams herunter und drängte sich zwischen ihre Schenkel. Zum Glück hatte sie keine Unterhose an! Seine Hände grabschten gierig und brutal zwischen ihre Beine und er drang brutal mit seinem Finger in ihre Weiblichkeit ein! Da erwachte sie und schrie aus Leibeskräften um Hilfe …, aber keiner hörte sie.

Jacob, der Kolkrabe, war der Einzige, der zugegen war, aber der konnte ihr nicht helfen. Er hüpfte aufgeregt hin und her und krächzte wütend, aber das half leider nicht. Juliana schlug mit ihren Händen, die sie zu Fäusten ballte, nach ihm. Es wurde ein harter Kampf, so leicht würde sie nicht aufgeben!

Juliana biss und spuckte, stieß ihn zwischen seine Beine, aber trotz allen Widerstandes überwältigte sie Frieder spielend leicht mit seiner Kraft und er bekam, was er wollte.

Frieder versuchte wütend, den Kolkraben zu verscheuchen, aber Jakob hüpfte weiter aufgeregt und flügelschlagend um die beiden herum und krächzte wild drauflos.

Der Mann hatte kein Erbarmen mit der Frau, die unter ihm weinte und schrie. Die sollte leiden, wie er gelitten hatte, und er wollte endlich seinen Spaß haben! Erschöpft rollte er sich von ihr herunter, als er fertig war.

Sie konnte es noch immer nicht glauben, entsetzt sah sie zu dem blauen Himmel, die Sonne verfinsterte sich nicht. Hatte Gott denn keine Strafe für diesen Schänder? Ihre Stimme versagte ihr den Dienst und sie sah ihn voller Hass und Abscheu an.

Juliana sah über sich, wie konnte der Himmel so blau sein und die Sonne so grell scheinen! Wie konnte hier alles so friedlich sein, wenn doch in ihr ein unbeschreibliches Weh tobte! Es müsste doch jetzt blitzen und donnern, wie konnte Gott so etwas zulassen! Das sich nähernde Trappeln von Hufen hörten beide nicht. Juliana kümmerte nichts, sie war wie erstarrt. Frieder dagegen ahnte nun doch voller Angst, wer das sein könne. Er hob seinen Kopf und sah in die Richtung, aus der der Lärm kam, konnte den Reiter aber nicht erkennen. Doch alsbald sah Frieder – mit Schrecken –, wer es war.

Seine Feigheit war unbeschreiblich und jämmerlich, eines Mannes nicht würdig! Gehetzt sah er sich um, wo sollte er nur hin? In den See, aber er konnte nicht schwimmen und außerdem war Wasser das Schlimmste für ihn, was man ihm antun konnte! Er sollte zu wissen bekommen, dass es viel Schlimmeres als Wasser für ihn auf dieser Welt geben sollte.

Plötzlich stand vor ihm das Pferd von Alexander und sein Herr saß darauf. Fest im Sattel, sah er zu dem Erbärmlichen herunter. Mit einem Blick erfasste er, was da geschehen sein musste. Diese Blicke waren keinesfalls liebenswert, Alexanders Augen schossen Blitze auf Frieder! Und so winselte der um Gnade.

Erst als Juliana das Pferd schnauben hörte, drehte sie sich um und sah ihren Mann. Sie fühlte sich so erbärmlich und schwach und entsetzlich schmutzig! Unter Mühen stand sie auf und sah ihren Mann mit weidwunden Augen an, dieser Blick ging ihm durch und durch! Seine Wut war unbeschreiblich und seine Augen durchbohrten Frieder. Dieser erbärmliche Wurm hatte die Frechheit besessen und es gewagt, ihr, seiner Juliana, weh zu tun, er hatte sie erniedrigt um seiner Gelüste willen, das musste – ja, das sollte – der büßen. Auch wenn Gott „Die Rache ist mein" sprach, diese Rache sicher nicht! Denn die war seine!

Frieder winselte. „So glaubt mir, Herr ..., sie ist eine Hure und hat mich verführt ..., die sagte zu mir, ob ich es ihr nicht besorgen könne ..., denn ihr Mann lasse sie immer allein! Und ich bin eben auch nur ein Mann und wenn man so eine herrliche Weiblichkeit sieht, da kann man nicht widerstehen, so glaubt mir doch, Herr ...!"

Alexander sprach noch immer kein Wort. Er zog sein Schwert aus der Scheide, ritzte dem Niederträchtigen damit langsam und von oben bis unten sein zerschlissenes, schmutziges Gewand auf, so dass der nackt und bloß in all seiner Erbärmlichkeit vor ihm stand. Frieder verstand jetzt mit Schrecken, was ihm passieren würde, und er fing an, am ganzen Leibe zu zittern. Er warf sich vor Alexander in den Staub und bettelte um Gnade für sein Vergehen! „Steh auf und stirb wie ein Mann, auch wenn du keiner bist, du erbärmlicher Feigling!" Noch nie hatte ihn das Handwerk des Henkers gefreut, das war jetzt das erste Mal – mit Genugtuung verbunden.

Jetzt stand Frieder nackt da, seine Augen weiteten sich vor Entsetzen, als Alexander ausholte und ihm mit einem sauberen Schnitt seinen kümmerlichen Schwanz abschnitt. Der flog ins Gras. Das Blut floss in Strömen seine Schenkel hinunter.

Juliana stand da, mit vor Entsetzen weit aufgerissenen Augen, zitterte am ganzen Körper und war nahe daran, in Ohnmacht zu fallen. Aber die Art und Weise, wie Alexander seinen Gegner erniedrigte und auch verletzte, und wie er spielend mit dem großen, schweren Schwert umging, beeindruckte sie dermaßen, dass sie nur immer auf ihren Mann starrte. Seine ganze Wildheit kam hier zum Ausbruch, so hatte sie ihn noch nie gesehen oder erlebt, so völlig außer sich! Ein bisschen war es auch ihre Rache für das, was dieser Kerl ihr angetan hatte.

Alexander sprang vom Pferd und ging mit einem Schritt auf diesen Jammerlappen zu, der es gewagt hatte, seine Liebste zu entehren. Da kam Satan angeprescht, mit dem Gunter im Walde gewesen war, und fraß den abgeschnittenen Schwengel von Frieder auf, der sich nun im Grase wälzte und vor Schmerzen und Wut in den höchsten Tönen schrie! Alexander griff zwischen Frieders Beine und nahm dessen Hoden in die Hand, schnitt diese auch noch ab und warf auch die Satan zum Fraße hin.

Erschöpft sah er auf seine schreckensbleiche Frau, mit einem Griff nahm er sie und hob sie wie eine Feder auf das Pferd. „Jetzt reite heim und wasch dich gründlich im Zuber, verbrenne das Gewand, ich habe schöne Gewänder mitgebracht." Satan schnüffelte noch an Frieder, der seiner Sinne nicht mehr mächtig war, herum, bis Alexander einen schrillen Pfiff ausstieß und er wie ein Pfeil zu seiner Herrin lief. Alexander wusste, der Entehrte würde erbärmlich verbluten. „Ich werde den nachher hier im Moor versenken, nach dem kräht kein Hahn mehr", sagte er zu seinem Weibe.

Juliana ritt allein, noch immer unter der Last des Schrecklichen, das sie eben erleben musste, dem Haus zu. Gunter und Lucas waren schon wieder auf dem Feld und warfen die Saat aus. Vier Tage lang hatten sie den Acker umgepflügt. Der Ochse hatte den Pflug gezogen, es war nicht nur für den eine schweißtreibende Arbeit gewesen. Anderntags sollte der Rübenacker gepflügt werden. Der Leinsamenacker musste einige Frühjahre ruhen.

Alexander hatte die Erlaubnis von seinem Fürsten bekommen, den einen kurzen Sumpfarm trockenzulegen, um neues Ackerland dazugewinnen zu können. Juliana hatte in ihrem Gemüsegarten ein großes Beet mit Kohl angebaut, auch die roten Rüben sollten wieder wachsen. Rauke, Fenchel, Beifuß, Thymian und Dill gediehen wie jedes Jahr im Kräuterbeet.

Und Blumen, die mussten überall sein, an jedem Rand eines Beetes, auch um das ganze Haus herum blühte es den ganzen Sommer bis weit in Herbst hinein! Besonders viele Ringelblumen gab es hier, die Juliana mit dem Schweinefett zu einer Heilsalbe machte. Die brauchte sie jetzt, um ihre Scham zu behandeln, damit ihre Wunde besser heilen würde, denn Frieder hatte die Maid in seiner Gier verletzt.

Alexander freute sich, dass jetzt vor seinem Haus schon bald die Glockenblumen, zusammen mit der wilden Akelei, so herrlich blühen würden, ihm wurde ganz warm ums Herz, wie schön sein Weib doch alles gemacht hatte. Das zeigte ihm dann später voller Stolz den neuen Bettkasten!

Juliana hatte mit dem Flachsabfall, dem Werg, neu die Säcke gefüllt. Es war nun nicht mehr so stachelig, nein, jetzt lagen sie richtig gemütlich und weich! Eine neu genähte Decke lag auf dem großen Bett und die Vorleger waren aus vielen Hasenfellen zusammengenäht. Ihre Augen glänzten vor Freude, als Juliana sah, wie sehr Alexander das alles gefiel. Sie versuchte zu verdrängen, was sie Grauenvolles erlebt hatte.

Alexander hatte von neuen Gewändern gesprochen und breitete die nun auf dem Bett aus. Warme Wollkleider mit weiten Ärmeln und knöchellang. Die durfte Juliana als sein Weib tragen, sie gehörte zu der reicheren Gesellschaftsschicht, nur die arme weibliche Bevölkerung trug enge Ärmel. Fließende Seide und sogar einige, zurzeit sehr modische Unterhosen mit Spitze waren dabei. Aber das Beste waren ein paar wunderbare warme Stiefel für den kommenden Winter und ein paar Schnabelschuhe, mit Seide überzogen.

Alexander nahm ein Leinentuch und wickelte sein Weib darin ein, hob es auf seine Arme und trug es, noch vor Wasser triefend, in die Schlafkammer. Er konnte sich kaum mehr beherrschen und warten bis zur Nacht. Er wollte Juliana jetzt haben, sofort, und streichelte ihre warme zarte Haut und liebkoste voller Lust ihre Brüste.

Juliana konnte sich diesmal nicht an der Liebe ihres Mannes erfreuen, sie hatte Schmerzen, aber um keinen Preis hätte sie sich ihm verweigert. Männer waren da wohl anders in ihren Gefühlen, dachte sie. Sie hatte dieses Furchtbare, eben Erlebte wieder vor ihren Augen. So würde seine Liebe jetzt für sie zur Pein werden.

Alexander spürte ihre Unlust sehr wohl, was war mit dem Weib? Er ließ von ihm ab, denn so bereitete es ihm auch keine Lust, die Eifersucht flammte in ihm hoch. Aber dann erinnerte er sich, was sie eben erlebt hatte, und schämte sich vor sich selber – was war er nur für ein gefühlloser Kerl!

Und doch hatte er seinen Trieb nicht im Griff. Er sah ihr in die Augen und fragte ärgerlich: „Hast du heut keine Lieb für mich, war der andere doch mehr für dich? Waren das vorhin gar Lustschreie gewesen und keine aus Angst, hat er dir besser gefallen ... mit seinem kümmerlichen Schwanz?"

Juliana erschrak, noch nie hatte er so böse Worte zu ihr gesprochen und sie so angeschrien. Sie sah ihn aus ihren traurigen Augen hilflos an – und schon schämte sich Alexander entsetzlich. „Bitte verzeih mir, ich bin eben manchmal ein Holzkopf, der so ein Weib wie dich gar nicht verdient hat." Juliana sah den Mann, den sie doch über alles liebte, mit Augen voller Tränen an und umarmte ihn stürmisch.

Plötzlich drehte Alexander seinen Kopf zur Tür, er hörte leise Schritte, die sich entfernten. Das konnte kein Fremder sein, denn sonst hätte Satan ihn schon verbellt. Der Hausherr stand auf, zog sein Weib mit nach oben und hob das Fell vor dem Fenster hoch. Er sah, wie sich Gunter und Lucas entfernten, sie liefen in ihre Kate. Auch das noch, sie hatten eben Zuschauer gehabt! Das hatte die Frau sicher gespürt, denn Weiber sollen für manche Dinge im Leben einen unheimlichen Sinn haben! Schon war er wieder versöhnt.

Gunter war verunsichert und fragte den anderen Spannemann: „Was glaubst du, haben die uns bemerkt?" Der schüttelte den Kopf. „Nein, das glaube ich nicht, aber die Frau hat sich nicht so gebärdet wie im Walde mit dem Baumann. Aber der Herr ist ja auch gar nicht zum Zuge gekommen. Hast du schon einmal bei einer gelegen?", wollte Lucas wissen. Der stotterte verlegen herum. „So ..., na ja ..., so richtig noch nicht, die Marie wollte schon, aber meiner wurde nicht steif."

„Hm, das kenne ich, an jedem Morgen steht das Ding wie verrückt und manchmal ist mein Laken nass. Ich habe es schon einmal mit der Minna, der Tochter vom langen Hans, getan, aber die hatte so schrecklichen Geruch aus dem Munde gehabt, ich ekle mich so lcicht. So eine wie unsere Frau Juliana findet man nicht so leicht. Sie duftet immer wie eine Sommerwiese."

„Ja, da hast du wohl recht, ich mag sie auch gerne. Nie schreit sie uns an, immer ist sie so sanft – und erst ihre Augen … Wir werden jetzt unseren Hirsebrei essen. Heute Abend gibt es gesottenes Lamm, hm …, da freue ich mich jetzt schon drauf! Aber nach dem Essen werden wir wieder, bis die Dunkelheit kommt, auf den Acker gehen, den Ochsen habe ich schon auf die Weide gestellt. Lass uns jetzt ins Haus gehen."

Juliana hatte auf dem Feuer den Hirsebrei gekocht und den abgekochten wilden Rhabarber, mit Honig gesüßt, dazugegeben. Die beiden Schafe gaben gute Milch und, mit der Ziegenmilch gemischt, war reichlich da, um alle satt und auch noch guten Käse zu machen. Ja, diese Köchin wusste alles gut zu verwerten und auch Vorräte zu schaffen.

Flocke schleckte ihr Schälchen schon leer, Satan schielte zu ihr hin. Sein Futternapf war noch immer leer und er gedachte, sich bei der Katze etwas zu holen. Das war aber nicht in deren Sinne und sie fauchte ihn an. Er machte einen Rückzieher, besser war besser. Juliana sah, dass die beiden sich nicht einigen konnten. „Hier, mein Lieber, du sollst nicht leben wie ein Hund." Sie streichelte sein Fell und gab ihm das Gekröse vom Lamm.

Das Schicksal traf seine eigenen Entscheidungen über die Menschen, die Alexander anvertraut waren, nun war er zu seinem Lehnsherrn gerufen worden, ein weiter Weg stand ihm bevor.

Der späte Frühling erfreute alle Menschen, er zeigte sich in diesem Jahr besonders schön. Vögel jubilierten in der Luft, herrlich duftende Veilchen waren an das Licht gedrungen. Wie ein blauer Teppich lagen sie in einer Lichtung des Waldes. Juliana konnte sich daran nie sattsehen und -riechen. Viele Sonnentage gab es heuer, wenig, aber ausreichend Regen.

Die Früchte fingen an zu reifen und der Frühling verabschiedete sich, er übergab die Regentschaft dem Sommer. Die Ringelblumen blühten in Hülle und Fülle. Juliana kochte aus den Blüten einen Brei, wrang den durch ein leinenes Tuch, vermischte ihn mit Schweinfett und freute sich über eine gute Heilsalbe.

Alexander war nun schon seit einigen Wochen überfällig, nur gut, dass Gunter und Lucas so fleißig arbeiteten. Viel zu kurz erschien Juliana der Sommer und so langsam, aber sicher ging der schon in den Herbst über. Hoffentlich war dem Mann nichts passiert, dachte Juliana immer wieder in den einsamen Nächten.

Sie machte sich ernsthafte Gedanken: Ihr monatliches Unwohlsein fiel nun schon den dritten Monat aus – sollte sie nun ein Kindchen haben? Das Schlimme daran war, das konnte nicht von Alexander sein, die Zeit passte nicht dazu! Denn nach dieser schrecklichen Vergewaltigung hatte ihr Mann sie noch nicht wieder richtig geliebt. Wenn es so war, dann konnte das Kind nur von diesem, jetzt toten, Frieder sein, der im Moor begraben lag! Wie schrecklich!

Alexander mied Juliana schon einige Zeit, warum, war ihr nicht klar. Er musste doch gleich, nach all dem Schrecklichen, am anderen Tag zu seinem Lehnsherrn reiten. Was sollte sie ihrem Manne nur sagen, sollte sie lügen und dann ins Fegefeuer kommen?

Was sollte sie mit diesem Kinde tun? Konnte sie das Kind lieben? Würde sie seine bloße Anwesenheit nicht immer an ihre Schmach erinnern? Für eine Abtreibung war es schon zu spät!

Juliana kannte hier keine Engelmacherin, die sie kannte, war viel zu weit weg. Nun konnte sie nichts mehr unternehmen und musste den Dingen ihren Lauf lassen. Die Kirche verbot den Beischlaf in der Schwangerschaft. Der wurde nur zum Zwecke der Zeugung geduldet, so ganz konnte Juliana das nicht verstehen.

Was sollte sie zu ihrem Manne sagen, wenn er heute kommen sollte? Sie sehnte sich so sehr nach ihm und seiner Liebe, aber gleichzeitig fürchtete sie seine Anwesenheit. „Ich werde morgen noch einmal die schweren Säcke heben und einfach immer wieder von der Mauer springen, die den Hof säumt, vielleicht löst es sich und ich verliere das Kind. Es ist so ungerecht", dachte sie traurig, „so sehr habe ich mir ein Kindlein gewünscht und nun bekomme ich eines, aber vom falschen Mann."

Sie ließ die Kerze aus, sie hatte die Hasenfelle noch nicht vor die Fenster gehängt. Außerdem war es Vollmond und der schien hell in die Zimmer. Sie legte sich in ihr Bett, um zu schlafen, ein langer schwerer Arbeitstag lag wieder hinter ihr.

Vorsichtig tastete sie nach ihrem Bauch, da wuchs nun ein Kind – und sie wollte es nicht! Sie grübelte und grübelte. Wo sollte sie das Kind gebären und wohin dann mit ihm? „Wenn ich es behalte, muss ich Alexander belügen, nie darf er erfahren, dass das nicht sein Kind ist. Halte ich das durch? Nein, das kann ich nicht, ich liebe ihn zu sehr, ich kann ihn nicht täuschen!"

Ehe sich Juliana versah, kam der Morgen mit all seiner Frische und Schönheit, den nur ein Morgen zu bieten vermag, und sie hatte überhaupt noch nicht geschlafen. Jetzt wurde sie müde, aber sie musste aufstehen, der Hahn hatte schon zweimal gekräht. Sie sah die Sonne am wolkenlosen Himmel. Schnell warf sie die Decke beiseite und lief flink zu dem Waschzuber hinter dem Haus. Prustend hob sie ihr Gesicht aus dem Wasser und wischte sich das Wasser aus den Augen, oh, das tat gut! Es wurde noch einmal sehr heiß, es war Ende Augustus und doch zeigten sich schon die ersten Anzeichen für den Herbst: Die Sonne ging eher unter und die Abende wurden schon merklich kühl.

Juliana stand am Feuer und schwitzte sehr, sie kochte eine Gemüsesuppe. Die Kohlrabi und die Zwiebeln, auch den Sellerie und die duftenden Kräuter hatte sie vorsorglich am Vorabend aus dem Garten geholt. Sie schnitt gerade die roten Mohrrüben für die Suppe. Sie wischte sich mit der linken Hand den Schweiß von der Stirn. Morgen würde der Augustus zu

Ende gehen und Alexander war immer noch nicht da – so lange war ihr Mann noch nie fortgeblieben!

Die beiden Knechte Lucas und Gunter fragten fast jeden Tag und ihre Gesichter drückten Unsicherheit aus. Aber was sollte sie ihnen sagen, sie wusste doch selber nichts. Bald würde die Erntezeit beginnen, wie sollten sie das allein alles schaffen? Alexander konnte für zwei arbeiten!

Satan war nun schon ein alter Herr, er lag neben ihr und fing an zu knurren, auch Jakob, der Kolkrabe, hopste aufgeregt vor der Tür hin und her. Neugierig lief Juliana, das Messer noch in der Hand, aus dem Haus. Enttäuscht, sah sie einen fremden Reiter nahen. Der stieg gar nicht erst vom Pferd, sondern blaffte sie an: „Ich will Alexander sprechen, und das sofort!"

„Es tut mir leid, Herr, aber er ist schon seit Maius unterwegs und noch immer nicht wieder zu Hause angekommen. Wir erwarten ihn jeden Tag zurück." Ärgerlich übergab der Fremde ihr eine Pergamentrolle. „Gebe Sie ihm das, es eilt sehr! Der Fürst Kasimir hat keine Geduld, das weiß Er sehr wohl." Juliana hielt die Rolle in den Händen und sprach ehrfürchtig: „Ich werde es so tun, wie Er es befiehlt." Sie verbeugte sich und ging wieder in das Haus.

Sie legte diese fragwürdige Pergamentrolle auf Alexanders Bettseite und wollte zurück in den Wohnraum gehen. Plötzlich stand der Fremde vor ihr und grinste sie an. „Sie ist schon lange ohne Mann, da kann ich doch aushelfen." Der Schreck saß Juliana in den Gliedern, oh Gott! Sie war allein hier im Haus, Lucas und Gunter waren auf dem Feld!

Sie ging ängstlich rückwärts zum Fenster und er immer auf sie zu, bis sie nicht mehr weiterkonnte. Mit einem schnellen Griff riss er ihr das Kleid herunter, dann das Unterkleid. Sie trug im Sommer keine Unterhosen, so dass sie splitterfasernackt vor ihm stand. Der Kerl grunzte im Angesicht der Freuden, die ihn da erwarteten.

Sein Oberwams schmiss er auf den Boden und er klappte seine Hosenlade nach unten und griff nach seinem Schwengel, der schon eine beachtliche Größe hatte. Juliana sah sich gehetzt um, was konnte sie tun? Noch ehe sie eine Lösung gefunden hatte, griff der Kerl nach ihr und warf sie auf das Bett. Juliana schrie nach dem Hund. „Satan, fass!"

Der Fremde lachte sie aus. „Sogar der arme Hund hätte es jetzt lieber selber getan, aber der kann es nicht, mein Liebchen, der ist zu alt ..."

Er wollte Juliana küssen, aber sie drehte immer wieder ihren Kopf zur Seite und wandte sich unter ihm hin und her. Auf einmal schrie der Fremde, wie von allen Teufeln gehetzt, vor Schmerz auf. Satan war vom Hof gekommen, auf den Fremden gesprungen und hatte sich in dessen Hintern festgebissen! Juliana zwängte sich unter dem Mann hervor – und musste lachen, bis ihr die Tränen kamen. So ein Bild hatte sie noch nie gesehen!

Der Fremde jammerte, das konnte einen Stein erbarmen. Juliana griff nach ihrem Kleid und streifte es schnell über, dann rief sie „Satan aus!". Ganz langsam drehte sich der Bezwungene um und erschrak zu Tode, als er den fressgierigen Köter nun sah. „Bitte, Frauenzimmerchen, nehme Sie das Vieh weg, ich tu Ihr nichts, ich will nur auf mein Pferd", jammerte er. „Gehe Er, aber schnell, ehe der Hund es sich noch anders überlegt und richtig zubeißt."

Der Mann stand unter argen Schmerzen auf, sehr wohl wissend, dass er eine lächerliche Figur machte, zog seine Beinkleider hoch, schloss die Hosenlade, griff sein Oberwams vom Boden und schlich sich, immer rückwärts haltend, aus dem Haus. Juliana ging ihm nach. „Jetzt will ich sehen, wie Er auf dem Pferd sitzen kann mit so einem Biss im Arsch." Sie ging zurück ins Haus, nahm den Suppenkessel vom Feuer, ehe sein Inneres noch anbrannte, und trat wieder vor die Tür, Satan neben ihr.

Nach etlichen vergeblichen Versuchen aufzusitzen musste der Fremde feststellen, dass er es nicht konnte, so humpelte er wütend davon und zog sein Pferd am Zügel hinter sich her.

Lucas und Gunter sahen das auch vom Feld aus und konnten natürlich nicht verstehen, warum der Reiter neben dem Gaul hertrottete. Sie liefen zum Hof, gingen zum Waschzuber am Brunnen, um sich zu waschen, sie hatten großen Hunger mitgebracht! „Was wollte der Fremde, Frau?", fragte Gunter. „Der wollte zu Alexander und mir dann an die Wäsche. Der hat dabei leider Satan übersehen, nun kann er nicht sitzen, weil der ihm in seinen Arsch gebissen hat." Alle drei lachten darüber und Satan bekam neben abwechselndem Streicheln eine doppelte Portion in seine Schüssel.

Juliana wurde ernst. „Ich weiß nicht, wann Alexander wiederkommt und ob überhaupt, aber der Tagesablauf hier muss weitergehen. Wollt ihr beide trotzdem bei mir bleiben?"

Die Knechte sahen sich an und sprachen fast gleichzeitig: „Aber sicher bleiben wir hier, wir haben es Alexander versprochen, den Hof und die Frau zu schützen." Juliana stand Erleichterung ins Gesicht geschrieben! „Dann bitte leert den Waschzuber, das Wasser soll in den Garten, die Erde ist viel zu trocken, der Regen fehlt. Ich mache den Zuber dann sauber und ihr könnt ihn wieder füllen."

Es wurde eine harte Erntezeit, die noch voller Hitze war, und das Getreide auf dem Felde musste schnellstens geerntet werden. Juliana drosch in der Scheune wie eine Wilde mit dem Dreschflegel auf die Ähren ein. Dann versuchte sie, in den Garten so viel Wasser wie nur möglich zu schleppen, damit das Gemüse nicht verdorrte. Sie arbeitete schwer, viel zu schwer für eine Frau, die dazu in anderen Umständen ist. Aber das Kind saß! Sie verlor es nicht, bei allem, was sie dafür tat.

Im Herbst – es war der Monat Nebeling – regnete es fürchterlich, der Regen kam leider viel zu spät. Jetzt waren draußen kein Weg und kein Steg mehr zu sehen, nur Wasser und matschige Wege, wohin man sah. Die Tiere mussten versorgt werden, lange konnten Juliana und ihre Helfer die nicht am Leben erhalten, das Futter fehlte, es war zu wenig Heu und kaum Hafer in der Scheune. Sie mussten einige Tiere notschlachten, das Fleisch einpökeln und in den Erdkeller schaffen, damit es sich eine Zeit lang hielt. Das würde noch viel Arbeit geben. Wie gut, dass Alexander ein Schlachthaus mit angebaut hatte!

Juliana versuchte, ihren anschwellenden Bauch unter einer weiten Kleidung zu verstecken. Die beiden jungen Männer, Lucas und Gunter, die jetzt öfter ins Dorf gingen, um jeder für sich ein Weib zu freien, bemerkten ihre gesegneten Umstände nicht. Einen Mann konnte man in diesen Dingen hintergehen, aber nie auch nur eine Frau.

Gunter und Lucas hatten jetzt andere Sorgen. Gunter hatte ein Weib aus dem Nachbardorf, die Kudrun, vierzehn Jahre alt und Vollweise, für sich gefunden. Der Schulze wollte die gerade auf seinen Hof holen als billige Arbeitskraft. Aber wenn die jetzt heiraten würde und er noch keine Erlaubnis von der Obrigkeit hatte, Kudrun als Magd zu behalten, dann hatte er leider das Nachsehen. Gunter und Kudrun wollten zur Osterweihe im neuen Jahr heiraten.

Lucas warb um die Lina aus Drywasser, die war erst zwölf Jahre alt und das siebente Kind einer armen Häuslerfamilie, die noch in Abhängigkeit stand, dennoch wollten die beiden sich auch das Eheversprechen geben.

Auf diese Knechte konnte Juliana nicht verzichten, so dass sie es gestatten musste, ihre Eheweiber hier auf dem Hof leben zu lassen. Jegliche Bedenken waren unbegründet, als sie die beiden jungen Frauen kennen lernte, war sie froh über die Wahl ihrer Leute.

Juliana war eine warmherzige Frau, aber trotzdem tat ihr das Glück der vier Menschen weh – und sie schämte sich für ihre niedere Gesinnung. Ach ..., wenn doch Alexander endlich käme! Wo blieb er nur, war er am Ende gar nicht mehr am Leben? Wurde er von Räubern überfallen und getötet? Oder war er gar vom Pferd gefallen und hatte sich das Genick gebrochen? Wie sollte sie hier allein als Frau zurechtkommen? War sie nicht so etwas wie Freiwild für andere Kerle geworden?

Sie wusste sehr wohl, ein Weib, schutzlos, hatte viele Feinde und leider auch Verehrer, besonders in ihrem Fall.

Der Hof war einiges wert, aber die Geldkatze hatte sich schon zusehends geleert, wo sollte Juliana die Taler hernehmen? Sie stand vor Alexanders Bett und hielt sich ihren Bauch, eine winzige Bewegung spürte sie, was sollte sie nur mit diesem Kinde tun? Sie …, eine Kindesmörderin? Nun verstand sie die jungen Frauen, die sich von ihrem Kinde befreit hatten, und begriff deren Not!

Sie zog von innen den Fensterladen zu und hing noch ein Fell darüber, es war kalt in der Schlafkammer. Sie öffnete noch die Tür zum Wohnraum, um die Wärme dort vom Dreigestell, wo noch immer das Feuer glimmte, hier hereinzulassen.

Sie holte sich vom Kessel etwas warmes Wasser in ihre Waschschüssel, um sich für die Nacht zurechtzumachen. Sollte sie der Wehmutter aus dem Dorfe Bescheid geben lassen, wenn es so weit war? Die würde vielleicht gar nicht kommen: Else war sehr ängstlich, die Geister im Moor waren ihr hier zu nahe. Juliana selber aber hatte schon oft eine Geburt bei den Weibern erlebt und wusste, was zu tun war.

Anderntags war der erste Advent und Juliana wollte dafür einige leckere Oblaten backen, mit Honig bestrichen, waren sie sehr köstlich. Die Äpfel aus der Holzschale dufteten zu ihr herüber.

Sie zog sich ihr Unterkleid wieder an, um gleich zu Bett zu gehen, kippte das Waschwasser noch vor die Tür und wollte die gerade schließen, da sah sie, wie im hellen Mondschein ein Reitersmann auf den Hof zukam. Eingedenk ihrer schlechten

Erfahrung rief sie den Hund zu sich. Der erhob sich träge und trottete zu ihr. Dann aber erkannte sie voller Freude, dass der Fremde gar kein Fremder war, sondern ihr Mann Alexander!

Satan preschte, trotz seines Alters, schon voran. Juliana ließ die Schüssel fallen und wollte ihrem Mann im Unterkleid und in dieser schon sehr kalten Nacht entgegenlaufen. Dann, voller Schrecken, dachte sie an das Kind! Schnell lief sie wieder zurück, um sich das Kleid überzuziehen, darunter konnte sie den Bauch gut verstecken. Sie machte schnell noch die Öllampe an, so dass es heimelig wurde, legte ein paar Scheite Holz nach und hing den Biber über den Rost, um den Braten wieder etwas aufzuwärmen. Sie wusste, der Mann trank lieber Wein als Kamillentee oder Pfefferminze.

Da ging die Tür auf und Alexander betrat die Wohnstube, in der das Feuer lustig prasselte. Aber wie sah er aus! Alexander wurde im Zweikampf schwer verwundet und hatte sich verbissen bis zu seinem Hof durchgekämpft, aber jetzt verließ ihn seine Kraft und er sackte vor ihren Augen zusammen – und fiel vor ihre Füße!

Kein Laut verließ Julianas Kehle, sie handelte schnell und umsichtig, auch wenn ihre Augen voller Angst waren. Flink zog sie dem Ohnmächtigen sein Wams aus und versuchte, ihn in die Nähe des wärmenden Feuers zu ziehen. Sie sah die Wunde am Arm und auf der Brust, er musste viel Blut verloren haben.

Sie versuchte, ihm in kleinen Schlucken etwas von dem Weine einzuflößen. Er schlug seine Augen auf, konnte aber nicht sprechen, so geschwächt war er. Seine Hand wollte ihr übers

Haar streichen, aber die sank kraftlos wieder zurück. Diese zärtliche Geste rührte Juliana zu Tränen. „Dass du nur wieder da bist, mein Liebster …", stammelte sie und küsste seine Wange, seine Nasenspitze und seine spröden und ausgetrockneten Lippen. Mit warmem Wasser wusch sie Alexanders Wunden aus und gab ihm immer wieder zu trinken. „Bleib so liegen, ich hole Hilfe, denn allein bekomme ich dich nicht ins Bett."

Schnell lief sie zum Nebenhaus und klopfte an die Tür, um die Knechte Lucas und Gunter um Hilfe zu bitten. Die aber lagen schon in tiefem Schlaf und es dauerte eine ganze Weile, um sie munterzukriegen. In langen Unterkleidern standen die beiden vor ihr. „Zieht euch etwas an, es geziemt sich nicht, vor einem Weib so herumzulaufen … Dann kommt ins Haus, der Herr ist da und er ist schwer verletzt, ihr müsst helfen, ihn ins Bett zu bringen."

Lucas wurde so schnell nicht munter und konnte so schnell nicht erfassen, was geschehen war. Aber Gunter freute sich, dass der Herr endlich wieder zurück war, er hatte sich wirklich große Sorgen gemacht, was denn einmal werden sollte, wenn der nicht wiederkommen würde. Juliana lief wieder in das große Haus zurück und sah Satan neben Alexander liegen, winselnd, ihn immerzu abschleckend vor lauter Wiedersehensfreude!

Alexander sah sie mit traurigen Augen an und wollte sprechen. „Pst, sei still, wir haben noch so viel Zeit, um zu reden, du hast eine Menge Blut verloren und musst reichlich trinken. Ich mache dir nachher noch eine kräftige Hühnerbrühe – erst müssen Lucas oder Gunter aber noch ein Huhn schlachten – und werde dir einen Wundverband machen müssen."

Lucas und Gunter fassten den Verletzten unter und trugen ihn auf seine Schlafstatt. „Frau, ich gehe und schlachte ein Huhn", sprach Gunter, Juliana sah ihn dankbar an. Sie strich Alexander zärtlich übers Gesicht, der vor Erschöpfung schon eingeschlafen war. Gunter nahm einen Handkerzenhalter vom Tisch, zündete die Kerze an und ging zum Stall.

Juliana ging in die Vorratskammer und holte den getrockneten Birkenporling, den sie immer dahatte. Man konnte ja nie wissen, was passiert, und so ein Pilz konnte gut die Wunden heilen. Ihn zu essen hatte sie schon als Kind ausprobiert, doch dazu war er viel zu bitter. Sie weichte die getrockneten Pilze in Wasser ein und legte sie dann auf die Wunden, damit sie festsaßen, band sie Leinenstreifen darum. Alexander spürte nichts davon und schlief weiter. Seine Frau kniete vorm Lager und betete zu Gott und bat um Heilung, dann legte sie ihren Kopf auf seinen Arm, küsste ihren Mann zärtlich und streichelte seine behaarte Brust.

Gunter trat zur Tür herein und stellte die Kerze wieder auf den Tisch zurück. „Frau, hier ist das Huhn, braucht Sie mich noch?"

„Nein danke, geh wieder schlafen, gute Nachtruhe wünsch ich." Lucas hatte sich gleich wieder zu Bette gelegt und schlief schon, als Gunter seine Schlafkammer betrat.

Juliana rupfte das Huhn, wusch es sauber, nahm es aus und legte es in den großen Kessel mit dem schon kochenden Wasser. Sie nahm die Kerze, um in den Erdkeller zu gehen, denn sie brauchte einiges von dem Gemüse.

Ein lauer, aber starker Wind wehte ihr ins Gesicht, es war stockdunkel und die Flamme bog sich stark im Wind. Schnell hielt sie schützend ihre Hand davor, stellte die Kerze in eine geschützte Ecke und öffnete die Kellertür. Der Lichtschein reichte aus, um das Gemüse zu finden, sie legte einige Möhren, einen Sellerie und zwei Porreestangen in den Korb.

Draußen wehte ihr der Wind das Schultertuch vom Körper und das Licht der Kerze blies er auch aus, nun musste der Mondschein ausreichen. „Jetzt im Dunkeln werde ich das Tuch nicht finden, der Tag wird bald kommen", dachte sie, „dann hole ich es mir wieder."

Gegen Morgen war die Hühnerbrühe fertig. Alexander stand auf einmal neben seinem Weib, erschrocken drehte es sich um. „Mein Gott, habe ich mich jetzt aber erschrocken, du sollst doch nicht aufstehen! Wie fühlst du dich?", fragte sie ihn besorgt. Alexander nahm seine Frau in die Arme. „Verzeihe mein langes Ausbleiben, ich wurde von Räubern überfallen. Sie stahlen mir mein Schwert und die Geldkatze und als sie auch noch meine Kleider wollten, da habe ich eben mit meinem Dolch zugestochen. Drei konnte ich töten, der vierte aber hat mich von hinten mit seinem Degen angefallen, ich hatte nur noch mein Messer." Alexander musste sich auf einen Schemel setzen, seine Beine fingen an zu zittern, er nahm den Becher und goss sich von dem Wein ein und trank den mit tiefen, großen Schlucken. „Dann schickte mich mein Lehnsherr über das Meer, dort musste ich meine Arbeit verrichten. Danach fand ich lange kein Schiff, das wieder nach Deutschland segelte. Ich musste mich wohl oder übel lange im Hafen von Dover herumtreiben, um einfach auf das nächste Schiff zu warten. Du glaubst ja nicht, was man in so einem Hafen alles erleben kann."

Alexander schwieg ... Er dachte daran, dass er dort bei einer Hafendirne geschlafen hatte. So lange ohne Weib war für einen Mann schwer zu ertragen – und er machte da keine Ausnahme. Er hatte das Weib nicht verstanden, da er seine Sprache nicht konnte – die Sprache der Liebe war wohl in allen Ländern zu verstehen.

Juliana dachte nur daran, dass ihr Mann noch viel zu schwach war, er musste sich erst einmal erholen. Dann würde er mit Sicherheit gierig nach der Frau sein, bei einem so langen Verzicht! Er würde es dann bestimmt bemerken, dass in ihr ein Kind wuchs. Sie würde ihn hinhalten müssen, mit irgendwelchen Ausreden, überlegte sie.

Alexander hatte sich überschätzt und er wankte, als er aufstehen wollte, bedenklich zu seinem Bett zurück. Er schlief sofort wieder ein, das lange Sprechen hatte ihn viel zu sehr angestrengt. Juliana ging aus dem Haus, um endlich das Pferd abzusatteln und in den Stall zu führen, es abzureiben und etwas Futter in seine Raufe zu tun, auch Wasser brauchte es. In der einen Hand die Kerze, führte sie das Pferd am Zügel zum Stall.

Am anderen Tag hatte Alexander sehr hohes Fieber. Juliana sah sofort nach den Wunden, aber die schienen gut zu heilen. Sie erneuerte diese Pilzumschläge, wischte ihm den Schweiß von der Stirn und versuchte, ihm viel kalten Tee einzuflößen.

Hundefett wäre auch gut gewesen für die Wunden, aber das hatte sie nicht, und sie würde deswegen Satan nicht töten, das könnte sie nicht.

Alexander schmiss sich in seinem Fieberwahn hin und her, schrie furchtbare Dinge wie „So halte den Kopf still, mein Schwert wird ihn dir vom Rumpf trennen!" oder „Hier, nehme Sie das Gift …! Oh Gott, Sie ist so schön und ich soll Sie töten …?" Juliana hörte sich das voller Grauen an. War ihr Mann ein Mörder? Wen hatte er da vergiftet und womit? „Die Giftpilze in der Kammer!", schoss ihr durch den Kopf. Wofür brauchte er die und für wen? Das alles war doch sehr seltsam und machte ihr Angst.

So ging das nun schon den dritten Tag und die Nächte waren auch nicht besser, sie wusste sich auch keinen Rat mehr. Gunter und Lucas standen vor ihrem Herrn und sahen, wie der litt. „Wenn das Fieber vorbeigeht, dann wird er gesunden, Frau", sprach Gunter zu ihr. Sie sah die beiden dankbar an.

Juliana kniete sich vor das Krankenlager. „Sei nur ruhig, ich bin ja da." Sie streichelte den Erschöpften und sang ihm leise vor. Waren es ihre sanfte Stimme oder gar ein Wunder – er blickte sie nach drei Tagen mit vollem Bewusstsein an. Seine Augen waren wieder klar. „Juliana …, mein Gott! Wo kommst du denn her? Und warum liege ich im Bett?" Alexander blickte sich um und ganz langsam kam es ihm in den Sinn. „Ich bin zu Hause, oh, mein Gott, ich danke dir, ich bin zu Hause! Weib, nun wird alles wieder gut."

Der Genesende wollte aufstehen und seine Frau umarmen. Aber seine Beine trugen ihn nicht und er kippte sofort wieder um. Enttäuscht sah er sie an. Aber sie lächelte ihm so lieb und bezaubernd zu, dass er all seine Schmerzen vergaß. Er griff nach ihren Händen und küsste sie. „Hab Dank, tausend Dank, meine Liebste …" Er fiel in einen langen tiefen Schlaf. Juliana selber war so müde, dass sie sich am liebsten am helllichten Tag zu ihm gelegt hätte, um einmal nur zu schlafen, aber auch einmal wieder seine Nähe und seine Wärme zu spüren. Sie konnte von Glück sagen, dass man ihr die Schwangerschaft noch immer nicht ansah. Aber sie spürte das Kind in sich und dessen starken Lebenswillen.

Draußen wehte ein fürchterlicher Schneesturm um das Haus. Die Tür flog auf, es kamen Gunter, Lucas und Satan herein und mit ihnen ein Schwapp Kälte. „Oh, ist es hier schön warm!", riefen die Knechte wie aus einem Mund und Satan legte sich gleich neben die Feuerstelle, wo schon drei Katzen lagen. „Hier, Frau, wir haben zwei Eichhörnchen, einen Biber und zwei Hasen. Die Reuse war leider leer. Wir hängen die Tiere zum Ausbluten an den Nagel und ziehen dann das Fell gleich noch ab, es wird gleich wieder dunkel werden. Ist es recht so?", fragte Lucas und sah in die Schlafkammer zu Alexander hin. „Er ist so ruhig …"

„Ja, er schläft schon seit vorgestern früh und will nicht munter werden, soll ich ihn schlafen lassen oder aufwecken?" Gunter kam näher. „Wecke Sie ihn lieber auf, er hat genug geschlafen." Juliana sah von einem zum anderen und war sich nicht so ganz sicher, was sie tun solle. Sie ging an die Schlafstatt zu Alexander und rüttelte ihn sacht an der gesunden Schulter. „Wach auf!"

„Weib, ich habe einen Bärenhunger!", rief er sogleich und lächelte sie an. Er warf die warme Felldecke zur Seite und stand auf, er wankte unsicher. Er vernahm den Sturm, der da um das Haus brauste. „Verdammt, ich muss auf den Abtritt! Den werde ich so umbauen, dass wir vom Haus aus dahin gehen können." Juliana strahlte, er war gesund, wenn er schon wieder solche Vorhaben hatte! Was er sich nur immer so ausdachte, ein Häuschen im Haus, wie sollte das wohl gehen? In seinem langen Nachtgewand und seiner Nachtmütze rannte Alexander an Gunter und Lucas vorbei aus dem Haus. Die beiden grinsten nur und gingen hinterher, um die geschlachteten Tiere zum Ausbluten an den Nagel zu hängen.

Die Kälte hatte nachgelassen und es taute, der Wind war stark, aber seltsam lau. „Vielleicht sind das schon die Frühlingsstürme", dachte Juliana und sah sehnsüchtig aus der Tür.

Alexander kam wieder herein. „Es war zu mild für Jänner, da kommt jetzt in Februari bald´, was", sagte er und strich seiner Frau zärtlich über das Gesicht. Ihr wurde vor Schreck und Freude kalt und heiß! Was sollte sie ihm denn nur sagen, wenn er zur Nacht bei ihr liegen würde? Wenn sie ihre Alltagssachen trug, ahnte keiner, dass sie in der Hoffnung war, aber wenn sie im Unterkleid dastehen würde, konnte es ein jeder gut sehen.

Juliana legte sich ihr Tuch um, das sie sich vom Hof wiedergeholt hatte. Es hatte an einem Ast vom Jakobsbaum gehangen, Gunter hatte es ihr heruntergeholt. Sie zog es fester um sich, ihr war kalt, obwohl es nun Frühling werden wollte – Ende Februari. „Ich hole noch einige Holzscheite herein, damit das Feuer nicht ausgeht", sagte sie zu ihrem Mann.

Kaum hatte sie die Tür hinter sich geschlossen und trat in den Schneematsch, da durchfuhr sie ein schneidender Schmerz und das Wasser der Fruchtblase lief an ihren Beinen herunter. Das Kind kommt! Ein eisiger Schreck durchfuhr sie, wohin?

So schnell Juliana konnte, lief sie zur Scheune. Ihren Bauch mit beiden Händen umklammert, sah sie sich um, ob auch keiner in der Nähe war. Sie hastete weiter über einen kleinen schmalen Waldweg und gelangte schließlich an die verlassene Höhle des Bären. Erschöpft setzte sie sich drinnen auf den Erdboden. Hier war sie geschützt und es war auch nicht so kalt. Auf Knien kroch sie wieder zum Ausgang, um einige große Blätter zu holen.

Juliana kam nicht weit, die Wehe, die sie ergriff, ließ sie zusammenkrümmen. Verzweifelt drehte sie um und suchte wieder Schutz in der Höhle, egal wie, nur Deckung brauchte sie. Es durfte doch keiner wissen, dass sie gesegneten Leibes war! Die Wehen hatten schon auf dem Hof angefangen, waren schon arg schlimm und sie wand sich unter diesen Schmerzen und ließ sich einfach fallen.

Schnell riss sie das Gewand hoch, als sie in der Höhle lag. Der Rest Wasser kam, nur gut, dass sie keine Unterhose trug, die hatte sie im Mieder versteckt. So lief das Wasser einfach an ihren Schenkeln herunter zum Boden. Der Schweiß von dieser Anstrengung rann ihr am Halse herunter.

Nach einiger Zeit war es hohe Zeit und unter großem Schmerz und mit einem Urschrei presste Juliana das Kind aus ihrem Leib. Ein kleines Mädchen schrie, als es in das dämmrige Licht der Höhle abgelegt wurde. Erschöpft lag seine Mutter ganz still. Dass das so schnell gehen werde – es war sicher eine Sturzgeburt –, hätte sie nie zu hoffen gewagt, denn wie sie gehört hatte, dauerte eine Erstgeburt über viele Stunden. „Hoffentlich ist mein Gewand nicht zu sehr beschmutzt, sonst würde ich mich vielleicht verraten", dachte sie.

Dann sah Juliana auf das blutige Etwas, das noch immer schrie. Sie bückte sich zu ihm hinab und biss die Nabelschnur durch. Nachdem die Nachgeburt gekommen war, kroch sie auf allen vieren aus der Höhle und suchte große wilde Rhabarberblätter, die der Frost noch nicht in Matsch verwandelt hatte. Sie wickelte das Kind darin ein und ließ es einfach in der Höhle liegen. Sollten es doch die wilden Tiere fressen, was sollte sie mit diesem Bastard! So ungerecht war das Leben: Da wünschte sie sich nichts sehnlicher als ein Kind und nun musste sie dieses hier seinem Schicksal überlassen. Aber was zum Teufel sollte sie denn anderes mit ihm tun? Sie musste bald wieder auf dem Hof sein, ehe man sie vermisste!

Der kleine Bach, der da vor dieser Höhle leise plätscherte, kam ihr gerade recht. Sie wusch sich mit dem eiskalten Wasser das Blut ab und die Erde von den Knien. Einige Rhabarberblätter nahm sie zusammen, legte sie sich als Schutz vor dem auslaufenden Blut vor und zog jetzt ihre Unterhose darüber. Das würde schon halten, hoffte sie.

Achtlos ließ sie das Kind zurück und lief schnellen Schrittes, trotz ihrer körperlichen Schwäche, dem Hof entgegen.

Alexander wartete schon auf sein Weib, wo blieb es nur? Er wollte mit ihm wieder die heimatliche Luft atmen, endlich wieder zu Hause sein und seinen Wald wieder riechen können.

Er besah sich seine gut verheilten Wunden. Er brauchte noch Holz von zwei starken Bäumen, die würde er jetzt aussuchen gehen, er musste den Stall abteilen, zwei Kühe sollten noch mit hinein.

Draußen sah er sich nach Juliana um, konnte sie aber nirgends erblicken. Er spähte noch schnell zum Garten, aber da war sie auch nicht. Langsam ging Alexander dem Walde zu. Juliana sah ihn kommen und versteckte sich schnell hinter einem mächtigen Baum. Ihr Mann atmete tief die herrliche Luft des Waldes ein und durchstreifte ihn ganz langsam. Der Wald gehörte seinem Fürsten und der hatte ihm das Recht gegeben, sich zu nehmen, was er bräuchte. Alexander wusste das zu schätzen – er hatte von seinem Fürsten vielerlei Vergünstigungen –, aber er wusste auch, dass der ohne ihn nie so viel Gulden besitzen würde. Er war gut – nein, der Beste – auf seinem Gebiet und kannte sich sehr gut mit dem Körperbau des Menschen aus, das war der eigentliche Vorteil. Er hatte seine Lehre gemacht und musste immer bereit sein zu jeder Stunde zu kommen, wenn ihn sein Fürst rief. Da hatte er keine andere Wahl.

Alexander vernahm ein leises Greinen, so als würde hier irgendwo ein neugeborenes Füchslein warten, während die Fähe auf Futtersuche war. Aber das konnte nicht sein, die Tiere spürten genau, wann sie ihre Jungen gebären sollten, ganz gewiss nicht schon Ende Februari!

Er sah sich um, konnte aber nirgends etwas sehen, doch je näher er der alten Bärenhöhle kam, umso lauter wurde das Jammern. Vorsichtshalber zog Alexander sein Messer aus der

Scheide – man konnte nie wissen! Achtsam betrat er die Höhle und wenn er nicht die Bewegungen der kleinen Hände wahrgenommen hätte, die aus Blättern herausragten, wäre er daran vorbeigegangen. Er trat näher heran. „Ja, was ist denn das da?" Alexander nahm das schreiende Bündel hoch und sah, dass dies eben erst geboren worden und noch voller Blut und Schleim war. Er legte es wieder auf den weichen Höhlenboden zurück und zog sein Wams aus, packte das Kleine dann dort hinein, wo es warm und sicher lag.

Er trug es jetzt schnell zu seinem Haus. Beinahe stolperte er über eine Baumwurzel, weil er es so eilig und nicht aufgepasst hatte, konnte sich aber noch fangen. Ein Bär von einem Mann und der sprach in einer zärtlichen Sprache zu diesem Wesen, was man ihm nie zugetraut hätte! Alexander hatte schier Angst, dass diese Handvoll Leben in seiner Hand da vielleicht erlöschen konnte, weil er etwas falsch machte. Er schwitzte wie noch nie in seinem Leben und sah ungeduldig in die Ferne, ob sich sein Hof denn nun nicht endlich zeigen wolle. So weit weg war er doch gar nicht gelaufen, dachte er nun voller Angst. Es war, als würde er diesem fremden Kinde das Leben noch einmal geben.

Juliana war auf dem Hof und wusch schnell ihre Wäsche, die doch etwas Blut abbekommen hatte. Da gab Satan einen Laut von sich. Er knurrte, lief seinem Herrn entgegen und sprang freudig an ihm hoch. „Verdammt, Satan, lass mich jetzt in Ruhe!", schrie Alexander den Hund an. Er hob schnell das Bündel höher, um es vor dem Hund zu schützen, für den das einfach nur Fressen war. Der Geruch reizte den Hund und der sprang immer wieder an seinem Herrn hoch.

Juliana sah ihrem Mann entgegen, was trug der denn da in seinen Händen? „Weib, schau her, was ich bringe. Ein Kind, eben erst geboren. Das hat uns Gott geschickt, nehmen wir es dankbar an." Sie trocknete sich an ihrem Gewand die Hände ab und ging beunruhigt auf Alexander zu. Neugierig schaute sie in sein Wams. Ihre Augen wurden immer größer und sie konnte es kaum glauben, was sie da sah. Vor Schreck war sie sprachlos! Hatte er sie etwa gesehen, wusste der Mann, was sie da herbeigeführt hatte, und tat nur so, als wisse er von nichts? „Mein Gott, was habe ich da nur getan? Wenn Alexander das Kind nicht gefunden hätte, wäre es erfroren!" Sie hätte dann das Leben dieses – ihres eigenen – Kindes auf ihrem Gewissen!

Flocke kam natürlich auch angeschlichen, um zu sehen, was es da gab. Miauend streifte sie um die Beine ihrer Herrin, sie war schon alt und damit sehr brav geworden. Juliana sah Alexander an und seine Augen leuchten. Nein, er wusste von nichts! Ohne Worte und nun doch erleichtert, nahm sie das Kind und ging damit ins Haus, er lief hinterher. Sie zitterte vor Aufregung und Schwäche. Sie legte das Kind auf den Tisch, es war ein Wunder, dass dieses Wesen nicht unterkühlt war. Das war schon merkwürdig, dass es so hartnäckig leben wollte!

Juliana hielt das Kleine in warmes Wasser und wusch es sauber, eine kleine Holzschüssel reichte dafür noch aus. Auf dem Feuer stand immer ein schwerer Kessel mit heißem Wasser, das jetzt zum Baden nützlich war. Sie wickelte das Würmchen anschließend in feine, vorgewärmte Linnen und legte es erst einmal in ihr Bett. Das Kind schlief sofort wieder ein.

Jetzt saßen die Eheleute schweigend auf den Stühlen im Wohnraum und sahen sich an. Alexander war der Erste, der sich fasste. „Ich habe das Kind bei der Bärenhöhle gefunden, es soll Eilika heißen wie meine Mutter und unsere Tochter sein. In sechs Wochen gehen wir zur Taufe in die nächste Pfarrei. Vielleicht wollen uns die Götter damit zu einem Kinde verhelfen. Ich will dankbar sein und es lieben wie eine Tochter." Juliana hielt das Kind nun ehrfürchtig in ihren Armen. „Ja, ich will es auch behandeln wie mein eigen Blut, Eilika ist ein sehr hübscher Name. Wer weiß, welches Weib wieder in Nöten war, hoffentlich kommt das nicht eines Tages hier an und will sein Kind wiederhaben. Wenn es herauskommt, was die Mutter getan hat, dann wird die lebendig begraben werden, so will es das Gesetz."

„Wie können Menschen nur so etwas tun?", fragte Alexander sein Weib. „Sie wird in Not gewesen sein, wer weiß, welch nobler Herr sie in seinem Bette hatte. Danach ließ er sie natürlich fallen", sagte sie zu ihm und dachte zugleich mit Schrecken an ihre Brust, die Milch haben würde! Wie sollte sie das vor dem Manne verheimlichen?

Juliane sah ihren Mann an. „Heut ist Reinhildes Brauttag, hast du das gewusst?" Alexander sah sie erstaunt an. „Nein, aber wir sind wohl nicht eingeladen, oder?", fragte er ohne großes Interesse, für ihn war jetzt das Kind wichtig und sonst nichts. „Nein, und ich bin froh darüber, ich will kein Einvernehmen mit dieser Sippe." Das waren die ersten harten Worte, die er von Juliana hörte. „Ich werde morgen eine Wiege für unsere Eilika bauen, heute muss eine Felldecke ausreichen für sie, die wärmt sie auch."

„Wenn das Wetter so bleibt", verkündete der Hausherr, „wird sich das Frühjahr gut machen, aber ich glaube, wir bekommen noch einmal Frost, denn der Februari war immer schon sehr kalt. Doch anderswo, so erzählten die Wandersmänner, die auf der Walz waren, soll es furchtbare Überschwemmungen gegeben haben und entsetzliche Stürme. Die Bäche und Flüsse sind über die Ufer getreten und ganze Katen sollen im Schlamm stecken. Tiere und Menschen ertranken zu Hauf. Davor sind wir hier im Moorland sicher", beruhigte Alexander sofort seine Leute, weil die es mit der Angst zu tun bekamen.

Lucas und Gunter bestaunten die kleine Tochter, die wie ein Wunder plötzlich da war! Sie glaubten fest daran, dass es die leibliche Tochter der beiden war, was ja auch zum Teil stimmte. Und die kleine Eilika bekam durch beide eine sichere Bleibe. Na, und Satan erst! Nachdem er sie nicht fressen durfte, beschloss er, sie zu beschützen, und er knurrte jeden Fremden an, der sich der Wiege näherte.

Am schlechtesten hatte es da Flocke erwischt, sie sprang auf die Wiege, um zu sehen, wer ihr da den Rang ablief. Satan sprang wie wild zu der Katze und vertrieb sie. Die wagte sich nie wieder solch kühnen Sprung.

Die Kleine wickelte mit ihrem zahnlosen Lächeln alle ein. Ihre Stoffkugel, an der sie immer saugte, weil die Mutter sie immer wieder in die süße Milch tauchte, teilte sie bedenkenlos mit jedem. Sie war ein freundliches Kind und lautes Jauchzen von ihm entschädigte Alexander für alles und ließ für Juliana die Sonne scheinen. Noch immer litt die sehr darunter, dass sie bald einen Mord begangen hätte! Wenn Alexander das Kind nicht gefunden hätte, wäre es gestorben ...

Tränen rannen wie Bäche über ihr Gesicht. „Warum weinst du denn schon wieder, es ist doch alles gut, oder?" Alexander hatte seine Frau nun schon des Öfteren dabei gesehen, wie die so schrecklich weinte. Sie schmiegte sich an ihn und schluchzte an seinem Hals. Alexander war dann jedes Mal hilflos und wusste nicht, was er sagen sollte. So nahm er sie einfach in seine starken Arme und küsste ihr die Tränen weg. Sie klammerte sich fest an ihn. „Es ist so schön, dass es dich gibt, halt mich ganz fest!" Beide betrachteten sich lange das Kind in der Wiege.

Eilika brachte durch ihre bloße Anwesenheit die Menschen auf dem Moorhof zum Lächeln. Jeder liebte es abgöttisch und als es laufen lernte, wurden auch Flocke und Satan zu ihren besten Freunden – die drei waren unzertrennlich. Mit drei Jahren verließ sie einmal auf ihren kleinen Beinchen den Hof, sie wusste noch von keiner Gefahr. Satan lief ihr hinterher und bellte sie immerzu an. Er stellte sich dem Kind in den Weg, so erreichte er, dass das Kind zurückwich, Stück für Stück, bis es wieder auf dem Hof stand.

Alexander kam aus dem Stall und sah, was der Hund da machte. Schnell lief er zu dem Kinde und lobte das Tier sehr, dass es so gut aufgepasst hatte. Nicht auszudenken, was passiert wäre, wenn die Kleine ins Moor gelaufen wäre!

Alexander machte Juliana schwere Vorwürfe. Die war eine kurze Zeit unaufmerksam gewesen, weil sie so sehr beschäftigt war, die Euter der Kühe, die sich entzündet hatten, mit einem Sud aus Ringelblumenblättern abzuwaschen. Schnell lief sie zu dem Kinde und nahm es in ihre Arme. Eilika weinte herzzerreißend und zeigte mit ihren dicken kleinen Händen immer zu Satan. „Böser Tatan", stammelte sie. Satan aber rollte sich zusammen, schlief ein, um nie wieder aufzuwachen – seine Zeit war abgelaufen.

Alle Menschen auf dem Hof trauerten um ihn, besonders Flocke. Sie war mit dem Hund zusammen aufgewachsen und fühlte sich ihm zugehörig. Tagelang miaute sie schrecklich, aber auch sie hatte nicht das ewige Leben und überlebte den Hund nur ein paar Tage.

Eilika ließ den Schmerz um die treuen Tiere schnell vergessen, sie hatte hier Narrenfreiheit, jeder verwöhnte das Kind. Jedoch konnte sie einen schrecklichen Jähzorn entwickeln, wenn sie ihren Willen nicht bekam.

Der Abend neigte sich, die Nacht begann. Alexander lag neben seiner Frau und konnte nicht einschlafen, obwohl es doch wieder ein sehr arbeitsreicher Tag gewesen war und er so rechtschaffend von der schweren Arbeit erschöpft war. Juliana erging es nicht anders, sie hatte so viele Fragen und wusste nicht, wo sie anfangen sollte. Sie kuschelte sich an seinen warmen Körper heran. „Woher hast du eigentlich all das Wissen und woher stammt der Name Eilika?", fragte sie mit einem zarten Unterton von Eifersucht in ihrer Stimme, was ihm nicht entging. „Meine Frau Mutter hieß so, ich habe sie unendlich geliebt, daher der Name für unsere Tochter. Außerdem bin ich viel in der Welt herumgekommen, da lernt man eben so einiges."

Seine Antwort befriedigte Juliana nicht sehr, sie spürte sehr genau, dass es da etwas gab, von dem sie nichts wissen sollte. Und schon wieder hatte sie ihre Eifersucht nicht in der Gewalt. Alexander spürte es fast körperlich: Wenn er jetzt nicht versuchte, dem Gespräch eine Wende zu geben, dann hätte es durchaus sein können, dass sie alles aus ihm herausfragen würde, was er so gerne für sich behalten wollte.

Er wurde zärtlich zu ihr und dem konnte sie nicht widerstehen. Sie liebte ihn so abgöttisch, dass es fast schon weh tat. Für alles, was es in ihrem Leben gab, musste sie ihm dankbar sein, besonders für die Rettung des Kindes, was er nie erfahren durfte.

Alexander dachte daran, wenn er wieder einmal auf Reisen gehen müsste, wer dann seine Lieben beschützen werde? Wem konnte er vertrauen? Gunter und auch Lucas, ja, die beiden, nun zu starken Männern herangewachsen, hatten den Hof gut im Griff und ihnen konnte er vertrauen, aber würde das auch reichen? Der Neid der Menschen war schier unerschöpflich und er hatte in den Jahren hier sich ein kleines Reich geschaffen – aber um welchen Preis!

Seine innere Ruhe, sein Frieden mit sich selbst, war ihm abhandengekommen. Wenn die Menschen hier wüssten, was er tat, müsste er in der Kirche den hintersten Platz besetzen, er dürfte es sich nicht erlauben, weiter vorne zu sitzen. Die Menschen würden ihn und seine Frau und auch seine kleine Tochter verächtlich behandeln! Sie würden dann wie Aussätzige leben müssen. Nie durfte das geschehen!

Durch seinen Wohlstand, was sich trotz seiner Abgeschiedenheit herumgesprochen hatte, waren auch Neider da. Sein schönes Weib reizte nicht nur ihn immer wieder. Und um seinen Hof und all das hier erhalten zu können, musste er weiterhin Menschen töten!

In England, der kleinen Grafschaft Essex, musste er die junge Gemahlin Margareta des Grafen Heinrich von Silverstone enthaupten. Sie betrog ihren alternden Gatten, ein Hausdiener hatte sie dabei ertappt. Ehebruch war in England ein schweres Vergehen.

Ein noch sehr junger Schreiber im Dienste Seiner Majestät König John der Erste liebte Margareta über die Maßen und setzte alles aufs Spiel, um sie zu gewinnen. Sie liebten sich heimlich in der Remise des Grafenhofes und waren sich nicht der Gefahr bewusst, in der sie sich beide befanden. Ein Diener, der die Kutsche für den nächsten Tag vorbereiten wollte, fand sie beide in Liebe vereint. Da der sich ein gutes Geld versprach und es dem Herrn meldete, konnte keiner den beiden mehr helfen. Die beiden Delinquenten bestritten erst gar nicht ihre Tat. Phillip wurde gleich an Ort und Stelle erhängt.

Nun sollte Margareta durch des Henkers Schwert sterben ... Noch immer sah Alexander ihre furchtsamen Augen vor sich, sie war eine Schönheit ohnegleichen gewesen. Mit ihren achtzehn Jahren hatte sie endlich die Liebe entdeckt und musste deshalb sterben. Alexander gab ihr heimlich ein Pulver zu schlucken, als er sie aus dem Kerker zur Hinrichtung holte. Das würde dann in ein paar Minuten wirken, so dass sie, wenn ihr Kopf auf dem Richtblock lag, nicht mehr am Leben war. Das war das Wenigste, was der Henker für sie noch tun konnte.

Ihre langen blonden Haare hatte man vorher abgeschnitten. Margareta kniete vor ihm nieder und gab ihm seinen Lohn. Er verbeugte sich vor ihr und bat sie um Verzeihung – das war üblich in seinem Gewerbe. Er sah, ihre Augen verdrehten sich schon. Schnell legte er ihren Kopf auf den Richtblock, trat zurück und holte aus mit seinem Schwert ... Er trennte mit einem Schlag den Kopf vom Rumpf! Alexander war ein Mörder, anders sah er das nicht, was er tat!

Schon lange hatte er festgestellt, die Menschen konnten nicht in Frieden miteinander auskommen – immer würde es einen geben, den sie umbringen wollten, der sterben musste.

Auch in England hatte er unbeschreibliches Elend gesehen: König John der Erste presste das Volk unbarmherzig aus, während das noch immer um seinen König Richard Löwenherz trauerte. Der Papst Lucius der Dritte hatte die Inquisition verordnet, seitdem brannten die Feuer der Scheiterhaufen gar zu oft. Auch er hatte so ein großes Mal an seinem Schenkel. Würde man ihn deshalb auch verbrennen und ihn des Teufels Buhlschaft bezichtigen oder die der Hexen?

Alexander sah zu Juliana, die schlief fest. Er stand auf, um etwas zu trinken, er hatte Durst. Da sah er im Mondschein die kleine Holztruhe stehen von der Waldfrau Berblein. Er nahm sie mit in den Wohnraum, da war es wärmer durch das Feuer, das noch glimmte. Er legte einige Holzscheite auf die Glut. Bald knackte das Holz, die Flammen fraßen sich hinein und es wurde heimelig warm. Alexander stellte diese Truhe auf den Tisch und öffnete sie. Er machte die Rübenöllampe an, die gab besseres Licht, da konnte er gut sehen. Er nahm die beiden Bücher, die Berblein selber geschrieben hatte: Das eine war voll mit Rezepten über Tinkturen für die Heilkunst und Rezepte von Gemüsesorten und Kräutern. Das andere enthielt Aufzeichnungen aus ihrem Leben. Ergriffen, las Alexander, was die Frau in ihrem Leben gelitten hatte! Sie war einst Nonne Barbara im nahen Kloster gewesen, eine Vergewaltigung durch den Fürsten Kasimir den Mächtigen – sieh an, seines Herrn! – brachte die Nonne in arge Ungelegenheiten: Sie kam in die Hoffnung und gebar einen Knaben.

Der Bischof schenkte ihr das Leben, weil er ihre Geschichte kannte, er ließ sie aus dem Kloster fliehen. In Freiheit, legte sie ihren Habit ab und lebte von da an im Walde von den Kräutern, die sie verkaufte. Sie zog mit ihrer Hucke von Dorf zu Dorf in all den Jahren, mit der Sehnsucht in ihrem Herzen nach dem Knaben, den sie geboren hatte. Sie wusste, er war in guter Obhut, aber sie wusste nicht, wo.

Ein Zufall kam ihr zu Hilfe, als eines Tages ein junger Mann bei ihr Kräuterkunde nahm. Sie hatte ihn sofort erkannt, das war ihr Sohn! Die Ähnlichkeit mit ihr war unverkennbar, auch bestand eine mit dem Erzeuger, Kasimir dem Mächtigen, von dem seine große kräftige Gestalt, seine schwarzen Augen und seine schwarzen Haare herrührten, von ihr hingegen die hohen Wangenknochen, die Nase und der volle Mund – und das Muttermal in Form eines Eichblattes.

Sie war ja so selig gewesen, ihn nun doch einmal in ihrem Leben gesehen zu haben. Die letzten Worte in dem Buch waren ihm, ihrem Sohn, gewidmet:

„Alexander, mein Sohn,
hoffentlich wirst du eines Tages diese Zeilen lesen können.
Ich liebe dich sehr, werde und bleibe ein guter Mensch.
Das Amulett gehört deinem leiblichen Vater, ich habe es ihm im Walde vom Halse gerissen, als er dich zeugte. Es gehört dir und beglaubigt gleichzeitig deine Geburt. Alles Glück, Gott stehe dir immer bei.
Deine dich liebende Mutter Barbara"

Alexander war wie vor den Kopf geschlagen, als er sich in den Worten der Berblein selber wiedererkannte, und er nahm das Amulett ehrfurchtsvoll in seine Hände. Was sollte er jetzt tun? Sein Lehnsherr war sein leiblicher Vater, der seiner lieben Mutter Gewalt angetan hatte!

Das liebe zarte Berblein, eigentlich Nonne Barbara – jetzt verstand er auch ihre liebevollen Blicke, als sie seine Wunden liebevoll versorgt hatte. Er hatte sich an einer Baumrinde verletzt, fast ehrfürchtig hatte sie ihm die Wunde gesäubert. Oh Gott, dann war sie in dem harten Winter erbarmungslos allein, von aller Welt verlassen, erfroren! Hier in seinem Haus wäre Platz gewesen, aber er wusste doch nicht, dass sie kein Feuerholz mehr hatte und zu krank war, um welches im Walde zu suchen.

Schwer stützte er seinen Kopf in beide Hände. Das Feuer prasselte und spendete Wärme. Er hörte Eilika weinen. Juliana stand schon neben ihrem Bettchen. Sie kam, das Kind auf dem Arm, in den Wohnraum. „Sie muss neu gewickelt werden und ein bisschen Fencheltee werde ich ihr auch noch geben, das beruhigt sie." Sie sah Alexander verwundert an. „Konntest du nicht schlafen?" Eilika griff nach dem glitzernden Amulett, das der Vater in der Hand hatte, und wollte es in den Mund stecken. Juliana nahm es ihr weg, nicht ohne Geschrei der Kleinen! Alexander legte es wieder in die Holztruhe zurück, schloss sie zu und trug sie wieder in die Schlafkammer. Er legte sich wieder in sein Bett, er musste nachdenken.

Juliana sah, dass der Morgen schon graute, brachte das Kind in sein Bettchen und ging wieder in den Wohnraum, um den Brei für Eilika zu kochen. Die schlief wieder ein.

„Ich werde zum Fürsten reiten und ihm alles sagen", dachte Alexander, „das wird das Beste für alle sein und vielleicht werde ich endlich dieses würdelose Amt los!" Er hatte genau gespürt, wie der Fürst damals unter dem Verlust seines Sohnes gelitten hatte. Er, Alexander, fühlte sich schon daran schuldig, aber der hatte ihn damals auch bis aufs Blut gereizt!

Der Fürst war allein, die Fürstin Isabella war vor vielen Jahren im Kindbett gestorben und er hatte nie wieder nach einer neuen Gemahlin Ausschau gehalten. Gewiss, der Fürst war aufbrausend und sehr streng seinem Gesinde gegenüber und seinen Gegnern ohne Gnade! Aber mit seinen achtundvierzig Jahren noch immer im besten Mannesalter, könnte er sich wieder verehelichen und andere Kinder bekommen. Sollte Alexander sich ihm als seinen Sohn zu erkennen geben oder besser nicht?

Juliana setzte sich zu ihm. „Guten Morgen, mein Liebster was hast du? Rede es von der Seel." Sie küsste ihn auf seine Wange. Alexander umarmte sie und zog sie in sein Bett. „Höre mir gut zu, ich erzähle dir jetzt ein Geheimnis von Berblein." Sie sah ihn überrascht an, dann schmiegte sie sich in seine Arme und hörte zu. Leise, damit das Kind in seinem Schlaf nicht gestört werde, begann er, diese Geschichte zu erzählen. Julianas Spannung wuchs von Wort zu Wort.

War das Leben nicht ein Wunder? Was es alles gab, jetzt war ihr angetrauter Ehegemahl gar ein Fürstensohn! „Es könnte aber auch ins Gegenteil umschlagen, wenn du diesem Fürsten seine Tat vor Augen führst. Er schimpft dich einen Betrüger und entlässt dich aus seinen Diensten."

„Das wäre nicht das Schlechteste, aber er könnte mich auch vernichten und somit dich und das Kind auch."

„Ja, das könnte er wohl, also lassen wir es so, wie es ist – wir schweigen. Wir brauchen seine Taler nicht, wir können hier arbeiten und haben ein schönes Heim", sagte Juliana stolz.

Draußen hörten sie Jakob krächzen. „Da ist jemand", sprach Alexander. Der neue Rüde, eine Dogge, die sie auch Satan genannt hatten, knurrte auch in seiner Ofenecke. Alexander sprang aus seinem Bett und zog sich die Beinkleider und ein Hemd an. Er öffnete die Tür und sah einen Reitersmann da stehen. „Ist Er Alexander der Gewaltige?", fragte der Fremde. „Ja, das bin ich wohl." Der Mann überreichte ihm eine Pergamentrolle, widerwillig nahm er die entgegen. Schon wieder sollte jemand sterben, nahm das denn kein Ende? „Ich werde diesmal mit unserer Kutsche fahren, das ist bei diesem Wetter für mich sicherer", dachte er. Der Reiter verschwand im Morgengrauen so schnell, wie er gekommen war.

Alcxander schloss die Tür seines Hauses und las seinen neuen Auftrag, der ihn diesmal nach den Niederlanden führen sollte zu der Stadt Middelburg. Dort sollte eine Frau durch sein Schwert sterben, die sich durch schwere Unzucht strafbar gemacht hatte, dabei den eigenen Sohn zum Beischlaf zwang. Ihr Mann brachte die Tat zur Anzeige gebracht, nachdem er den Sohn halb tot geprügelt und ihn damit zu einem Geständnis gezwungen hatte.

Wieder eine junge Frau! Wie lange sollte das so weitergehen? Ihm blieb gar nichts anderes übrig. Um endlich alldem zu entkommen, musste er seinen so genannten Erzeuger bitten, ihn aus dem Dienst zu entlassen – er würde das auf Dauer nicht mehr schaffen. Die Albträume in den Nächten wurden immer schlimmer, das war einfach kein Leben mehr! Nun musste er sein Weib und das Kind wieder allein lassen.

Der Hausherr ging zu Gunter und Lucas, die gerade aufgestanden waren, an diesem Tag sollten sie die Ställe ausmisten und den Dung auf die Felder tragen. Er erzählte ihnen von seiner neuen Reise, die er anderntags antreten musste. „Ich nehme bei diesem Wetter diesmal die Kutsche! Die beiden Hengste könnt ihr auf dem Hof entbehren, spannt morgen früh die Pferde an. Achtet mir gut auf die Frau und das Kind, ich werde spätestens im Lenzing wieder zurück sein. Es ist eine lange

Zeit, die ich wieder einmal nicht da sein werde." Die beiden versprachen, gut auf alles aufzupassen.

Leider kamen die Knechte wieder nicht dazu, ihre Belange vorzutragen. Dabei waren ihre Bräute schon dabei, die Hochzeit zu richten. Oh Gott, was sollte das werden? Lucas kratzte sich, wie immer, wenn er nicht weiterwusste, am Hinterkopf. „Gunter, du kannst besser reden als ich, gehe zur Frau, die versteht das eher, der Herr muss schon wieder weg, weiß der Teufel, wo der immer hinreist!" Gunter sah ihn schmunzelnd an. „Gut Ding will Weile haben, denke daran, aber du hast recht: Wenn wir jetzt nichts tun, kann es sein, das Jungfer Lina sich einen anderen sucht, mit dem sie Hochzeit macht, und deine Jungfer Kudrun wartet wohl auch nicht mehr so gerne, oder?" Nein, das konnte sie wohl nicht, denn er hatte sie in die Hoffnung gebracht und die Zeit drängte.

So kam es, dass dann im Frühling des Jahres zwölftausendzwei zwei Jungmägde auf dem Moorhof arbeiteten. Am Osterfest war die Hochzeit der beiden Paare gewesen, die auf dem Hof gefeiert wurde. Juliana sorgte für ein deftiges Mahl und einen guten Wein.

Die Steinkate war groß genug für zwei Ehepaare. Gunter und Lucas hatten das Dachgeschoss noch ausgebaut. Kudrun kümmerte sich um den Garten und Lina sich um das viele Federvieh. Das Schnattern der Gänse war weit zu hören und vermischte sich mit dem Gegacker der Hühner.

Juliana musste sich nur noch um das Haus kümmern. Fleißig verarbeitete sie den Flachs, nähte für alle, spann Wolle und kochte für alle zusammen. Es wurde eine Gemeinschaft, in der sich jeder auf jeden verlassen konnte.

Die beiden jungen Frauen kamen aus kinderreichen Familien. Sie waren sehr anstellig, ordentlich und sauber. Kudrun war so alt, wie Juliana es gewesen war, als sic auf den Moorhof gekommen war: vierzehn Jahre. Lina, die ein Kind trug, zählte dreizehn.

Das Frühjahr kam mit vielen Stürmen und mit viel Regen, so dass die Arbeit nur zögerlich vorankam. Eilika, nun schon fünf Jahre alt, spielte im Hause mit den jungen Katzen. Der neue Satan konnte mit dem Kind nichts anfangen, tat ihm aber auch nichts zuleide. Das kleine Mädchen vermisste die verstorbenen Tiere nicht, es war noch zu klein gewesen, als sie von der Erde schieden.

Alexander stand zum ersten Mal in seinem Leben vor einem ernsten Problem: In der holländischen Stadt Middelburg sollte er die junge Frau Annemie enthaupten. Ihr Liebreiz und ihre Schönheit ließen sie Fürsprecher finden, die es verstanden, den Prozess immer wieder hinauszuzögern. Selbst ihm, der viele durch sein Schwert starben sah, ging es nah.

Annemie war so zart in Wesen und Statur und ihre großen, fast violetten Augen konnten einen jeden bis auf den Grund der Seele berühren. Ihre Kleidung hatte in der langen Kerkerhaft arg gelitten. Ihr wundervolles, fast weißes Haar, war strähnig und schmutzig.

Dann kam der Tag, wo das Gericht entschied: Das Weib war unschuldig, es hatte den Sohn nur umarmt, weil der so heftige Zahnschmerzen hatte, und dass sie im Nachtgewande war, ließ darauf schließen, dass es auch noch zur Nachtzeit war. Der Ehemann in seiner grundlosen Eifersucht hatte alles falsch verstanden. Der Sohn hatte nur gestanden, weil er hoffte, so dieser furchtbaren Prügel zu entgehen.

Diese Ehe wurde sofort geschieden und die junge Frau Annemie zog mit ihrem Sohn Rudi zu dem Richter, der für diesen Freispruch gesorgt hatte. Der Richter Johann, achtundvierzig Jahre alt, hatte sich in das junge Weib verliebt und Mutter und Sohn gern Unterschlupf gewährt.

Alexander war unermesslich froh über diesen Ausgang und er beschloss, nun doch noch zu seinem Lehnsherrn zu fahren, um ihn zu bitten, ihn aus seinen Diensten zu entlassen. Er bezahlte für sich und seinen Kutscher Walther den viertägigen Aufenthalt bei seiner Mietswirtin und begab sich zu seiner Kutsche. Den jungen Fuhrmann, sehr tüchtig und aus dem Dorf Drywasser, hatte er sich vom Dorfschulzen ausgeliehen. Einen Gulden hatte er dem für diese Leihe bezahlt. „Herr, ich würde gerne in seinen Diensten bleiben", sprach der Kutscher, „ich kann die Pferde gut versorgen und auch andere Arbeiten sind mir nicht fremd."

„Da kann ich jetzt leider nicht zusagen, denn der Schulze hat ein gewichtiges Wort dabei mitzureden, warte Er, bis wir wieder daheim sein werden. Und jetzt müssen wir so schnell wie möglich nach Bremen, wenn Er es in ein paar Tagen schaffen könnte, wäre ich sehr froh. Weihnachten werden wir wohl dann in der Fremde begehen müssen."

Weihnachten herrschte an allen kämpfenden Stätten der Julfriede, die Waffen mussten ruhen, keine Fehde durfte ausgetragen werden. Walther war sehr froh, in den Diensten von Alexander zu sein, hatte der Herr ihm doch auch eine Unterkunft für diese vier Tage beschafft und für gutes Essen gesorgt. Unterwegs, wenn er schon über zwei Stunden auf dem Bock saß, hatte der ihn in die Kutsche zu einer Jause gebeten. Wo hatte er das schon jemals erlebt?

Dieses Glück, beim Gewaltigen Kutscher sein zu dürfen, hatte er sich nach den vielen langen Jahren voller Angst und Schrecken und Demütigungen auf dem Schulzenhof verdient! Noch heute brannten seine Narben von den Peitschenschlägen auf seinem Rücken.

Und das gierige Weib des Schulzen, die Reinhilde, stellte ihm schon lange nach, dabei hatte er sich in die süße kleine Gerlind verliebt. Die war auf dem Schulzenhof die Küchenmagd.

Auf dem Hof herrschte ein raues Klima, Reinhilde geizte mit allem! Er musste bei den Pferden schlafen und das Essen bestand oft genug nur aus trockenen Fladenbrotresten, so dass er den Pferden manches Mal den Hafer und die Äpfel wegaß. Auch hatte er schon die Knochen abgenagt, die der Herr weggeworfen hatte. In letzter Zeit steckte ihm Gerlind immer etwas zu, was übrig geblieben war.

Walther war ein Findelkind und hatte nie mütterliche Gefühle zu spüren bekommen. Er seufzte auf, das waren schwere Kinderjahre gewesen! Jetzt zählte er schon siebzehn Lenze.

Alexander war eingeschlafen, soweit das möglich war bei diesen holprigen und unebenen Wegen. Es war mild draußen, der Schnee fing an zu tauen und die Straßen waren ein einziger

Morast! So manches Mal schwankte die Kutsche oder blieb gar im Schlamm stecken. Mühsam mussten die beiden Männer die schwere Droschke dann wieder mit den Pferden herausziehen.

Und dann war es doch passiert, die Kutsche rutschte in ein großes Schlammloch und ein Rad brach – weit und breit kein Stellmacher! Was nun? Walther sprang gleich vom Bock, um die Pferde auszuschirren. Alexander erwachte aus seinem kurzen Schlaf, begriff das Missgeschick und stieg aus. „Nimm ein Pferd und reite in das nächste Dorf und hole einen Stellmacher her. Hier, gebe Er ihm einen Kreuzer, dann kommt der auch bestimmt." Walther sah ihn an und staunte, dass der Herr ihm so viel Geld anvertraute. „Ja, ich eile", sagte er demutsvoll und verbeugte sich, setzte sich auf ein Pferd und ritt davon.

Alexander stöhnte „Auch das noch!" und setzte sich wieder in die Kutsche. Nach dem Stand der Sonne musste es um die Mittagszeit sein, er nahm seinen Bogen und den Köcher mit den Pfeilen und stieg wieder aus. „Wo viel Wald ist, ist auch viel Wild", dachte er und schritt auf diesen zu. Nach einiger Zeit erspähte er ein kleines Wildschwein, einen Frischling, der würde reichen, um die beiden satt zu machen. Hoffentlich war die Bache recht weit weg, denn einem wütenden Wildschwein wollte er nicht unbedingt begegnen ... Er zielte und traf!

Sofort machte er sich daran und zog dem Tier das Fell ab und weidete es aus. Schade, die Innereien konnte er jetzt nicht vergeben und warf sie weg. Dann sammelte er Holz zusammen und schichtete es auf. Mühselig machte er ein Feuer, nahm einen Pfeil aus dem Köcher, spießte das Wildschwein darauf

auf und hängte es über das Feuer. Nach einiger Zeit duftete es zunehmend nach Essen.

Alexander sah zwei Reiter kommen, es waren Walther und ein Fremder. Der stellte sich als Stellmacher Franz vor und machte sich gleich an die Arbeit. Walther half dabei, so lernte er auch gleich noch nebenbei, wie man ein Rad ordentlich wieder an die Kutsche befestigte.

Nun war das Wildschwein gar, Franz schielte schon lange danach und das Wasser im Munde lief ihm zusammen. „Leute, jetzt gibt es erst einmal einen Happen zu essen, kommt beide her und greift zu!" Franz holte mit Walther schnell drei große Steine an das Feuer, damit sie sich setzen konnten, und ließen sich diesen Braten schmecken.

Immer wieder sah Franz bange zu Alexander. Der Herr sah furchterregend aus, aber Walther sagte nur das Beste über den. Der musste reich sein, denn Franz hatte schon einen Kreuzer bekommen, er würde einmal in der Kutsche nachsehen, ob da nicht noch mehr zu holen war. Der Herr achte nicht auf ihn, so dachte er, und befand sich in einem schrecklichen Irrtum. Er stand auf. „Ich muss einmal hinter einen Baum gehen." Er schlich sich hinter die Kutsche, die etwas weg vom Feuer stand, und verschwand darin.

Er war gerade dabei, das Wams des Herrn zu durchsuchen, da riss Alexander die Kutschentür auf – ein Griff und Franz lag im Schlamm. Der riss vor Schreck seine Augen auf und bettelte um Gnade. „Bitte, Herr, ich tu das nie wieder ... Hier hat Er den Kreuzer zurück ... Habe Er doch Erbarmen ... Herr, bitte."

Walther lernte so auch die andere Seite von seinem Herrn kennen. Alexander verprügelte den Stellmacher furchtbar, setzte ihn auf sein Pferd und klatschte diesem auf sein Hinterteil, dass es schnell davongaloppierte. Walther grinste unverschämt und dachte schadenfroh: „Was Recht ist, muss auch Recht bleiben."

Die Männer packten den Rest von dem Wildschweinbraten in Tücher, die Alexander immer dabeihatte, um sich zu säubern und abzutrocknen. Walther blickte ängstlich zum Walde. „Herr, wir sollten schnell wieder auf die Straße kommen, bevor es dunkelt. Die Wölfe sind unruhig, ihr Heulen klingt gar schaurig, und vor einem Bären habe ich große Ehrfurcht."

„Habe Er keine Angst, die Wölfe greifen die Menschen nicht an. Der Wald bedeutet Leben für Mensch und Tier, Walther, das sollte Er doch wissen. Das Holz brauchen wir zum Wärmen im Winter, zum Bauen unserer Häuser und für unsere Tische, Schemel und Schränke, die Tiere, um leben zu können, und die Kräuter zum Heilen wie auch die Pilze und Beeren. Was also wären wir Menschen ohne den Wald?" Walther wurde sehr nachdenklich, so hatte er das noch nie gesehen.

Sie zogen los. „Brr ...!", rief er nach einer Weile und hielt die Kutsche an. Er zurrte die Zügel der Pferde fest. Er stieg vom Bock und machte die Kutschentür auf. „Herr, wir werden heute nicht mehr in die Stadt kommen, es dunkelt und die Stadttore sind bestimmt schon geschlossen." Alexander sah durch die offene Tür und schnupperte die Luft, das roch nach einer Köhlerei, da sah er schon einen Meiler rauchen. „Ja, das weiß ich, aber vor den Mauern der Stadt hat eine alte Vettel, die Roswitha, eine Herberge, da können wir übernachten. Ich war dort schon öfter gewesen, allerdings ist es drinnen nicht sehr sauber, die Flöhe werden uns jucken und hoffentlich sind nicht noch Wanzen dazugekommen. Da wäre es vielleicht besser, wenn wir beide in der Kutsche übernachten würden, ich habe dicke Decken dabei. Die Pferde stellen wir in dem Stall der Herberge unter. Ich habe vorhin die Wölfe heulen hören, aber davor brauchen wir keine Angst zu haben. Ein wütender Bär oder gar ein Eber oder Dachs wären weitaus gefährlicher für uns." Dann wurde es zusehends dunkel.

Es kam, wie Alexander vorgeschlagen hatte, die Pferde stellte er im Stall der kleinen Herberge von Roswitha unter, dort hatten die ihr Futter und waren sicher vor Bären. „Komme Er doch herein, hier ist es warm und trocken, Herr, und ein gar deftiges Mahl habe ich auch immer im Rohr", lockte Roswitha Alexander. Sie kannte ihn und wusste, der war nicht kleinlich. Sie stand hoch wie breit in der Tür mit ihrem schmutzigen Umschlagtuch und freute sich auf einen guten Verdienst. Alexander sah sie schmunzelnd an. „Nein, nein, Roswitha, heute nicht, die Stiche deiner bösartigen Flöhe jucken heute noch gewaltig." Roswitha hörte das nicht so gerne und war nun beleidigt. „So gehabe Er sich denn wohl, Herr." Sie ging ins Haus zurück.

Die beiden Männer übernachteten in der Kutsche. Anderntags war Alexander in Bremen auf der Suche nach einer sauberen Badestube. Er lief durch die Stadt, er sah, viele kleine Bauernkaten waren mit Stroh gedeckt oder Schilf, es gab auch einige mit Holzschindeln. Darauf hatten fast alle den Hauslauch gepflanzt, um sich vor einem Blitzeinschlag zu schützen. In den Häusern, wusste er, bestand der Boden meist aus festgestampftem Lehm und der Dreibock war die Sitzgelegenheit. Die Leute grüßten ihn ehrfürchtig, obwohl sie ihn doch gar nicht kannten.

Alexander kam an einem Friedhof vorbei, wo die Leute die Gräber ihrer Lieben mit Johanniswein begossen. Auf dem Markt neben dem üblichen Lindenbaum und dem Brunnen spielten die Gaukler und der Schlachter hatte ein Schwein auf einer Holzleiter aufgehängt. Er verkaufte das Schwein stückweise an die umstehenden Leute, die nur darauf warteten.

Spielleute musizierten an einer anderen Ecke des Marktes. Ein Quacksalber rief „Rotz und Kot und Nägelein sollten in der Salbe sein!". Ein buntes Treiben, das auch Alexanders Laune hob, er liebte diese Stimmung, die man nur auf einem Markt finden konnte.

Er verweilte am Stand der alten Bärbel und ließ sich eine Handvoll Sauerkraut geben. Da hörte er, wie sich vier Männer über einen Hausbau unterhielten. „Ein Haus muss so fest gebaut werden, dass es drei Männer nicht umreißen können!" Die alte Bärbel ermahnte ihren Käufer: „Herr, das Kraut isst man zu fetten Schweinen, aber nicht so ungekocht, das macht dem Darm sicher zu schaffen." Sie schüttelte ihren Kopf über so viel Unvernunft.

Alexander ging weiter, nachdem er sich seine Hände an der Schürze der alten Bärbel abgewischt hatte, die war sehr sauber, so etwas sah er auf einen Blick. Auf einem dreibeinigen Schemel saß eine alte Frau und bot ihre Äpfel feil, die sehr zum

Reinbeißen einluden. Er gab der Alten einen Pfennig und nahm sich nur einen Apfel, dankbar und mit gütigen Augen sah ihn die Alte an.

Er liebte es, über einen Markt zu schlendern, hier war Leben, das spürte jedermann! Es war noch sehr kalt jetzt im Ende des Februari. „Wir werden wohl noch einige Wochen brauchen, bis wir in Gotha sind", dachte Alexander, „dann wird es Frühling sein und rund um den Moorhof werden all die Bäume ihr weißes Hochzeitskleid tragen und herrlich blühen. Ach, wenn ich doch nur erst wieder daheim wäre!" Nie hätte Alexander gedacht, dass er einmal so große Sehnsucht nach seinem Heim haben würde, nach seinem Weibe und jetzt auch noch nach dem Kinde. Ein weiter und beschwerlicher Weg lag noch vor ihnen, das wusste er wohl.

Fast noch drei Monate zogen sie durchs deutsche Land, um nach Gotha zu kommen. Es war auch das wechselhafte Wetter, das es so beschwerlich machte. Manchmal versackten sie mitsamt der Kutsche im Schlamm und manchmal war es der viele Schnee, der noch einmal mit voller Wucht auf sie niederkam und der sie nicht vorwärtskommen ließ. Dort, in der Nähe, lag die Burg des Fürsten Kasimir.
Diese unwegsamen Straßen waren aber auch ein arges Hindernis.

Dann, eines Tages, hatten sie es geschafft und sie fuhren mit ihrer Kutsche durch die Stadttore von Gotha und es ging weiter bis zur Burg. Die Wachen aber wollten ihn nicht hineinlassen, obwohl sie ihn kannten. „So fragt euern Herrn, ob er mich empfängt", brummte er ärgerlich. Alexander wusste, warum der mürrisch war, er hatte ihm das letzte Mal nicht genug Kreuzer in seine Hand gedrückt – weil er keine hatte – und das ließ der Hauptmann ihn jetzt spüren.

Fürst Kasimir der Mächtige kam gerade über den Burghof geritten. Ein Knappe lief zu ihm und half beim Absteigen, er führte das Pferd anschließend in den Stall. Kasimir kam auf Alexander zu, sein Gesichtsausdruck versprach nichts Gutes. Er sah Alexander sehr merkwürdig an. „Komme Er mit", sagte er unwirsch zu ihm. Mit einem herrischen Schlag drückte er die Speere der Wachen weg, ehe die sie selber wegnehmen konnten, und ging mit schwerem Schritt, der im Burghof widerhallte, die Treppe hoch.

Alexander lief hinter ihm her, wie ein Hündchen, und das behagte ihm so gar nicht, es steigerte nur seine Wut. Oben im Herrengemach angekommen, warf Kasimir sein Wams und seinen Hut auf einen Stuhl. Der Diener Ambrosius eilte herbei und verbeugte sich vor den Herren. „Euer Gnaden, ich habe die Köchin Berta angewiesen, das Mahl zuzubereiten und es im Saal am Kamin zu reichen. Es ist warm dort, der Maius ist noch recht kühl." Er ging auf seinen Herrn zu, um ihm die Stiefel auszuziehen. Ambrosius wusste genau, wie er seinen Herrn zu behandeln hatte.

Im Grunde war er hier der Herr: Er befahl der Dienerschaft, er sorgte für die Vorräte, die er auch sehr genau überwachte, er bedachte sogar seinen Herrn mit der Minne, wenn es wieder einmal nottun sollte. So manche schöne junge Maid verließ, reich beschenkt, das Schloss, nachdem der Herr ihre Liebeskunst genossen hatte.

Ambrosius sorgte für alles und kannte Alexander nun auch sehr gut. Die beiden konnten sich, warum auch immer, auf den Tod nicht leiden. Böse sah er zu Alexander. „Isst der junge Herr mit Euch?", fragte er seinen Herrn. „Ja, natürlich. Ich will aber nicht schon wieder diese Rüben essen, sag Er das der Berta!" Er wandte sich an Alexander. „Was will Er und was bringt Er für Nachricht?" Alexander musste jetzt sehr geschickt sein, das wusste er.

Gespielt gelangweilt und für den Fürsten sehr aufreizend, nahm er seinen Hut ab. „Nun, das Gericht hat die Frau als schuldfrei befunden und sie durfte weiterleben, wurde aber vom Ehemann geschieden. Der Richter ehelichte sie wohl. Ich muss sagen, dass ich selten ein schöneres Weib gesehen habe … Hört …, ich bin es leid, mein Leben dazu zu benutzen, um andere Menschen zu töten! Meine Schuld habe ich in all den Jahren mit Sicherheit abgegolten, Herr, obwohl ich der Meinung bin, dass ein Menschenleben nicht zu ersetzen ist. Ein jeder ist auf seine Art einmalig, aber auch selber dafür verantwortlich, was er tut und sagt." Diese Worte hatte er sich nicht verkneifen können!

Alexander wartete auf die Antwort des Fürsten, da der nichts sagte, sprach Alexander weiter. „Nach zehn Jahren habe ich meine Schuld abgebüßt, ich kann Euch den leiblichen Sohn nicht wiedergeben. Aber so ganz schuldlos war der auch nicht, das wisst Ihr sehr wohl." Der Fürst sah ihn an, erstaunt ob des Tones von Alexander. Und wenn er es recht bedachte, hatte der sogar recht.

Sein Sohn Edelbert war ein Heißsporn gewesen und ein Hallodri dazu, eben ein Tunichtgut. Wegen seines schlechten Lebenswandels konnte er ihn noch nicht einmal zum Ritter schlagen lassen. Denn das erforderte Galanterie, Ehrlichkeit, Hilfsbereitschaft und Mut, nichts davon hatte der Sohn besessen. „Was will Er denn machen, wenn ich es Ihm verweigere, und was will Er tun, wenn ich Ihm das Lehen wegnehme? Will Er dann auf die Jahrmärkte gehen, um seinen Unterhalt und den für seine Familie mit Minnegesängen verdienen?", fragte Kasimir und seine schwarzen Augen blitzten.

Alexander schwieg, das hatte er befürchtet, aber so schnell würde er nicht aufgeben. Er kramte aus seinen Taschen etwas hervor. „Ich habe hier etwas für Euch …", sagte er zu dem Fürsten und legte das Amulett auf den Tisch. Langsam kam der Fürst näher und nahm den Anhänger in seine Hände. Er besah ihn von allen Seiten, wendete ihn immer wieder. Sein Gesichtsausdruck veränderte sich schlagartig, denn er wusste zu genau, wobei er das Amulett verloren hatte. „Das habe ich schon sehr lange, über viele Jahre, vermisst und nicht gewusst, wo ich das verloren haben könnte. Das ist sehr wichtig, denn nur mit diesem Amulett kann ich der Wappenprüfung des Heroldes standhalten und mein Fortbestehen sichern."

Jetzt triefte Alexanders Stimme vor Sarkasmus! „Da kann ich Euch gerne weiterhelfen. Nun, ich werde Euch eine Geschichte erzählen, die nicht unbedingt neu ist, auch nicht besonders einfallsreich, aber einschneidend für das weitere Leben eines Weibes und eines Kindes … Das Geschehnis ist beschämend für jeden aufrichtigen Mann!"

Der Fürst sah Alexander, nun peinlich berührt, an. Was wusste der? „Lass Er hören", sprach er stockend. Alexander erzählte weiter: „Die Gier nach einem Weib überfiel eines Tages einen jungen Fürsten, als er mitten im Walde ein gar schönes junges Weib sah. Eine anmutige Nonne sammelte Beeren in ihr Körbchen … Nun, der junge Fürst nahm sich gewaltsam, was ihm das Weib freiwillig nicht geben wollte, ja, nicht geben konnte – es war mit Gott vermählt! Die Nonne war eine Frau Gottes. In ihrer Not, in die sie dieser Kerl gebracht hatte, kam sie knapp mit dem eigenen Leben davon … Sie gebar einen Knaben, den eine barmherzige Nonne auf eine Burg zu einer Grafenfamilie brachte. Dieses Weib dort konnte keine Kinder gebären und war froh und überglücklich ob dieses Kindes.

Dieses Amulett hier aber riss die Nonne in ihrer Angst vom Halse des Fürsten, der hatte das nicht bemerkt. Die Nonne bewahrte es auf und vermachte es mir vor ihrem Tode, dem Sohn, den sie damals gebar … Nun, hier bin ich!

Meine Mutter schrieb ihr Leben auf. Sie berichtete über ihr Glück, ihren leiblichen Sohn – mich –, der da schon zum Manne gereift war, getroffen zu haben. Somit lernte ich meine leibliche Mutter kennen und – aufgrund ihrer Niederschriften – auch meinen Vater! So seltsame Wege kann das Leben gehen …, Fürst."

Kasimir schwieg betroffen, es arbeitete in ihm, das konnte man gut sehen, aber so schnell konnte er das Geschehene selber nicht begreifen. Da war Ambrosius schneller im Denken und vorlaut sagte er zu seinem Herrn: „Da kann ich wohl heute zum Vater gratulieren, Eure Durchlaucht", er verbeugte sich devot vor ihm. Sein schadenfrohes Grinsen wusste er gut zu verbergen. Merkwürdig schnell legte Kasimir das Amulett wieder auf den Tisch zurück, so als habe er sich daran verbrannt. „Hm …, ja … Ich muss erst darüber nachdenken, lasse Er mich jetzt allein und komme Er heute zum Nachtessen wieder." Der Fürst erhob sich von seinem Platz, ließ sein Mahl unangerührt und ging schweren Schrittes aus dem Zimmer. Alexander sah ihm kopfschüttelnd hinterher und aß in Ruhe die wunderbaren Wachteln, die Köchin Berta gesotten hatte.

Ambrosius kam wieder in den Saal zurück und ging auf Alexander zu. Die Lage hatte sich ja jetzt grundlegend verändert – auch für ihn. Er musste nun Alexander freundlicher behandeln, er hatte ihn falsch eingeschätzt: Der hatte Mut und eine gute Erziehung besaß er auch! „Ich kenne meinen Fürsten, lass Er ihm etwas Zeit. Aber sei Er versichert, er wird Ihn anerkennen, zumal er ja auch sein Ebenbild ist – wohl auch gleich in den eigenen Wutanfällen." Er konnte sich so einen frechen Ton erlauben, das wusste er genau. Er verbeugte sich vor dem neuen Herrn und verließ mit dem gebrauchten Geschirr den Saal.

Alexander lächelte und versuchte, mit einem Tuch seine beschmutzten Hände zu säubern. Die Wachteln waren ein Genuss gewesen! Ambrosius ging schnell der Küche entgegen, diese Neuigkeit musste er unbedingt loswerden, Berta würde staunen! Endlich barg er ein Geheimnis in sich, um das sie noch nicht wissen konnte!

Er stellte das Geschirr in den Spülstein. „Berta, komme Sie her zu mir, ich habe eine Neuigkeit, die Sie bestimmt erstaunen wird!" Berta, nicht gerade die Feinste in ihren Worten und et-

was behäbig in ihren Bewegungen, kam aus ihrer gemütlichen Ecke hervor. Sie kaute noch. „Kann man hier nicht einmal in Ruhe essen?", fragte sie ärgerlich. Die Köchin war einmal vor vielen Jahren, als sie als junge Maid hierher auf die Burg kam, sehr in Ambrosius verliebt gewesen, aber der Fürst hatte es mit allen Weibern gehalten. So blieb Berta lieber allein. Und nun geiferten sich die Getäuschten an, wo sie nur konnten.
Er mochte Berta auch ganz gerne, aber das würde er nie zugeben. Nun ja, eine Schönheit war sie nun nicht mehr, aber kochen konnte sie, das vermochte keine Junge! Außerdem war er nun in einem Alter, da war ihm gutes Essen wichtiger als eine schöne Maid. „Stelle Sie sich einmal vor ...", er nahm sie unter seine Arme und ging mit ihr tuschelnd in die Ecke zurück. Diese Mär vereinte die beiden Kampfhähne auf erstaunliche Weise.

Alexander nahm wieder Platz in seiner Kutsche. „Walther, wir müssen heute Abend noch einmal herkommen, Er wird dort gut untergebracht sein für eine oder gar mehrere Nächte, ich weiß es noch nicht. Kann auch sein, dass wir schnellstens den Ort verlassen müssen, warten wir es ab." Walther lenkte die Kutsche durch die Stadt und sie besahen sich diese und deren Leute. Am Abend, mit einer Pechfackel an der Kutsche, fuhren sie wieder in Richtung Burg zurück.

Die Wachen waren jetzt viel freundlicher als noch am Morgen. Sie salutierten Alexander und nahmen ihre Speere eng an ihren Körper und ließen ihn durch das Tor. Der Fürst stand am Fenster und sah ihn kommen. Die Ähnlichkeit mit ihm und dem Burschen war unverkennbar!

Kasimir hielt das Amulett in der Hand. Das Traurige war, er konnte sich nicht an das Gesicht dieser Nonne erinnern, wie hatte sie nur ausgesehen? Er bedachte damals nicht die Folgen, ja, er hatte mit seiner flüchtigen Leidenschaft sogar ihr Leben riskiert – das war nicht gewollt! Die Menschen konnten grausam sein, das wusste er, am schlimmsten waren die, die immer so sittsam taten, die im Heimlichen unheimliche Dinge vollbrachten.

Er wusste, dass es üblich war im Kloster, eine Nonne mit dem Kinde hinter einer Klostermauer im Keller lebendig zu begraben. Ihm lief ein kalter Schauer den Rücken herunter, wenn er nur daran dachte, wurde ihm vor Angst und Schrecken übel!

Er hatte viele Fehler in seiner Jugend gemacht, leider, aber innerlich stand er dazu. Er würde sich nicht verkriechen und seine Schuld, wenn nötig, bekennen. Er war der Mächtige, aber ein solch drohendes Schicksal hätte auch er nicht abwenden können.

Die kirchlichen Würdenträger waren mächtiger als ein Landesherr, am schlimmsten waren wohl die, die Wasser predigten und den Wein soffen! Alexander war ein Sohn, auf den er stolz sein konnte, das wusste er. Der war nicht dumm, im Gegenteil, sehr gelehrt. Er war ehrlich und man konnte sich auf ihn verlassen. Auch war er von guter Statur und dazu noch aus gutem Haus! Er hatte Benehmen gelernt, konnte auch adligen Ansprüchen genügen. Eine reiche Heirat mit einer Fürstentochter wäre dann angezeigt. Nun, seine Ehe konnte man für ungültig erklären, das wäre für Kasimir kein Problem. Griseldis, die

Tochter seines Freundes Hendrik vom schwarzen Berg, wäre die Richtige für Alexander!

Nun war es Abend geworden und der Fürst wartete auf seinen Sohn … Wie gut sich das anfühlte, sagen zu können: „Ich warte auf meinen Sohn." Seine Augen glänzten und die Gesichtszüge wurden mild. Es klopfte an der Tür und Ambrosius vermeldete Alexander. „Soll Er eintreten", erhielt er zur Antwort.

Alexander betrat das Gemach, in dessen Kamin ein Feuer brannte. Ambrosius legte gleich noch einige Holzscheite nach, er wusste genau, wie leicht sein Fürst fror, und die Maiusnächte waren doch noch sehr kalt. Die Fensterläden hatte er schon überall geschlossen. Auf leisen Sohlen verließ er das Gemach. Das musste ein guter Dienstbote können: sich unsichtbar machen und immer am rechten Ort, zur rechten Zeit zur Stelle und über alles bestens informiert sein …

Ambrosius schloss aber die Tür nicht ganz, denn schließlich wollte er hören, was da gesagt wurde. „Eure Durchlaucht, ich bin da, wie befohlen." Alexander verbeugte sich leicht – nicht zu viel und nicht zu wenig. Er würde nie zu Kreuze kriechen! Der Fürst sah seinen Sohn gefällig an. „Wir werden zusammen essen. Berta hat einen sauer eigelegten Hasen zubereitet und einige Wachteln gebraten, einen edlen Wein habe ich dazu. Mit leerem Magen lässt sich nicht gut reden."

„Ambrosius", wandte er sich dem Diener zu, „Er kann vorlegen, und zwar hier, im Saal ist es mir zu ungemütlich und zu kalt." Alexander wunderte sich, dass der Fürst so leise sprach, das konnte der Diener doch unmöglich hören! Aber der Fürst kannte seine Pappenheimer schon ganz gut und wusste genau, dass Ambrosius hinter der Tür stand und lauschte. Nun war klar, sein Fürst hatte ihn durchschaut, beleidigt lief er zu Berta, um das Essen zu holen.

Alexander lernte nun eine andere Seite des Fürsten kennen, trotzdem wagte er nicht, ohne Aufforderung sich einfach zu setzen. „Ich habe meinen Kutscher samt Droschke und Pferden im Stall untergebracht, es ist Euch doch recht?"

„Natürlich, aber der Mann kann in der Gesindekammer schlafen und essen. Ich werde Ambrosius beauftragen, das zu regeln." Er legte mit Bedacht das Amulett auf den Tisch. „Nun zu diesem da – ich erkenne die Vaterschaft ohne Weiteres an, zumal eine Nonne ja nicht lügt. Er ist nicht der schlechteste Sohn. Das Problem ist seine Ehe, Er müsste standesgemäß heiraten – würde Er das tun?"

Alexander wurde vor Schreck ganz bleich, schon der Gedanke daran genügte, um ihn ein Unwohlsein zu bescheren. „Nein! Von meiner Juliana trenne ich mich nie! Sie ist mein Leben, mein ein und alles, mein Kind auch", kam es hart über seine Lippen. „Nun ja, dann muss Er sich weiter auf seinem Lehen abrackern und ich werde ihm meine Anerkennung als Sohn verweigern. Überlege Er sich das gut." Das klang fast drohend. Alexander ließ sich nicht einschüchtern. „Darauf lege ich keinen Wert – meine Juliana bleibt an meiner Seite! Wenn ich das Lehen auf Lebenszeit bekomme, reicht mir das aus." Er sah den Fürsten herausfordernd an. „Aber ich werde, bevor ich gehe, Euch noch die Geschichte von der Nonne Barbara, meiner Mutter, zu Ende erzählen …"

Kasimir hörte erschüttert zu. Er konnte nichts mehr rückgängig machen, seine Schuld würde weiterhin bestehen und er konnte nur darauf hoffen, dass Gott ihm seine Schuld verzeihen würde. Er schwor sich selber in diesem Moment, weiterhin das schwere Joch der Ehelosigkeit zu ertragen, um damit Buße für seine Schuld zu tun. Das würde schwer werden und er hoffte, dass die Götter dieses Opfer, das er da brachte, anerkennen.

Anderntags wollte er zu seinem Beichtvater fahren, denn in so manchen Nächten suchte ihn das Verlangen nach einem Weibe heim. Nur einmal in seinen jungen Jahren war er in ein Bordell gegangen oder hatte, als er unterwegs war, sich zu einer Wanderhure in ihr Zelt gelegt. Diese musste den Teufel im Leib gehabt haben, so ein Teufelsweib hatte er nie wieder besessen. Oh Mann, die kannte Sachen! Ambrosius hatte im Laufe der Jahre immer für Abhilfe gesorgt und ihm ein Weib beschafft, das würde er nun nie wieder verlangen.

Nach diesem schmackhaften Mahl und reichlich genossenem Weine verabschiedeten sich die beiden Männer mit einem kräftigen Handschlag. Der Fürst verwies noch seinen Diener auf das Nachtlager für den Kutscher in der Gesindekammer, dann wandte er sich zum Gehen.

Alexander fuhr am nächsten Morgen in seiner Kutsche zügig seinem Heim zu, seine Gedanken wanderten jedoch zurück zu seinem Vater. Er hatte doch wahrlich vergessen, ihn auf sein Henkersamt anzusprechen! Das war ärgerlich, doch nun nicht mehr zu ändern. Er würde ja sehen, wann der nächste Bote komme, um ihn zu seinem schweren Amt zu holen. Er würde dann noch einmal mit dem Fürsten reden müssen.

Da wurde er von Walther aus seinen Gedanken gerissen. „Herr, wollen wir durchfahren bis zum Moorhof oder unterwegs noch einmal einkehren? Denn wir kommen bald in die finstere Nacht hinein und so allerlei Gesindel treibt sich auf den Wegen herum." Walther war ganz sicher nicht der Mutigste und er wäre liebend gerne in der Nacht in einem warmen Stall gewesen. „Sehe Er zu, für die Pferde eine Quelle zu finden, denn sie brauchen Wasser, und den Hafersack kann Er ihnen umhängen, wir beide übernachten in der Kutsche." Walther seufzte auf, er hatte es schon befürchtet. Hieß es nicht in der Bibel, nur wer die Gefahr suche, komme auch darin um? Das hatte ihm einst jemand vorgelesen, denn er selber war des Lesens nicht mächtig.

Hinten an der Kutsche war ein Kofferkasten, in dem die Vorräte für Mensch und Tier lagerten, der war bis obenhin gefüllt. Nachdenklich sah Alexander auf die Kleider auf den Sitzen, die er für sein Weib und sein Kind gekauft hatte, die störten jetzt, aber wohin damit? Er nahm die Kleider, als er Walthers „Brr!" hörte und die Pferde augenblicklich standen. Alexander hängte sie, nachdem er ausgestiegen war, über einen Ast. „Trefflich, trefflich, hoffentlich vergessen wir sie nicht", murmelte Walther bedenklich, „und hoffentlich nagt die kein Eichkater an oder die Vögel scheißen auf sie."

„Hat Er einen besseren Vorschlag?"

„Ja, legen wir sie doch über den Rücken der Pferde." Alexander sah ihn verdutzt an und tat das dann auch. „Steige Er in die Kutsche, Mamsell Berta hat mir noch einiges mitgegeben." Walther ließ sich das nicht zweimal sagen, denn Hunger hatte er immer. Alexander ging zum Bach und holte in einem Krug frisches Wasser. Hm ..., das schmeckte gar köstlich! Der Kuckuck rief unermüdlich und erweckte Heimatgefühle.

Langsam senkte sich die Dämmerung über das Land. „Endlich bald wieder daheim, vielleicht sind wir morgen da", dachte Alexander sehnsüchtig und freute sich so auf sein Weib und das Kind! Nie hätte er gedacht, jemals ein fremdes Kind so lieben zu können. Ja, er hatte sogar manchmal Ähnlichkeiten mit Juliana entdeckt, aber sicher bildete er sich das nur ein. Und genau wie er hatte sie schwarze Augen, eigenartig.

Die Baumwipfel waren im Wege, so dass Alexander keine Sterne sehen konnte, nur der Mond schien hell hindurch. Nun rief der Kuckuck nicht mehr, sondern das Käuzchen und der Uhu waren zu hören. Walther war das unheimlich, aber fühlte sich gleich besser in der Kutsche bei seinem Herrn. Im Unterholz raschelten die Mäuse und die Wölfe ließen ihr grausiges Heulen ertönen. Alexander störte es ja nicht, aber sein junger Begleiter war nicht gerade ein Held!

Die Pferde hatten den Hafersack noch um, sie ließen sich das vorzügliche Mahl munden. „Lege Er sich auf die Bank, die für seine langen Beine etwas zu kurz scheint, für meine ist sie es übrigens auch. Gute Ruh." Walther rollte sich etwas zusammen und schlief bald ein.

Alexander aber konnte keine Ruhe finden und stand wieder auf, um sich draußen zu seinen Pferden zu setzen. Er nahm ihnen die Hafersäcke ab, tätschelte ihr Fell. Seine Gedanken gingen im Wechsel zu dem Fürsten und zu Juliana.

Da hörte er ein Knacken im Unterholz. Das konnte irgendein Tier sein, aber auch Gesindel! Die Umgebung war voll davon! Schnell hockte er sich unter das erste Pferd. Schon sah er im Mondschein, der immer wieder durch die Bäume schien, zwei Gestalten in seine Richtung schleichen. „Da sehe ich doch eine Kutsche stehen. Vielleicht haben wir Glück und es lohnt sich, den Besitzer auszurauben."

„Na wartet nur, ihr beiden, euch will ich Saures geben", dachte Alexander. Er sah nur die Umrisse der beiden Kerle, die nicht sehr groß waren. Einer davon machte leise die Kutschentür auf, aber Walther war unter seiner Decke nicht zu sehen. „Die ist leer, hier liegt nichts in der Kutsche. Sehen wir mal im Kofferkasten nach!" Gemeinsam hoben sie den Kastendeckel hoch und sahen nun im Mondschein, was da alles Gutes lag. Entzückt langten sie zu und aßen nach Herzenslust das Fleisch. Sie tanzten vor lauter Freude um die Kutsche herum, immer an Alexander vorbei, der unter dem einen Pferd hockte. „Die Kutsche verkaufen wir, da haben wir erst einmal ausgesorgt. Die Pferde nehmen wir mit, dann brauchen wir nicht mehr zu laufen, ei der Daus, ist das ein Spaß!"

Wenn Walther nicht ein so dringendes menschliches Bedürfnis geweckt hätte, schliefe der jetzt tief und fest. Im Halbschlaf schob er eine der Decken zur Seite – und wurde unfreiwillig zu einem Helden.

Schlaftrunken taumelte er aus der Kutsche, um sich an den nächsten Baum zu stellen. Vor Schreck ließen die beiden Kerle ihr Essen fallen, denn sie glaubten an einen Geist – und vor nichts hatten sie mehr Angst als vor einem solchen.

Entsetzt stoben die durch den finsteren Tann eilends davon. Walther bekam das gar nicht mit und Alexander lachte in sich hinein. War das ein Schauspiel gewesen!

Am anderen Morgen brachen sie auf und durchfuhren bald eine kleine Stadt. Alexander wollte sich noch einmal in einem Badehaus gründlich waschen und saubere Kleidung anziehen. Er ließ seinen Kutscher am Markt halten und ging hinüber in eine Kapelle, um zu beten. Sein warmes Wams sah schon sehr mitgenommen aus, das wusste er wohl, aber wo sollte er jetzt zum Teufel ein sauberes herbekommen?

Nachdem der Gottesanbeter die Kapelle verlassen hatte, schaute er sich um nach einer Badestube. Er fand sie in einer sehr dunklen Gasse. Alexander runzelte die Stirn, das gefiel ihm überhaupt nicht! Vorsichtig sah er sich um, ehe er diese Anstalt betrat. Der Stübner verlangte zwei Kreuzer von ihm. „Kann Er mir auch ein frisches Wams und Unterzeug besorgen, auch saubere Beinbinden?", fragte er den nebulösen Kerl. Der verbeugte sich. „Gebe mir der Herr noch zwei Kreuzer und ich bin mit dem Gewünschten gleich wieder da." Der Bader sah den Herrn abschätzend an, wohl seiner Maße wegen.

Eine angenehme Wärme kam von dem großen Zuber her, aber Alexander konnte niemanden sehen. Ein Fässchen Seife stand auf einem kleinen Steintisch, daneben hingen über einem Schemel weiße Tücher. Alexander legte sein schmutziges Wams ab, um sich in das herrlich warme Wasser zu legen, und seifte sich genüsslich ein. Sein langes Haar, das er sauberwusch, musste mal wieder etwas geschnitten werden. War das Bad eine Wohltat! Einige Jünglinge kamen und kippten warmes Wasser dazu. Alexander tauchte in das warme Wasser ein, um sich die Seife abzuspülen, wobei ihm einer der Jünglinge half.

Der Bader kam herein. „Herr, ich habe neue Beinbinden, ein Oberhemd und ein Unterhemd, eine warme neue Bruche und ein warmes Obergewand – sogar neumodische Beinkleider, wenn Er die möchte. " Alexander nickte gefällig. „Ich danke Ihm sehr dafür, bitte schneide Er mir die Nägel an den Zehen und Fingern. Betrachte Er sich auch die Haare."

Der Stübner bemühte sich sehr um seine Kundschaft. „Hat der Herr es noch weit bis zu seinem Ziel oder möchte Er sich auch hier niederlassen? Es kommen jetzt viele, die sich hier ansiedeln wollen, es gibt gutes Land. Möchte der Herr auch eine Einreibung mit guten Salben oder gar eine Massage von weiblicher Hand?" Der Bader zwinkerte ihm zu. „Nein, nein, nur noch die Nägel." Es geschah alles nach Alexanders Wünschen und als keiner mehr offen war, stieg er aus dem Wasser und trocknete sich ab.

Wieder in der dunklen Gasse auf dem Weg zu seiner Kutsche, eilten seine Gedanken zu Juliana und Eilika. Ein Lächeln huschte über sein Antlitz. Da bekam er einen kräftigen Stoß in den Rücken. Er stolperte und fiel mit seinem Gesicht gegen die Gassenmauer. Seine Nase blutete sofort.

Drei heruntergekommene Männer mittleren Alters standen vor ihm. Alle drei verströmten einen üblen Geruch und sahen ihn gierig an. „Gib Er uns die Geldkatze, wenn Ihm sein Leben lieb ist!" Einer hielt ihm einen Dolch an den Hals, die anderen zwei durchsuchten ihn nach Wertgegenständen oder gar Geld.

Zu allem Pech fing es auch noch an, dunkel zu werden. Alexander war so überrascht über seinen eigenen Leichtsinn, dass er erst spät bemerkte, wie armselig diese Bande war. Aber dann besann er sich seiner Wut und seiner Kraft und schlug dem Angreifer den Dolch aus der Hand und hieb den anderen mit einem kräftigen Schlag zu Boden. Der Dritte im Bunde floh von selber, als er das sah. Spöttisch sah Alexander auf diese jämmerlichen zwei Gestalten herab, aber dann siegte sein Mitleid und er warf denen ein paar Pfennige zu.

Endlich an seiner Kutsche wieder angekommen, stieg er erleichtert ein, wischte sich mit seinem Jackenärmel das Blut von der Lippe weg. Walther saß schon auf dem Bock. „Es kann losgehen, Walther!", rief Alexander dem Burschen zu. Als sie die Stadt verließen, sah er noch, dass eine Stadtmauer errichtet wurde. Er hatte sich leider verrechnet und die Meilen falsch eingeschätzt. So würden sie das bis zur Nacht wieder nicht bis zum Moorhof schaffen und sicher noch einmal an einer Herberge halten müssen.

Es lag noch ein weiter Weg vor ihnen zu seinem thyringischen Moorhof. Dort wartete viel Arbeit, der Frühling forderte seinen Tribut.

Juliana war sehr froh, diese beiden Frauen, Kudrun und Lisa, hier auf dem Hof zu haben, sie halfen und verstanden auch viel von der anfallenden Arbeit. Lisa war erst kurz wieder auf dem Posten, sie hatte eine Fehlgeburt erlitten und Juliana hatte sie gepflegt. Es war ein gutes Einvernehmen mit den jungen Leuten!

Juliana war nun schon siebenundzwanzig Jahre und fühlte sich hier zu Hause und auch sehr wohl. Den Färber hatte man damals, als die Häscher die Leiche der kleinen Martha gefunden hatten, sofort aufgehängt. Juliana hatte ihre kleine Schwester begraben und dem Vater keine Träne nachgeweint. Das alles wollte sie vergessen! Nur dass der Mann immer so lange dem Heim fernblieb, gefiel ihr überhaupt nicht.

Juliana konnte den Frühling, den sie so sehr liebte, ohne Alexander nicht so recht genießen, er war immer noch nicht wieder zurück. Sie machte sich Sorgen um ihn, es konnte so viel auf seinem Wege passieren! Auch das Töchterchen bereitete ihr Sorgen, es entwickelte sich gar sonderbar.

Eilika war nun fünf Jahre alt und spielte nicht, wie andere Kinder in ihrem Alter es tun, etwa mit Murmeln oder mit einem Springseil. Weit gefehlt! Als Satan noch lebte, war sie auf diesem wie auf einem Pferd geritten, sie aß wie ein Waldschrat und konnte genauso wütend werden. Sie prügelte sich mit den Dorfkindern herum, dabei war sie sehr zierlich. Eilika versprach, eine kleine Schönheit zu werden, war wiederum sehr herrisch. Wo sie das nur herhatte? Es passte alles nicht zusammen.

Juliana drückte es noch heute das Herz ab, wenn sie daran dachte, dass Alexander immer noch nicht wusste, dass das Mädchen ihre leibliche Tochter war. Wenn er sie nicht gefunden hätte, wäre sie wahrscheinlich heute nicht am Leben. Ob Gott das jemals verzeihen würde?

Jeden Tag und auch manchmal nachts betete Juliana inbrünstig um Vergebung ihrer Sünden. Einmal in der Woche ritt sie schon am frühen Morgen in das Nachbardorf zur Kirche und kniete vor deren Altar nieder. Zur Beichte konnte sie sich nicht entscheiden, so etwas Ungeheuerliches konnte sie niemandem anvertrauen.

Sie legte die Strickhölzer zur Seite und stand auf, um nach dem Kinde zu sehen. Eilika war sicher draußen auf dem Hof. Als Juliana sie rufen wollte, hörte sie aus dem Garten ein furchtbares Geschrei. Schnell lief sie hinüber. Ihr blieb fast das Herz stehen, als sie das sah: Eilika verprügelte einen Dorfjungen und der schrie nach Vater und Mutter, dabei war der viel älter und größer als seine Gegnerin!

Juliana trennte diese beiden Streithähne. Der Junge stand auf, sein Gesicht war von Tränen und Dreck verschmiert, seine Nase blutete. „Er hat gesagt, mein Vater wäre ein Henker! Man darf nicht lügen, oder, Frau Mutter?" Juliana wurde es fast schwarz vor Augen, was sagte der Junge da? „Wie heißt du denn?", fragte sie den Knaben. Der, vielleicht sieben Jahre alt, sah sie ehrfurchtsvoll an: So eine schöne Frau hatte er noch nie gesehen! Er starrte sie an und wischte sich mit dem Ärmel das Gesicht vom Blut sauber. „Ich bin der Heini vom Schulzenhof und mein Herr Vater ist der Schulze." Juliana kam der Junge gleich so bekannt vor, natürlich, das war ihrer Schwester Sohn! „Dann gehe jetzt mal wieder zu deinen Eltern, es wird bald dunkel werden." Sie nahm Eilika bei der Hand und zog sie ins Haus, diese sperrte sich dagegen.

Gunter und Kudrun hatten das beobachtet und schmunzelten über die Kleine. „Die weiß sich aber zu wehren, aus der wird mal was", orakelte Gunter. „Glaube mir, mir macht dieses Kind eher Angst mit seinen Wutanfällen und seiner Unbeherrschtheit", entgegnete Kudrun. Genau das war es, was seine Mutter so an dem Kind störte. Für heute wusch sie es sauber, gab ihm zu essen und steckte es ins Bett.

„Dein Vater ist ein Henker!" – Juliana dachte über diese schrecklichen Worte nach. War es das, was ihr Mann vor ihr verheimlichte? Es passte alles zusammen: die Giftpilze, das große Schwert, der schwarze Umhang mit Kapuze, seine damals im Fieberwahn gestammelten Worte! Ihr zärtlicher, lieber Mann, der immer Tränen in den Augen hatte, wenn sie ihm einmal in guter Stund ein Lied vorsang, sollte dieses grausige Handwerk ausüben? Nein, das konnte sie nicht glauben, aber woher sollten das Kudrun und ihr Mann denn wissen? Zu keiner Arbeit konnte sie sich aufraffen, immer wieder gingen ihr diese schrecklichen Worte von diesem Jungen durch den Sinn.

Es klopfte an die Haustür. Juliana stand auf, um in den Flur zu gehen und zu öffnen. Draußen stand der Schulze mit einem bitterbösen Gesicht. Er sah sie kaum an, sondern schielte ständig um die Ecke. „Ist der Mann nicht da?", schnauzte er sie an. Juliana konnte den Kerl nicht leiden, auch dessen Abneigung spürte sie sehr wohl. „Nein!", antwortete sie ganz kurz. „Hm ..., ja ..., dann muss ich Sie eben sprechen."

„Was hat Er denn auf dem Herzen, wenn Er ein solches hat?", fragte sie ihn herausfordernd. Der Schulze sah sie verblüfft an: Was hatte dieses Weib für einen Ton ihm gegenüber? „Nun ..., es ist wegen Heinrich, der hat da wohl etwas gesagt, was man besser nicht einfach so behauptet." Er räusperte sich vernehmlich. Juliana ließ ihn noch immer vor der Haustür stehen. „Das mache Er mit meinem Mann aus, wenn er wieder da ist." Sie schlug ihm die Tür vor der Nase zu.

Der Schulze war nun in arger Not, denn er kannte Alexander nur zu gut und auch dessen Jähzorn. Er hatte ihm sein Wort gegeben, niemals auch nur einen Ton darüber verlauten zu lassen über das, was er wusste. Er hatte ihn einmal gesehen, wie er sein Amt ausführen musste und einen Mörder, den die Obrigkeit schon lange gesucht hatte, geköpft hatte. Der Henker hatte dem Schulzen sehr viel Geld gegeben, damit er den Mund halte, und dieser hatte im Gegenzug schriftlich bescheinigt, dass er für dafür sein Versprechen halten werde.

Wenn Alexander ihm das Geld wieder wegnehmen würde, dann wäre er nicht mehr der Schulze im Dorf, er würde sein Amt verlieren und seinen Hof, den Alexander bezahlt hatte, dazu. Verdammt, eine böse Situation – dieser vermaledeite Bengel! Der hatte die Geschichte einmal erlauscht, als er sie selber, stinkbesoffen, in einer Weinlaune vor sich hin erzählt hatte.

Der kleine Heini saß an dem Abend neben seinem kleinen Bruder August im Bett und wusste vor lauter Tränen nicht, wohin er sehen sollte. Sein Vater hatte ihn fürchterlich verhauen und gedroht, ihn zu den Moorgeistern zu bringen, wenn er noch einmal solche bösen Worte zu der Eilika sagen würde. Das stimmte doch gar nicht, er hatte sich damals nur verhört! Basta! Der Heini glaubte es nun selber.

Juliana bezweifelte nicht, dass an diesen ungeheuerlichen Worten was Wahres dran war, viele Dinge im Haus würden dazu passen. Sie stellte es sich bildlich vor, wie Alexander einen Menschen tötete, seine Kraft und sein wildes Aussehen machten ihr plötzlich Angst! „Wenn Alexander wirklich ein Henker ist, dann ist die ganze Familie das Letzte, was es gibt auf dieser Welt. Alle werden uns verachten!" Grauenvoll! Oh Gott, an seinen Händen, die so zärtlich sein konnten, klebte Blut!

Juliana wartete nun fieberhaft auf die Rückkehr ihres Mannes, sie musste Gewissheit haben. Diese Ungewissheit bescherte ihr tausend Qualen. Aber was dann? Er war ihr Mann, den sie so sehr liebte, der ihr ein Heim gab, in dem sie nie frieren oder gar hungern musste.

Ohne ihn war sie ein Nichts, etwas Halbes, was immer die andere Hälfte suchen würde. Er hatte ihr die Liebe gezeigt – seine Zärtlichkeit ließ sie nun erschauern –, mit der konnte sie viel ertragen. Er war ihr Schutz in dieser schweren Zeit, wo das Gesindel auf den Straßen so viele Gräueltaten beging. Der Hunger trieb so manchen dazu zu stehlen und zu morden.

Juliana war unruhig, sie legte sich ihr Umschlagtuch um und ging vor die Tür. Die Sterne leuchteten wie immer so herrlich am Himmel und der gute alte Mond gab sein Silberlicht dazu – da hatte Gott doch wirklich etwas Schönes erschaffen! Obwohl ihr nicht klar war, wie er das gemacht haben sollte, glaubte sie an hilfreiche Geister. Gott besaß vielleicht selber große Zauberkräfte, vor denen sich die Menschen auch fürchteten ...

Juliana atmete tief ein ..., es lag ein herrlicher Duft in der Luft, der alle Gefühle in einem Menschen berauschen konnte. In der Nacht sah alles so anders aus. Der nahe, fast schwarze Wald, den sie so liebte, wirkte jetzt gar bedrohlich und die Geräusche der Nacht waren geheimnisvoll und erschreckend zugleich. Ein Käuzchen rief „Kiwitt, kiwitt!", was sich anhörte wie „Komm mit, komm mit!". Man sagte auch, es wäre ein Todesruf, wer diesen Ruf vernahm, war des Todes geweiht. Juliana glaubte nicht daran. Die Waldmäuse raschelten unter dem Laub und der große Waldkauz rief sein schauerliches „Uhu, uhu!".

Sie saß im Hof auf der Bank vorm Garten und zog ihr Umschlagtuch enger um die Schultern. Es war eine laue Maiennacht, die vielerlei Wünsche gebar – Juliana sehnte sich nach ihrem Mann Und als ob der ihre sehnsuchtsvollen Gedanken hätte spüren können, dachte er auch nicht minder sehnsuchtsvoll an sein Weib daheim.

Alexander lag in einer Herberge in Halle an der Saale auf einer harten Pritsche und konnte nicht schlafen. In ihm brannte eine seltsame Unruhe, die er nicht deuten konnte, sicher war es die Freude auf daheim. Er stand wieder auf und ging zum Fenster, öffnete den Fensterladen und sah hinaus in die dunkle Nacht … In dieser Stadt wurden große Salzmengen gefunden und abgebaut, so gelangte Halle zu großem Reichtum. Auf dem Schloss Giebichenstein, das auch als Gefängnisort für Heinrich von Schweinfurt und viele andere diente, wohnte und starb der Bischof Taginus, Einer der Gefangenen nahm sich wohl ein Herz, sprang in die Saale – und war frei!

Alexander betrachtete durch das Fenster den angefangenen Bau, es sollte die Sankt-Gertrauden-Kirche werden, hatte man ihm gesagt. Er sah zu den Stallungen hinunter, der Mond schien hell und nicht eine Wolke war am Himmel zu sehen.

Walther schlief bei den Pferden, sein Herr dachte daran, den Jungen zu behalten. Morgen würden sie vielleicht das neue Heim, ein kleineres Schloss von Kasimir dem Mächtigen, seinem Vater, erreichen. Der Diener Ambrosius hatte ihm von diesem Anwesen noch beim Abschied leise erzählt.

Dort würde Alexander gerne einen Halt einlegen und zu seinem Fürsten gehen. Die alte Burg war dem im Winter zu kalt geworden, darum hatte er sich für einen Umzug entschieden. Ob Alexander es noch einmal wagen konnte, seinen Vater zu bitten, aus seinem Dienst entlassen zu werden? Er war sich nicht sicher, ob der Fürst es auch tun würde. Was geschehe aber mit seinem Lehen? Nahm er es ihm weg, wovon sollte er dann leben und seine Familie ernähren?

Eine Möglichkeit unterzukommen war die Burg, auf der seine Eltern lebten. Die wäre nicht das Schlechteste, aber würden seine Eltern Juliana und Eilika auch anerkennen? Nun, sie bräuchten ja nicht zu erfahren, dass Eilika ein Findelkind ist. Seine Gedanken fingen an, sich im Kreis zu drehen. Entschlossen nahm er die Weinkaraffe, trank sie bis zum Grunde leer – das hatte bis jetzt immer geholfen – und versank danach in einen tiefen Schlaf.

Walther stand am anderen Morgen schon mit den Pferden bereit und wunderte sich sehr, dass der Herr noch immer nicht erschien. Sein Magen knurrte, aber er traute sich nicht, in die Herberge zu gehen, um sich eine Mahlzeit zu erbitten. Er hatte sich aus dem Brunnen Wasser geholt und sich damit etwas frisch gemacht, auch einen tiefen Schluck getrunken.

Alexander kam aus der Haustür und sah erfreut, dass Walther schon fertig war. „Er hat sicher gut geschlafen im Stroh, aber noch nichts in den Magen bekommen, oder?"
„Nein, Herr."
„Dann nehme Er sich etwas kaltes Fleisch aus dem Tuch, ist ja noch genug da. Er kann alles haben." Erfreut nahm Walther das Leinentuch mit dem Fleisch entgegen. „Oh danke, Herr." Gierig machte er sich über die Reste her und ließ kein Krümchen übrig. „Walther, warte Er noch ein bisschen, ich muss mir in der Herberge noch eine Auskunft einholen." Alexander stieg aus der Kutsche.

Die Wirtin Hildegard, dürr und alt, sah ihm misstrauisch entgegen. Hatte der vielleicht bemerkt, dass sie ihn um einige Kreuzer betrogen hatte? „Frau, kann Sie mir sagen, wo ich hier eine gute Schneiderin finde?" Hildegard atmete erleichtert auf. „Natürlich, Herr, in dem großen Haus nahe dem Fluss findet Er die Witwe Heidelinde, die näht ganz passabel."

Alexander hatte die neu gekauften Kleider im Walde liegen lassen und sollte deshalb noch einmal zurück? Nein, das wollte er nicht. Er bedankte sich und erklärte Walther den Weg dorthin. Der war nun satt und glücklich.

Heidelinde, die Näherin, ein kleines Weiblein mit flinken Äugelein und geschickter Zunge, sah ihn wohl kommen. Es öffnete ihm schon die Tür, ohne dass er klopfen brauchte. „Ist Sie die Näherin Heidelinde? Und hat Sie Ware am Lager, denn ich habe keine Zeit, um darauf zu warten." Die, die er schon einmal gekauft hatte, lag nun wahrscheinlich in irgendeinem Graben, schade um die vielen Gulden! Die Näherin Heidelinde sah sehr wohl, dass sie da ein gutes Stück Geld verdienen konnte. „Aber gewiss doch, Herr, was bräuchte Er denn?" Alexander beschrieb Julianas Figur und Eilika, das Kind. Die alte Nähfrau zeigte ihm schöne Gewänder, drei Stück an der Zahl, aber für das Kind hatte sie nichts, das bedauerte sie am meisten. „Nun, Herr, was nimmt Er denn nun?"

„Was sollen diese drei hier kosten?" Heidelinde war ein schlaues Frauenzimmer und überlegte genau. Nahm sie zu viel, ging der gar, nahm sie zu wenig, wurde der stutzig und nahm am Ende auch nichts. „Gebe Er mir für alle drei Gewänder drei Kreuzer." Alexander sah sie an und lächelte. „Ich gebe Ihr vier – und packe Sie mir die gut ein, Frau." Heidelinde zeigte ihm, wie er sie tragen müsse, einfach über dem Arm. Er schämte sich, mit Frauenkleidern auf die Straße zu treten. „Bringe Sie die zu meiner Kutsche", verlangte er, „es ist gar zu lachhaft für einen Mann!" Heidelinde gehorchte ob des barschen Tons, den er in einer Verlegenheit anschlug. Sie bestieg die Kutsche und legte die Gewänder sorgfältig auf einen Sitz.

Alexander fuhr davon in Richtung Heimat, aber nicht ohne den Fürsten gesprochen zu haben, das musste sein! Er fragte unterwegs einen kleinen Jungen, dessen linkes Bein mit Lumpen umwickelt war und sich auf Holzkrücken fortbewegte, nach dem Weg. Er schenkte dem Armen einige Pfennige, nachdem der ihm die Richtung gewiesen hatte.

Auf dem Schloss war Alexander noch nie gewesen. Durch Zufall konnte der Fürst dieses Anwesen sehr preiswert erwerben. „Walther, fahre Er diese Straße bis zum Ende und dann über den Markt, da halten wir dann kurz."

Die Straße war alles andere als eine, ein besserer Trampelpfad wäre passender gewesen. Kleine Bauernhäuser mit Stroh- oder Schilfdächern, auch mit Holzschindeln gedeckt und oft mit Hauslauch bepflanzt, säumten den Weg. Als sie an dem Friedhof vorbeifuhren, sah Alexander, dass viele Leute ihre Gräber auch hier mit dem Johanniswein begossen.

Walther zog die Zügel straff, rief sein „Hü!" und die Pferde trotteten los. Schon von Weitem hörten sie bekannte Marktgeräusche. Sie fuhren vorbei an der großen Linde neben dem Brunnen, wie sie auf fast jedem Markt zu finden war. Daneben balgten sich einige kleine Kinder und eine junge Marktfrau bot lauthals ihren Rapunzelsalat und andere Kräuter feil.

Zehntprüfer liefen über den Markt, um die Abgaben der Leute in Augenschein zu nehmen, das weiteten sie aus auf die umliegenden Höfe.

Ein Schlachter, ein bulliger Kerl, hievte ein totes Schwein auf die Leiter. Ein anderer häutete das Tier, denn die Haut war unentbehrlich, vieles konnte man daraus fertigen. Dann schnitt der bullige Kerl riesige Stücke heraus und verkaufte sie.

Eine ärmlich gekleidete junge Frau mit drei kleinen Kindern konnte den Preis, den der Schlachter verlangte, nicht zahlen. Traurig sah sie ihre Kinder an und wollte wieder gehen.

Alexander gebot seinem Kutscher zu halten. „Warte Sie, gute Frau!" Er ging auf den Schlachter zu. „Gebe Er ihr ein gutes Stück, ich bezahle Ihm das gut." Der Kerl sah ihn verunsichert an, er glaubte ihm kein Wort. Da riss Alexander ihm das Messer aus der Hand, schnitt selber ein gutes Stück von dem Schwein herunter und gab es der erschrockenen Frau. „Gehe

Sie nun heim und koche den Kindern ein gutes Mahl." Er kramte in seiner Geldkatze. „Hier hat Er einen Kreuzer für das Fleisch!", knurrte er und drückte dem verdutzten Kerl das Geld in dessen blutige Hand.

Während Walther weiter den Kutschbock drückte, ging Alexander zu Fuß weiter. „Gute Ware feil, gute Ware feil!", schrie ein Weib und schob seinen Karren durch die Menschenmengen. Eine Färbersfrau und ihr Mann und boten gefärbte Stoffe an. Dazwischen erklang das Eisen des Schmiedes, der ein Hufeisen in Form brachte. Und daneben auf einem Rost brutzelten einige Hühnchen.

Ein kleines Mädchen stolperte vor Alexander, es hatte voll hungriger Augen nur auf den Rost gestarrt. Die Kleine musste Fladenbrot verkaufen, das in einem ärmlichen Korb verteilt lag. Erschrocken sah sie Alexander an. „Verzeih, Herr." Er gab ihr einen Pfennig. Das Kind strahlte ihn an, als sei er gerade vom Himmel gefallen, und das kleine schmutzige Gesicht war direkt hübsch anzusehen. „Danke!" Das Mädchen machte einen Knicks und lief schnell zu der Frau, die auf dem Rost Hühnchen brutzelte, um sich eines davon zu kaufen.

Ein Bader zog einer alten Frau einen Zahn, die schrie vor Schmerz schrill auf und das Blut floss ihr aus dem Mund. Gaffer verfolgten das Schauspiel und starrten auf leidende Frau. Bloß weg, das sollte ihnen erspart bleiben!

Alexander half dem Mütterchen, das sich wankend vom Schemel erhob, und bot an, es durch die Menschenmassen zu geleiten. „Oh, Herr, ich danke Ihm sehr für sein Mitgefühl", ihre abgearbeiteten Hände streichelten seinen Arm.

„Halt, ich bekomme noch meinen Lohn!", schrie der Bader, dessen Schürze voller Blut war, der Frau hinterher. Alexander gab ihm das Geld. Der sah verdutzt den feinen Herrn an. Er verbeugte sich und ging zu seinem Schemel zurück, da saß schon der Nächste und wartete zitternd auf sein Schicksal. Das Mütterchen war in der Menge verschwunden.

Alexander schlenderte zu seiner Kutsche zurück, neben der Walther auf ihn wartete. „Wir fahren weiter, die nächste Herberge kenne ich sehr gut. Wenn das Wetter aber hält und Er gut fährt, dann können wir vielleicht durchfahren – was sagt Er dazu?"

„Herr, ich würde gerne noch einmal die Pferde tauschen, dann könnten wir es schaffen, bis Mitternacht zum Moorhof zu kommen. Wollte Er aber nicht zuvor noch zum Schloss?"

„Na gut, dann hole Er für unsere Weiterfahrt Pferde. Dort unten am Ende der Straße ist ein Pferdestall." Walther ging in den Stall und fragte nach ausgeruhten und gefütterten Pferden. „Ja, die habe ich", entgegnete der Stallbursche, „ich muss den beiden Rappen nur noch die Hufe auskratzen, dann kann Er sie haben."

„Ich besehe mir erst einmal seine Pferde, ob die sich auch zum Austausch eignen."

„Unsere Pferde sind gut, aber die müssen sich einmal ausruhen und der Herr hat keine Zeit dazu", antwortete ihm Walther. Fritz, acht Jahre alt und das sechste von sieben Kindern zu Hause, ging mit Walther, schaute sich die Pferde an und befand sie als tauglich.

Walther erzählte es Alexander. „Komme Er in die Kutsche, wir haben noch eine Mahlzeit zu essen. Hole Er bitte aus der Herberge einen Krug Bier." Er gab Walther einen Kreuzer und der kam bald mit frischem Gerstensaft zurück. Sie setzten sich in die Kutsche, begannen zu essen und erquickten sich am Bier. Plötzlich ging die Kutschentür auf. „Herr, die Pferde sind angeschirrt." Fritz musste schlucken, als er das Fleisch da liegen sah. Beide Männer sahen das wohl und der Junge tat ihnen leid. „Hier, nimm!" Alexander reichte ihm ein Stück Fleisch hinaus. Ohne Scham nahm der Kleine die Gabe entgegen und bedankte sich mit glücklichen Augen.

Walther schielte nun zu Alexander. „Sage Er, Herr, wie kann man so eine Uhr bauen, damit man die Stunde des Tages erkennen kann? Ich verstehe das nicht, ich vermag nur an einer Sonnenuhr ablesen, wie die Zeit steht."

„Ja, das ist eine Wissenschaft für sich, Walther. Die Babylonier sind ein schlaues Volk, für die ist die Zahl Zwölf eine mystische Zahl, die sie mit zwölf Tierkreiszeichen für das ganze Jahr begründen. Unsere Rechenweise beruht auf unseren zehn Fingern, der Ursprung wurde nie genau geklärt. Die Sumerer, ein anderes Volk, haben das Sechzigersystem geprägt: Also eine Stunde hat sechzig Minuten und zwölf Stunden sind ein Tag. Zwölf Tagesstunden und eine Nacht zusammen ergeben vierundzwanzig Stunden. Das kann aber nur stimmen, wenn die Tagundnachtgleiche eintrifft – und das tut sie ja nur einmal. Im Winter sind die Nächte länger und im Sommer die Tage. Es ist schon schwierig, darum habe ich auch immer eine Stundenkerze bei mir." Er zeigte sie Walther. Der staunte, was der Herr alles wusste. „Herr, ich würde das alles nur zu gerne lernen, aber das ist wohl zu vermessen von mir …"

Fritz, der Stallbursche, kam, um sich zu verabschieden, im Stillen hoffte er auf ein gutes Geld von dem Herrn. Alexander sah sich die Pferde genau an. „Das sind gute Pferde, hier hast du dafür einen Kreuzer und ich danke!"

Walther stieg auf den Bock und weiter ging die Reise. Sie kamen durch Aschersleben und sahen die Leute vor einer kleinen Holzkirche stehen – eine Hochzeit! Es musste sich um eine reiche Familie handeln, denn die Braut war kostbar gekleidet. Sie fuhren langsam vorbei und dann weiter durch die Diebesgasse und kamen zu dem Grafensitz von Bernhard dem Dritten. Im Jahre tausendeinhundertfünfundsiebzig hatten die Welfen den Ort fast völlig zerstört, wusste Alexander zu berichten. Walther staunte wieder einmal, was der Herr alles wusste!

Es wurde dunkel in der Kutsche und Alexander fielen ab und zu die Augen zu. Der Waldweg wurde wenig befahren, hier sollte es nicht geheuer sein, wusste Walther, und er gab den Pferden zu verstehen, dass sie schneller laufen sollten. Er hatte Angst und die verlieh ihm ungeahnte Kräfte.

Er schwitzte furchtbar nur schon bei dem Gedanken, dass gleich ein Räuber hinter einem Baum hervortreten könne, er wusste es ja selber, dass er nicht der Mutigste war. Alexander rief ihm zu: „Fahre Er nicht so schnell, denke Er an den Radbruch, hier werden wir nicht gerne liegen bleiben wollen!"

Sofort zog der Arme, vor Angst geplagte Walther die Zügel an und ließ die Pferde langsamer werden. Der Herr hatte recht, es reichte schon eine hervorgetretene Baumwurzel aus, um die Kutsche zu Fall zu bringen.

Ab und zu stahl sich auch ein Sonnenstrahl durch die hohen und dichten Baumwipfel, das machte Walther wieder Mut. Wenn er das Ende des Waldes noch im Sonnenlicht erreichen könnte, wäre er sehr froh.

Da scheute das rechte Pferd. Ein Bär! „Brr!", rief er, sprang vom Kutschbock herunter und floh in die Kutsche. „Verzeihung, Herr, aber ich habe furchtbare Angst vor einem Bären." Alexander sah seinen Hasenfuß mitleidig an. „Bleib Er in der Kutsche, ich werde sehen, was ich machen kann."

Der Bär stand aufrecht und schnupperte in die Luft, das roch wohl gar zu fremd. Alexander zog sich wieder zurück. Plötzlich gerieten die Pferde in Panik und stürmten nun ohne Kutscher los. Alexander hangelte sich während der raschen Fahrt aus der Kutsche hoch zum Dach. Von da kletterte er zum Kutschbock und nahm die Zügel in die Hand. Die Pferde beruhigten sich wieder und er stoppte sie: „Brr!"

Beschämt sprang Walther aus der Kutsche. Alexander sah ihn an. „Das war wohl nicht gerade eine Heldentat, Er hätte zuerst an die Pferde denken müssen und dann an sich, merke Er sich das für das nächste Mal. Ich dachte, dass die Bären noch im Winterschlaf wären." Er drehte sich um und sah, dass der Bär sie verfolgte. „Schnell, gehe Er wieder in die Kutsche, ich fahre lieber noch ein Stück selbst." Walther war heilfroh, in Sicherheit bleiben zu dürfen, jedenfalls solange sie sich noch im Walde befanden.

Alexander trieb die Pferde nun doch etwas mehr an. Der Bär schnaufte und geiferte ihnen hinterher. Der musste Hunger haben, vermutete Alexander, und da war mit so einem nicht zu spaßen. Die Pferde verhielten sich ruhig, sie hatten den Bären noch nicht gewittert. Oder?

Alexander sah, dass sich vor ihm der Wald lichtete, und er schöpfte die Hoffnung, dass der Bär dann aufgeben werde. Aber er hatte sich geirrt, ein Dachs war es, der dem Bären in die Quere gekommen war. Er blickte zurück und sah, wie Meister Petz, kampfeslustig, über den Grimbart herfiel.

Ein kleines Dorf kam in Sicht und nahe dem eine Köhlerei. Einige Meiler qualmten. Rehe und Hirsche huschten ins Dickicht, einige Hasen hoppelten über einen Acker. Bald wieder daheim! Glücklich summte der Heimkehrer die Melodie von Julianes „Deiderumdei" und dachte an seine Lieben auf dem Hof.

Lucas und Gunter trieben den Ochsen auf dem Acker an. Alle schwitzten, nicht weil es etwas zu warm gewesen wäre, sondern weil sie sich im wahrsten Sinne des Wortes abrackern mussten. Die Frauen wuschen Wäsche. Eilika besorgte das Aufhängen und legte die Wäschestücke auf die Wiese, die in der Sonne bleichen sollten. Dabei musste sie sehr achtgeben, dass die Katzen nicht immerzu auf der Wäsche ihren Dreck hinterließen.

Zum Glück hatten sie die Hühner und die Enten sowie die Gänse im Stall gelassen. Nur Jakob, der Kolkrabe, hüpfte aufgeregt zwischen allem durch, aber wohlweislich nie auf der Wäsche herum. Juliana lobte ihn sehr dafür, es war, als ob Jakob sie verstünde, denn er äugte sie an und krächzte ein paarmal. Neuerdings konnte er seinen Namen rufen, Eilika hatte ihm das beigebracht.

Juliana hörte Geräusche in der Ferne und nahm ihre Hand über die Augen, um die Sonne abzuschirmen. Sie sah eine Kutsche kommen, war das ihre? Jakob wusste es besser und flog der Kutsche entgegen.

Eilika ließ, als sie erkannte, wer da kam, das Wäschestück fallen und rannte ihrem Vater entgegen. In ihrer Wildheit sprang sie mit Anlauf auf ein Pferd. Walther sah erschrocken, was dieses Mädchen da machte, so etwas hatte er noch nie erlebt! Ihr Schenkel waren zu sehen, weil der Rock sich hochgeschoben hatte. Wie ungebührlich und wenig sittsam, dachte er ärgerlich. Die Wildheit dieses Mädchens nötigte ihm ein „Oh!" ab, aber leiden konnte er die nicht!

Alexander aber lachte nur über den Tatendrang der Tochter, ihm gefiel das wohl. „Ich muss anfangen, ihr gutes Benehmen beizubringen", dachte er dann aber doch, besonders als er Walthers Gesicht beim Aussteigen sah. Hastig kam Alexander hinterher. Juliana lief ihm lachend entgegen, endlich war er wieder da, endlich ...

Sie ließ sich in seine Arme fallen. Fest drückte er sie an sich, seine Juliana. Auch wenn alle Augen jetzt auf sie gerichtet waren, küsste er sie leidenschaftlich. Eilika war das gar nicht recht, sie gönnte der Mutter so viel Nähe mit dem Vater nicht. Jetzt wusste sie auf einmal, warum sie der Mutter nicht wohlgesinnt war! Schnell drängte sie sich zwischen die beiden.

Verärgert, spürte Alexander den Ungehorsam des Kindes. Dann staunte er jedoch, wie es gewachsen war …, war er denn so lange fort gewesen? Waren es nicht drei Jahre?

Auch Kudrun und Lisa hielten in ihrer Arbeit inne, auch sie waren erleichtert, dass der Herr endlich heimkehrte. „Jetzt wird hier mit Sicherheit ein anderer Wind wehen", dachten beide. Die Herrin war ihnen immer freundlich begegnet, damit war es nun sicher vorbei. Aber sie sollten sich irren – es entfaltete sich, da nun der Herr wieder da war, ein harmonisches Zusammenleben.

Im nahen Walde hörten sie die Schwarzspechte klopfen und der Kuckuck rief wieder seinen Namen und die Waldtauben ihr unvergleichliches „Ruggigu, ruggigu!". Die Bäume trugen alle noch ihr Hochzeitskleid, am herrlichsten blühte in diesem Jahr der Apfelbaum. Ein Froschkonzert schallte vom Moorsee herüber … Alexander hätte am liebsten alles hier umarmt, endlich wieder daheim – ach, wie schön doch die Welt war!

„Komm ins Haus und der Kutscher auch, ich mache euch ein gutes Essen zu einem guten Wein", lud Juliana die Männer ein. Alexander sah zu Walther, diesem Hasenfuß, ja, so wollte er ihn künftig nennen. Eilika schielte zu dem Fremden, der sah sie ablehnend an. Auf Anhieb konnten sich beide nicht ausstehen, es beruhte in diesem Falle auf Gegenseitigkeit! Er fand die Kleine viel zu dreist und frech und die fand ihn schlichtweg langweilig.

Mit Absicht trampelte sie ihm beim Betreten des Hauses auf die Füße. Er sah wütend auf dieses kleine unbeherrschte Wesen herunter. Sein Blick war alles andere als lieb, aber das störte sie nicht im Geringsten.

Juliana rief nach Lisa. „Sehe Sie doch einmal im See in der Reuse nach, ob da schon Fische drin sind!" Sie drückte Lisa einen Holzeimer in die Hand. Nach einer kurzen Zeit kam die zurück. „Frau, ich habe einen sehr großen Zander, eine kleine Renke und ein Rotauge. Ich glaube, in dem See ist ein großer Waller, es sah jedenfalls so aus."

„Lisa, teile Sie sich das Rotauge und die Renke mit Kudrun und Gunter, für uns reicht der Zander." Schnell bereitete Juliana ein schmackhaftes Mahl zu, das alle satt machte.

Alexander wies Walther einen Platz im Gesindehaus zu, morgen würde er mit dem Schulzen sprechen, ob er bei ihm bleiben könne. Die Sonne ging langsam unter und Juliana klappte die Holzläden vor den Fenstern zu, damit die Mücken draußen blieben. Alexander machte die Öllampe an und brachte Eilika zu Bett. Aber so schnell ließ ihn seine wilde Tochter nicht fort. Sie fragte und fragte, nach dem Woher und Warum und Weshalb. Ihm schwirrte der Kopf. Er musste ein Machtwort sprechen, um sie endlich zum Schweigen zu bringen.

Wieder in der Küche, nahm er seine Frau an die Hand und zog sie raus in den Garten unter den Apfelbaum. Mit Macht überkamen ihn die lange unterdrückten Sehnsüchte! Juliana drückte sich dem geliebten Mann entgegen. Ohne an Zärtlichkeit zu denken, wie es seine Frau so liebte, konnte er sich nicht mehr länger beherrschen und drang in sie ein: Zu lange hatte er sie entbehren müssen. Juliana verstand das schon und lächelte, sie musste eben Geduld haben. Das nächste Mal würde er behutsamer sein, das wusste sie. Sie gingen ins Haus und legten sich schlafen.

Es vergingen Jahre in Zufriedenheit und Glück, doch auch das Leid kam ab und zu auf den Hof. Lisa hatte sich von einer Lungenentzündung nicht wieder erholt und starb in der Blüte ihrer Jahre. Lucas war untröstlich und auch die anderen Mitbewohner des Moorhofes trauerten um die junge Frau, die mit zweiundzwanzig Jahren sterben musste. Walther arbeitete noch immer auf dem Hof und an seiner Seite ein neuer Bewohner.

Stromer, der nun seinem Namen keine Ehre mehr machte, hatte sich an die Menschen gewöhnt und gehorchte ihnen. Alexander hatte ihn gut erzogen, jedenfalls besser als die Tochter. Eilika hatte den Hund, ein altdeutscher Schäferhund, so genannt, als Alexander ihn vor drei Jahren auf den Hof brachte. Groß, mit rabenschwarzem Fell, treu und zuverlässig, verbellte er jeden Fremden. Die einstige Dogge war eines Tages verschwunden gewesen. Mit ihm, dem Stromer, wagte sich Eilika auch allein in den Wald, wo sie Beeren und Pilze suchte, unerlaubterweise, denn nie hatten ihr das die Eltern erlaubt. Das machte sie ständig heimlich.

Sie war nun dreizehn Jahre alt. Alexander hatte sie selber unterrichtet und versucht zu erziehen, Julianas Einfluss auf die Tochter war gering – diese Tochter brauchte eine starke Hand. Juliana versuchte, ihr mehr Sanftmut beizubringen und die Handarbeit, das Spinnen und Weben, und das Kochen. Sie stellte sich auch bei Weitem nicht dumm an.

Aber am meisten liebte Eilika das Bogenschießen, die Pferde und sogar mit dem Degen konnte sie gut umgehen. Hasenfuß, sprich Walther, war immer noch einer und ging diesem Mädchen gerne aus dem Weg. Er reizte Eilika bis aufs Blut, sie wollte ihm einmal seine Feigheit austreiben! Er sah gut aus, konnte viele Arbeiten ausführen, ja, sogar Schreiben und Lesen hatte er von ihrem Vater gelernt. Im Wissen war er ihr ebenbürtig, aber nicht im Kampf, da stand sie über ihm!

Im Dorfe Drywasser war Eilika gefürchtet, es gab kaum jemanden, den sie nicht schon verprügelt hatte. So wuchs sie auf, mit Gewalt in ihrem Gemüt, ihre Wutanfälle und ihre Unbeherrschtheit fürchteten die Menschen. Gewalt und Kraft! Beides hatte sie und ihre Figur spiegelte das wider.

Eines Tages kam ein schon lange gesuchter Verbrecher dem Moorhof sehr nahe, der mordete unbarmherzig für sein eigenes Wohl. Er brannte erbarmungslos die Katen der Menschen nieder, um das zu bekommen, was er wollte. Er wurde zur Bedrohung der ärmeren Bevölkerung, die sich nicht wehren konnte.

Der Unmensch sah Eilika an einem heißen Sommertag nackt im See baden. Dass ihr es der Vater bei Strafe verboten hatte, vergaß sie einfach, aber gerade das machte dann doppelt so viel Spaß. Das Verbotene hatte für sie einen unsagbaren Reiz! Sie planschte mit Vergnügen im Wasser. Stromer war nicht mit dabei, der Vater hatte ihn mit in den Wald genommen. Eilika sah einen Fuchs am Rande des Ufers seinen Durst löschen. Ganz still beobachtete sie den. Tiere waren ihr die liebsten Geschöpfe.

Vorsichtig schwamm sie ans Ufer zurück. Der Fuchs sah sie kommen und stob davon. Eilika stieg aus dem Wasser und zog sich ihr zerschlissenes Gewand wieder an. Sie legte sich ins

Gras und schaute sich den blauen, wolkenlosen Himmel an. Was wohl dort oben alles war? Wo wohnten da Gott und die Engel? Der Teufel sollte in der Erde in seiner heißen Hölle leben. Wie weit müsste man da wohl graben?

Ihre Hand tastete nach dem Degen, ohne den ging sie nie aus dem Haus. Da trat ein Fuß, mit Lumpen umwickelt, auf ihre Hand. Sie ergriff blitzschnell die Waffe, schnellte hoch – und schon hatte der Fremde die Klinge am Hals, ehe er sich versah! Mit so viel unerschrockener Gegenwehr hatte der nicht gerechnet! Erschrocken stand der nun da und wusste nicht, was er tun solle. „Was willst du! Nun? Hast die Sprache verloren?", schrie das Mädchen unbeherrscht.

Eilika sah, dass der Fremde ein Schwächling von Statur war. „Will Er mit mir zum Zweikampf antreten, so lege ich den Degen weg, denn Er hat ja keinen!" Urs, der Fremde, sah darin seine Rettung – und unterschätzte sie schon wieder. „Wenn Sie sich das traut, dann tun wir das!", antwortete er in barschem Ton. Sie war ja nur ein schwaches Weib, dachte er abschätzend, er würde sich doch von einem solchen nicht davonjagen lassen!

Der Degen war sicher wertvoll, den konnte er gut versilbern, dachte er. Eilika warf ihn ins Gras, drehte sich blitzschnell um und sprang den Fremden an. Der war auf so einen Überfall nicht vorbereitet und lag schon im Grase. Sie trat ihm auf seine Kehle, er konnte nicht sprechen, sondern nur noch leise krächzen. „Sie hat gewonnen, ich ergebe mich Ihr." Sehr langsam nahm sie ihren Fuß wieder zurück und ihre Augen folgten jeder seiner Bewegungen.

Ächzend stand der Fremde auf. „Troll Er sich, aber schnell, sonst überlege ich es mir noch einmal und werde Ihm mit meinem Schwert einen Arm abtrennen." Urs kam bei diesen Worten das Grauen an. „Hahahahaha!", lachte Eilika ihm hinterher und der Kerl hatte auch nichts anderes im Sinn, als schnell Fersengeld zu geben.

Alexander hatte seiner Tochter das Fechten beigebracht. Er war stolz auf sie, nur ihr aufbrausendes Wesen und ihren erschreckenden Jähzorn fürchtete er selber. Nun hatte er die Sorge um sein Weib: Juliana lag schon seit einigen Tagen mit sehr hohem Fieber im Bett. Kudrun kümmerte sich um Haus, Feld, Garten, Stall und um die Tiere auf dem Hof. Gunter und auch Lucas sahen, wie sie sich plagte, und Gunter runzelte die Stirn. Konnte nicht die Tochter auch etwas tun? Er sprach Alexander darauf an. „Herr, ein Weib allein schafft das nicht alles. Wir brauchen eine Hilfe auf dem Hof."

„Das sehe ich auch so", Alexander nickte mit dem Kopf. „Ich werde mich um Hilfe kümmern, gleich morgen reite ich ins Dorf und werde mich dort umsehen." Nachdenklich ging Alexander in sein Haus: Wen von den Dörflern sollte er da nur auf den Moorhof holen?

Er sah noch einmal nach seiner Frau. Julianas Augen glänzten unnatürlich und ihr Gesicht wirkte seltsam eingefallen. Er erschrak, es wurde immer schlimmer mit ihr! Sie erkannte ihn nicht mehr und faselte sinnlose Worte vor sich hin.

Kudrun machte ihr kühlende Umschläge und versuchte, ihr kalten Tee einzuflößen. „Ich glaube, Herr, sie schafft es nicht", sagte sie traurig zu ihm. Sie konnte es sehen, wie er litt! Hilflos stand er am Bett seiner sterbenden Frau, seine Fingerknöchel wurden ganz weiß, so krampfhaft hielt er sich am Bettgiebel fest. Seine Backenknochen mahlten in großer Verzweiflung. „Lieber Gott, nimm sie mir nicht weg, sie ist mein Leben, meine Liebe, mein Heim, mein Alles!" Der starke Mann fiel auf die Knie und betete. Die Magd stand auf und verließ die Kammer, sicher wollte der Herr jetzt allein sein, dachte sie.

In der Nacht starb Juliana still und leise, wie sie gelebt hatte. Diesen Kampf hatte sie nun verloren. Alexander merkte es erst, als er sie am Morgen wecken wollte. Wie immer küsste er ihre Nasenspitze. Erschrocken zog er seinen Kopf zurück, fasste sie an den eiskalten Händen – seine schlimmsten Befürchtungen wurden wahr ... Der Schmerz trat noch immer nicht in sein Bewusstsein, sein Weib sah so schön aus und es lächelte noch im Tode.

Drei Tage ließ er die Verstorbene so liegen und schlief auch nachts neben ihr. Keiner durfte die Schlafkammer betreten. Er konnte sich nicht von ihr trennen, schon allein der Gedanke daran, dass ihre so schöne Gestalt unter der dunklen Erde verfaulen sollte ..., nein, diesen Gedanken konnte er nicht ertragen!

Er hielt sich an die Regel, immer den Fensterladen weit zu öffnen, damit ihre Seele in den Himmel aufsteigen konnte. Er beugte sich verzweifelt über sein totes Weib, küsste seine Stirn. Mit ihm hatte er alles verloren, was sein Leben ausmachte! „Danke für dein Leben, es war auch das meine", sagte er unter Tränen zu ihr.

Kudrun wusch Juliana, dann band sie ihr den Mund zu, damit die Seele nicht wieder zurück in die Leiche fand. Sie zog ihr einen Kittel über, stellte eine große Kerze in die Schlafkammer und machte alles für die Beerdigung fertig. Sie holte von der Kirche ein Büßertuch, streute Asche darauf und wickelte die Tote darin ein.

Der Pfarrer, Heinrich der Grobe, war nicht gerade zimperlich in seinen Predigten und schrie so manches Mal von seiner Kanzel seine Wut über diese unwissenden Menschen herunter. So, wenn mal wieder ein Bauernbursche ein Mädel in die Hoffnung gebracht hatte und sie dann sitzen ließ.

Aber seine grobe Art verschaffte sich Ehrfurcht bei dem Volk, auch glaubte er nicht an Hexen. Das wiederum brachte ihm Verdruss mit seiner Obrigkeit ein. Er weigerte sich, Hexenverbrennungen beizuwohnen.

Auf dem Dorfanger stand schon wieder ein frischer Scheiterhaufen. Im Schuldturm wartete der Frieder Schuster Hieronymus. Er sollte Unzucht mit einem Mann getrieben haben, dem man nicht mehr habhaft werden konnte, weil der es geschafft hatte, den Häschern zu entkommen. Nun, jeder hier wusste, dass der Frieder nicht ganz richtig im Kopf war. Pfarrer Heinrich kämpfte um dessen Leben. Er zitierte bei dem Vogt die Bibel, wo Gott sagte, man solle die Kranken und Schwachen zu ihm kommen lassen ... Der Pfarrer hatte umsonst gekämpft.

Eilika erblickte, als sie am Sunnentag ausritt, Frieder auf dem Schafott und ihr Gerechtigkeitssinn brannte lichterloh! Wie konnten die es wagen, einen armen Menschen, der keiner Seele ein Leid angetan hatte, in so einen grausamen Tod zu schicken – wo war dieser verdammte Gott, sah der das denn nicht?

Sie preschte nach vorne, schwang ihren Degen und hielt den dem Richter an den Hals. „Lasst den Frieder frei, ehe Ihr auch brennt, sonst verliert Ihr Euer Leben!" Der Richter in seiner Angst rief den Häschern zu: „Schnell, holt den Delinquenten da herunter!"

Alexander stand auch mit in der Reihe der Gaffer, er musste das, so wie alle anderen auch. Er war fast einer Ohnmacht nahe, als er sah, was die Tochter da wieder anrichtete. Pfarrer Heinrich lief zu Eilika. „Komm schnell hier weg, sonst wirst du auch noch brennen!" Alexander fing das Pferd ein und sah, wie der Pfarrer mit der Tochter in der Menge verschwand.

Frieder, nun schon von den Fesseln befreit, lief um sein Leben. Er nutzte die Abwesenheit der Häscher aus, weil die auf die Befehle des Vogtes warteten. Der Richter, die vier Häscher, der Vogt – sie alle standen nun ziemlich ratlos da.

Der Vogt lief schnellen Schrittes zu Alexander. „Das wird Ihn teuer zu stehen kommen, diese freche Eigenmächtigkeit seiner ungezügelten Tochter. Entweder Er zahlt oder sie wird dafür hängen! Sollte diese Unverschämtheit aber an die Obrigkeit der Kirche kommen, dann Gnade Ihm Gott, dann hilft Ihm auch das Geld nichts mehr!"

Tage nach diesem Geschehen bearbeitete Alexander mit den Männern auf dem Felde den harten Boden. Der Regen fehlte schon zu lange. Es war der Heumond. Am Solis voriger Woche war Juliana gestorben und am Sabbat war der Versehgang mit dem Pfarrer auf dem Friedhof gewesen. Es war ein großes Begräbnis, sogar Reinhild, ihre Schwester, mit Familie nahm an der Beerdigung teil.

Eilika weinte am Grabe ihrer Mutter nicht eine Träne. Alexander war völlig fassungslos, was bedeutete das? Juliana war hier auf dem Moorhof die gute Seele gewesen, jetzt machte er sich bittere Vorwürfe, hätte er doch einen Bader zu Hilfe geholt! Aber seine Frau war nie krank gewesen und wenn sie ihr Weiberleiden einmal schlimm hatte, dann legte sie sich eben ein Weilchen ins Bett und war danach immer wieder wohlauf. Doch dieses Fieber hatte ihre Kräfte aufgezehrt! Als er zu seinem Kind neben sich sah, hatte das sogar ein Lächeln im Gesicht ...

Anderntags arbeitete Eilika im Garten, ihr Vater musste sie immer im Auge haben, damit er sicher war, dass sie nicht wieder einen Unsinn anstellte. Er konnte mit viel Geld die aufgebrachten Gemüter beruhigen und so ihr das Leben retten. Was sollte aus der Tochter ohne Mutter werden? Sollte er sie gar verheiraten? Dieser Gedanke war ihm unangenehm, warum auch immer.

Im Winter, wenn die Arbeit ruhte, würde Alexander zu seinem Fürsten reisen, als Vater konnte er den noch immer nicht ansehen. Mittlerweile war er in seiner Geldkiste fast auf den Hund gekommen – auf dem Boden einer solchen war immer ein Hundebild –, es fehlten die Taler, die dieses zudeckten. Es war schon sehr seltsam, dass der Fürst ihn nie wieder hatte rufen lassen, und das nun schon seit über fünf Jahren!

Er konnte mit seiner Familie und dem Gesinde gut vom Moorhof leben, aber so ganz ohne Taler war es doch nichts

Rechtes. Nun ja, einen Batzen hatte er noch, das war seine eiserne Reserve. Auf einmal kam es wie ein Gedankenblitz: seine Eltern! An die hatte er all die Jahre nicht gedacht. „Das ist doch sehr beschämend", dachte er und das schlechte Gewissen machte sich in ihm breit.

Im Hause war noch immer die Leichfeier im Gange, es war eben so üblich, eine Woche lang die Leich zu versaufen. Alexander wollte nicht wieder hineingehen, lief in den Garten und setzte sich unter den Apfelbaum. „Herr Vater", hechelte die Tochter, „ich höre jetzt auf, es ist einfach zu heiß, um hier zu jäten." Er vernahm es nur am Rande und antwortete ihr nicht.

An diesem Platze hatten sie sich so oft in Liebe vereint, er und sein schönes Weib. Eine Träne lief über sein Gesicht. Er wollte nicht länger zögern und seine Tochter nehmen und zu seinen Eltern auf die Burg mit der Kutsche fahren. Es war hohe Zeit dafür!

Aber wie so oft kam es wieder einmal ganz anders. Alexander hörte ein höllisches Geschrei, der Hund bellte wie verrückt! Sofort lief er auf den Hof. Da sah er, wie seine Tochter Eilika mit dem Degen einen Fremden bedrohte. Der schrie wie am Spieß. Warum zum Teufel tat sie das! „Eilika! Hör sofort damit auf!" Er entriss ihr den Degen, dessen Klinge am Halse des Fremden saß. Der atmete erleichtert auf.

„Danke, mein Herr! Dieses junge Ding hat mich einfach so bedroht." Er atmete erst einmal durch. „Ich will zu Alexander dem Gewaltigen und ihm eine Nachricht bringen." Alexander beruhigte den Hund, der noch immer den Fremden verbellte. „Ich bin Caspar, der Bote vom Schloss des Fürsten Kasimir."

Alexander nahm die Papierrolle entgegen, rollte sie auf und las. Es war eine Nachricht von Ambrosius, der bat ihn zu kommen, sogar sehr dringend, nicht warum und nicht weshalb. „Seltsam", dachte Alexander, „sehr seltsam." Der Bote schaute ihn fragend an. „Sage Er zu Ambrosius, ich komme, so schnell ich kann. Will Er noch eine Brotzeit haben? Dann gehe Er mit mir ins Haus."

Caspar schielte zu Eilika, ob die vielleicht etwas dagegen habe. Den Degen hatte jetzt Alexander. Kudrun war schon aus dem Haus getreten, um zu sehen, was es da gab. Natürlich wieder Eilika! Kudrun war die Einzige, die mit dem Mädchen fertigwurde, was ihr tiefen Hass einbrachte. Wenn sie doch nur ein bisschen von der Sanftmut ihrer Mutter gehabt hätte! „Geh in den Erdkeller und lies für morgen die letzten Rüben aus. Dann muss das Loch noch gesäubert werden, da hast du zu tun. Mach mal etwas Gescheites!" Eilika blickte Kudrun feindselig an, kannte aber ihre Grenzen, Kudrun war ihr ebenbürtig im Kampf, die war geschickt mit ihren Fäusten. Das Mädchen drehte sich um und lief davon, um die Arbeit, die ihm Kudrun auferlegt hatte, zu erledigen.

Walther, der in der Tür stand, feixte sich eins. Das geschah der recht, dachte er schadenfroh. Sie hatte ihn doch tatsächlich einmal, als er ihr artige Dinge sagte, einen Stoß vor die Brust versetzt, so dass er in eine Schlammpfütze gefallen war, und hatte sich halb tot darüber gelacht! Nie hätte er in dieser Maid so eine Kraft vermutet – und ihre schnelle Hand mit dem Degen fürchtete er geradezu.

Eigenhändig und kaltblütig hatte sie damit mal einigen Hühnern den Kopf abgehauen, als würde so etwas auch noch Spaß machen! Was war das für ein menschliches, noch dazu weibliches Ungeheuer! Ihm grauste vor dem Mädchen – wer das zum Weibe bekam, der war bei Gott nicht zu beneiden und bräuchte nie zu sagen „Gott strafe mich!".

Caspar, der Bote, war froh, dass der Herr so nett war und ihm, der fast am Verhungern war, eine Mahlzeit anbot. Er bekam erst spät mit, dass das hier im Nebenzimmer eine Leichfeier war. Er verschluckte sich vor Schreck an seinem Dünnbier, das Kudrun vor ihn hingestellt hatte. Er stand auf, rülpste ein paarmal laut und verließ das Haus, nicht ohne vorsichtig um die Ecke zu schauen, wo das vermaledeite Weib war, und suchte schnellsten den Abtritt auf.

Eilika kniete in dem Erdkeller und suchte die letzten Rüben aus der Miete und warf sie in einen Korb. Sie war wütend auf Kudrun – ohne jegliche Bedenken würde sie deren Kopf von den Schultern holen! Der Gedanke daran erheiterte sie fast.

Die Mutter vermisste sie nicht, sie hatte noch nicht eine Träne geweint um sie. Jetzt hatte sie den Vater nur für sich und musste ihn nicht mehr teilen! Wenn sie es recht bedachte, hatte ihr die Mutter immer nur im Wege gestanden. Die Tochter war neidisch auf sie gewesen, ja, sie gab es nun vor sich selber zu: Nie würde sie wohl so schön werden wie diese – und leider wohl kaum so sanft. Eilika war eine herbe Schönheit, nicht grazil, nicht stark im Körperbau, aber kräftig, war versehen an den Armen und Beinen mit ansehnlichen Muskeln, und, was sich wohl eher zum Nachteil auswirkte, nicht gefeit vor Jähzorn und Wutanfällen!

Das Mädchen sah Heini vom Schulzenhof im Dorf wieder, als sie das Linnen zum Färben brachte. Sie hatte ihn einmal vor vielen Jahren gnadenlos verprügelt, was hatte der damals nur gesagt? Ach ja, ihr Vater sei ein Henker! Schon lange hatte Eilika im Schrank in der Schlafkammer des Vaters das große Schwert bemerkt. Damals war es noch zu schwer für sie, sie müsste es jetzt einmal ausprobieren!

Sie ritt jetzt auf dem Hengst, ohne Sattel, durch die Felder und Auen bis in den Wald, den sie liebte, war der doch voller Gefahren – und die lockten sie geradezu! An ihrer Hüfte hing wieder der Degen und auf dem Rücken hatte sie den Kescher mit Pfeil und Bogen. Ihre Kleidung war wieder einmal nicht standesgemäß: Sie trug die abgelegten Beinkleider von Gunter und den alten Kittel ihres Vaters. Auf dem Kopf trug sie von ihm einen verschlissenen Hut. Ihre langen Haare hatte sie hochgesteckt.

Wer sie nicht kannte, hielt sie für einen tolldreisten Jüngling. Ihre Augen blickten stolz und herausfordernd in die Welt. Stromer, der schwarze Schäferhund, war bei ihr. Als sie den Dorfanger betrat, war gerade Markttag – ein Geschrei und Gewusel, Gaukler zeigten ihre Künste, Marktfrauen boten ihre Ware feil. Greda, die fünf Blagen zu versorgen hatte, schrie besonders laut. Ansgar, ihr Ehemann, fing Fische bis in die Nacht und sie verkaufte die Ware anderntags. Tiere, die dann noch übrig waren, brauchte sie selber, um die Familie sattzubekommen.

Niclas, ein junger Mann von gerade fünfzehn Jahren, aus armer Familie, verkaufte seine Holzarbeiten. Er suchte im Walde nach alten Wurzeln und stellte so menschenähnliche Figuren her, die zu nichts nutze waren und somit auch nicht gekauft wurden. Traurig stand er neben seinem Holzklotz, auf den die Figuren lagerten.

Eilika betrachtete sich die Schnitzereien. Hoffnungsvoll sah Niclas sie an. „Junger Herr, nur einen Pfennig für drei Stück, bitte kaufe Er doch. Man kann es im Hause zur Zierde aufstellen", pries er seine Ware an. Sie fand in der Tat Gefallen an den Figuren, nahm einige in ihre Hand und roch daran. Das war so eine Eigenart von ihr, an allem musste sie riechen –Erd- und Waldgeruch empfand sie, also gut. „Ich werde dir einige abkaufen."

Eilika nahm ihre Beuteltasche und holte einige Kreuzer raus, dann betrachtete sie sich die Sammlung. Das eine geschnitzte Stück erinnerte an einen Bären und dieses an ein kleines Kind und jenes an ihren Vater … Niclas strahlte vor Glück, endlich jemand, der seine Arbeit zu schätzen wusste! Die Mutter lachte ihn immer nur aus und der Vater schrie ihn an: „Vergeudete Zeit! Tue etwas, wovon wir alle satt werden!"

Eilika gab ihm ohne Zögern vier Pfennige, diese Großzügigkeit hatte sie von beiden Elternteilen wohl geerbt. „Oh …, danke!" Niclas verbeugte sich vor dem vermeintlichen Herrn.

Heimo, fast siebzehn Jahre alt und sehr muskulös, ein Nachbarssohn, sah das Geld auf dem Holzklotz und gedachte, es sich zu holen. Niclas war ihm körperlich weit unterlegen, ihn hatte der schon öfter verprügelt. Sofort setzte er diesen Gedanken in die Tat um. Er lief von seinem Platz, wo er Feuerholz verkaufte, zu dem Jungen hinüber. Er zerrte Niclas an seinem Kittel und stieß ihn mit voller Kraft um. Der schrie laut auf und wusste sogleich, sein Geld war verloren!

Eilika saß auf ihrem Pferd gleich nebenan, bewunderte einige Tonkrüge und hörte natürlich diesen Lärm. Keiner wollte sich mit dem gewalttätigen Heimo anlegen, die Leute sahen weg. Der Bursche war als Raufbold bekannt, er stammte aus einer armen Häuslerfamilie. Seine Mutter und sein Vater mühten sich redlich, um ihre Kinder zu ernähren und sie zu ehrlichen Menschen zu erziehen. Nur ihr Ältester fiel aus der Rolle, die anderen sechs Geschwister, drei Buben und drei Mädels, waren gute Kinder. Heimo prügelte sich gerne und stahl, was nicht niet- und nagelfest war, er log und betrog, wo er nur konnte. Und er war erschreckend rachsüchtig!

Eilika sprang von ihrem Pferd und eilte Niclas zur Hilfe. „Lasse Er ihn in Frieden oder Er macht Bekanntschaft mit meinem Degen!" Heimo drehte sich um, um zu sehen, wer es da wagte, ihn aufzuhalten. Der gezogene Degen machte ihm schon Angst, er selber hatte keinen und konnte auch nicht fechten. Augenblicklich ließ er Niclas los. „Lege Er den Degen weg und kämpfe Er auf ehrlichem Wege mit mir!", schrie er. Eilika sah ihn abschätzend an: Der war groß und stark sah der aus, aber ob der auch so gewandt wie sie kämpfen konnte? Sie legte ihren Degen ab und ging gelassen auf ihn zu. Das allein sorgte bei Heimo schon für Unbehagen. Nie hätte er erwartet, dass der Jüngling vom Pferd steigen und seine Herausforderung annehmen würde. Das war neu für ihn, die meisten nahmen vor ihm Reißaus!

Eilika fand, Angriff sei die beste Verteidigung, und stieß ihn kraftvoll vor die Brust, so dass er stolperte – das war ihr Vorteil. Sie sprang ihn mit einer Bchändigkeit ohnegleichen geradezu an, so dass er wieder fiel, kaum, dass er wieder aufgestanden war. Die Menge, die sich nun angesammelt hatte, johlte vor Vergnügen, endlich mal einer, der sich traute, dem zu zeigen, wo der Barthel den Most holt – ein Ausspruch für Mut und Gerechtigkeit.

Heimo war sich nun gänzlich unsicher und das drückte sich auch in seinem Kampf aus. Er verausgabte sich mit seinen Schlägen, die immer ins Leere gingen, weil Eilika geschickt ausweichen konnte. Eilika verpasste ihm Hieb um Hieb, sie drosch ihn so zusammen, dass Heimo am Boden lag und um Gnade winselte. Der sah schrecklich aus! Ein Auge wurde fast schwarz und schwoll zu, die Nase blutete und seine langen dunklen ungepflegten, fettigen Haare hingen ihm im Gesicht. Die Menge johlte und alle spendeten ein Handgeklapper.

Gelassen, aber auch erschöpft ging Eilika wieder zu ihrem Pferd, den Besiegten im Rücken. Das nutzte Heimo aus und fiel erneut über den Rivalen her. Dabei verlor der den Hut und eine Haarpracht kam zum Vorschein! Alle riefen „Oh!" und „Ah!" – ein Weib! Welche Schande für Heimo!

Der kochte vor Wut und nahm sein Messer aus seinen Beinkleidern und wollte zustechen! Aber Eilika hatte sich schon so etwas gedacht, der war ein Feigling, dem traute sie solche Hinterhältigkeit zu. Sie drehte ihm seinen Arm so brutal auf den

Rücken, dass er aufschrie vor Schmerz. „Lass Er das lieber bleiben!", empfahl sie Heimo und der ließ das Messer fallen. Eilika stieß ihn mit einem Tritt in seinen Allerwertesten in die Menge hinein, die ihn grölend auffing.

Das war doch die Tochter vom Moorhofbauern, die wilde Eilika! Jeder hier kannte sie und ihre wilden Auftritte, aber in ihrer Verkleidung hatte sie eben keiner erkannt. Niclas sah ihr dankbar hinterher, sie hatte nicht vergessen, ihm die Pfennige wiederzugeben.

Heimo stand auf, sein Gesicht war verzerrt vor Hass und er wischte sich das Blut von seinen Lippen. Er sprach zu sich selber: „Wir sehen uns wieder, Jungfer Eilika, bei Gott, das tun wir ..." Voller Hass sann er auf Rache! „Das war nicht das letzte Mal, dass wir uns gesehen haben!", schrie er wutentbrannt ihr hinterher. Sie hatte sich einen gefährlichen Feind geschaffen, gefährlich wegen seiner Feigheit, die machte ihn hinterhältig!

Ein Paar männliche Augen hatten all das beobachtet. Schmunzelnd wendete Graf Moritz von der Wasserburg seinen Hengst und folgte der Jungfer vorsichtig. Er ritt in großem Abstand hinter ihr her, sie bemerkte es nicht, dass ihr jemand folgte. Eilika war in Gedanken, die rechte Hand tat ihr weh, sie hatte wohl zu schwer zugeschlagen. Moritz wollte wissen, wer sie und wo sie zu Hause war. Ihr Anblick, als das rabenschwarze Haar herabfiel, weil der Hut ihr vom Kopfe flog, hatte ihn bis in sein Herz getroffen!

Das war sie, die er schon so lange suchte –die und keine andere! Die hatte Kraft und würde sich nie verbiegen lassen und sie würde immer den Mut aufbringen, ihre eigene Meinung kundzutun. Aber verdammt noch mal, Manieren müsste man ihr noch beibringen! Die hatte sie, weiß Gott nicht. Die konnte fluchen wie der gemeinste Stallknecht auf seiner Wasserburg!

Seine Mutter würde der Schlag treffen bei so einer ungehobelten Schwiegertochter! Ihm brach schon bei dem Gedanken der Schweiß aus, sie dem König bei Hofe vorzustellen. Wahrscheinlich konnte sie nicht einmal in Damenschuhen laufen oder gar tanzen … Da kam was auf ihn zu!

Anderntags musste er zu seinem König, er sollte den Ritterschlag erhalten. Vier lange Jahre der Ausbildung dafür lagen hinter ihm. In mehreren Kämpfen hatte er seinen Mut bewiesen. Moritz hatte mit einem unbeschreiblichen Willen und einer unglaublichen Ausdauer sein Schwert gegen den schwarzen Henner von der Ludwigsburg geschwungen und den vom Pferd geholt!

In seinem Großmut hatte er dem Gegner, der dafür bekannt war, keinen zu schonen, das Leben geschenkt. Was hatte er von dessen Tode, der hatte Frau und Kinder und kämpfte für seinen Herrn, so wie er auch. Für diese edle Tat sollte er nun zum Ritter geschlagen werden.

Moritz freute sich darauf, aber es würde ein weiter Weg werden – bis nach Paderborn immer der Werra und dann der Weser entlang, das wusste er schon. Die Jahreszeit war sehr angenehm, es war Heumond und am Thor würde er losreiten.

Natürlich würde die Mutter wieder weinen, sie hatte immer Angst um das Jüngste von sieben Geschwistern, die alle schon im Ehestand und nicht mehr auf der Burg waren. Eine Schwester wurde gar an Weihnachten im vorigen Jahr bis nach England in die Grafschaft Essex verheiratet, deren Gemahl diente am Hofe von Heinrich dem Dritten.

Es war Anno tausendzweihundertvierzehn und Dschingis Khan hatte einige Jahre zuvor China, Armenien, Georgien, Persien und das Tatarenreich erobert. Der Mönch Franz von Assisi gründete den Franziskanerorden. „Dass mir der Hund das Liebste sei, sagst du, oh Mensch, sei Sünde, mein Hund ist mir im Sturme treu, der Mensch nicht mal im Winde!" Dieser Spruch aus des Mönches Munde sollte wohl nie, solange es Menschen geben würde, seine Gültigkeit verlieren.

Eilika, nun im vierzehnten Lebensjahr und trotz ihrer Herbheit schön anzusehen, dachte nie an einen Gemahl. Ihr Vater war stolz auf sie, aber er machte sich auch Gedanken um die Freier, die leider ausblieben. Ihr Ruf war in der Männerwelt nicht gerade der beste. Wer wollte schon ein Weib haben, das bei einer Auseinandersetzung dem Manne überlegen war, das keinen Gehorsam kannte! Eilika war mannbar geworden, doch kein Eidam war weit und breit in Sicht.

Alexander musste zu seinem Fürst – oder Vater, der war ihm in seinem neuen Leben noch sehr fremd. Er hatte das Schreiben auf einer Pergamentrolle von Ambrosius nicht vergessen.

Eines Tages, es wurde schon langsam dunkel, briet Kudrun auf dem Rost einen Hasen und es duftete köstlich im Haus! Der milde Herbst war nun schon lange vorbei. Draußen wütete ein Schneesturm, dass man keinen Hund vor die Tür jagen würde. Es war Jänner, der harte Wintermonat. Die Menschen litten nicht nur unter seiner Kälte, auch der Hunger machte sich breit, ein schlimmer Feind, der die Menschen zu Bestien werden lassen konnte.

Kurz vor dem Moorhof kämpfte sich eine männliche Gestalt durch die Schneemassen und den eisigen Sturm, das Pferd fest am Halfter. Von Weitem sah sie Licht im Hause brennen. Die Bleibe musste es sein, der Weg würde bald enden, dachte sich hoffnungsvoll Ambrosius.

Er war gänzlich erschöpft – in seinem Alter! Er war fast an die fünfzig Jahre und im Greisenalter. So einen weiten Weg im Winter hätte er sich gerne erspart, aber es ging auch um seinen Broterwerb und den von Berta. Sicher verwahrte er das Amulett, das er noch in letzter Minute gerettet hatte, unter seinem warmen Wams. Der angeblich neue Besitzer, Hansjochen, suchte dieses Amulett noch immer im ganzen Schloss, denn ohne dieses konnte er seine Ansprüche nicht geltend machen, das wusste auch Ambrosius.

Tapfer kämpfte er sich gegen den eiskalten Sturm dem Hause zu. Sein erstes Pferd war vor einigen Meilen zusammengebrochen, so leid es ihm auch getan hatte, er musste den Gaul zurücklassen. Die Geier kreisten schon lärmend über dem Kadaver, als er noch gar nicht weit weg war. In einem Dorfe hatte er sich dann beim Schmied diesen Gaul geholt.

Ambrosius erblickte die Stallungen vor sich und brachte das erschöpfte Pferd dorthinein. Er rieb es mit einem Heubüschel ab, hängte ihm einen Hafersack um und erst dann ging er, mit letzter Kraft, zu dem Haus.

Es kostete den Alten viel Mühe, die schwere Eichentür zu öffnen. Der Flur war dunkel und er ging dem Lichtschein nach, den er unter einer Tür hervorleuchten sah. Er klopfte an und wartete, aber es rührte sich nichts. Vorsichtig öffnete er die Tür und sah in den Wohnraum. Ein warmer Hauch und ein gar guter Essengeruch kamen ihm entgegen und er betrat diesen Raum.

Alexander saß vornübergebeugt am Tisch, den Kopf auf seinen beiden Armen liegend, und schlief. Seine Essenschüssel war noch nicht leer und der Weinbecher noch voll. Er hatte sich im Schmerz seiner unendlichen Einsamkeit so in die Arbeit gestürzt, dass er derart erschöpft war: einige Dinge im Haus ausgebessert, das Heu umgeschichtet, den Pferdestall gesäubert und den Schweinestall ausgemistet – und zu guter Letzt den Mist auch noch selber auf die Felder gekarrt. Im Stall war kein Platz mehr dafür da.

Ambrosius ließ ihn schlafen und warf seine warme Pelzjacke einfach auf den Boden. Er setzte sich, nachdem er von seinem warmen Wams befreit war, bequem an den Tisch und aß den Rest aus der Schüssel und trank den Becher leer. Das hatte er jetzt gebraucht! Langsam tauten seine Glieder wieder auf und ein angenehmes Kribbeln durchströmte seinen Körper.

Eilika hatte Geräusche gehört und trat aus ihrer Kammer. Leise schlich sie sich an den großen Schrank heran und versteckte sich dahinter. Sie sah den alten Mann gemütlich am Tisch sitzen. Der konnte also keine üblen Absichten haben, dachte sie.

Alexander erwachte und sah im Schein des Feuers Ambrosius. „Ich glaube, ich träume noch immer", dachte er und schloss seine Augen wieder. Plötzlich durchfuhr es ihn!

„Ich dachte, dass ich noch immer träume, als ich Ihn sah. Was zum Teufel will Er?" Ambrosius sah ihn traurig an. „Junger Herr, sein Herr Vater ist gleich, nachdem er im Schloss eingezogen war, am Schlag gestorben. Der Bader konnte ihm nicht mehr helfen. Und nun lebt ein sehr böser und gewalttätiger Kerl im Schloss, Hansjochen nennt er sich. Er erhebt Anspruch auf alles – er behauptet, er sei der Bruder des Verstorbenen und der Erbe des Ganzen und werde ab jetzt da herrschen. Die Weiber haben Angst vor ihm, denn er nimmt sie mit Gewalt. Ich habe aber das Amulett an mich genommen, ohne dieses kann er gar nichts beweisen."

Mit einem zufriedenen Gesichtsausdruck legte der Alte den Anhänger vor Alexander auf den Tisch. „Er ist eben ein Schlitzohr", dachte Alexander schmunzelnd und zwinkerte Ambrosius zu. Dann stand er auf und ging mit großen, schweren Schritten im Wohnraum hin und her. Er legte einige Scheite Holz nach. „Ich wäre in ein paar Tagen zu Ihm und Berta geritten, habe die Nachricht erhalten." Er zeigte auf die Pergamentrolle, die auf einer Kommode lag. „Ich danke Ihm für seine Treue. Es ist ein weiter Weg und noch dazu jetzt im Winter, aber ich kann nicht alles hier liegen und stehen lassen, muss erst einen Pächter suchen für das Lehen. Außerdem habe ich eine mannbare Tochter, die ich verheiraten muss. Das Problem ist, mir ist die Frau gestorben und das Mädchen braucht eine gute Erziehung, so wie meine Tochter sich benimmt, kann ich sie nicht an den Mann bringen! So nimmt die keiner, leider! Was rät Er mir?"

„Tja, das ist wirklich nicht so einfach. Ich kenne die Gräfin Isolde von der Wasserburg sehr gut. Sie war öfter bei uns im Schloss mit ihrem Sohn Moritz zu Gast. Die würde sich seiner Tochter annehmen. Packe Er also alles, was er für richtig befindet, zusammen. Bitte lass Er uns in einer Kutsche reisen, verlange Er nicht, dass ich so einen weiten Weg noch einmal zu Pferde zurücklegen muss. Ich habe die Befürchtung, dass ich wenigstens drei Tage nicht sitzen kann, und ich bräuchte sehr dringend ein Nachtlager zum Schlafen, Herr."

„Das soll Er alles haben, hier esse Er den Rest vom Wildbret und hier hat Er noch einen Becher Wein." Der Hausherr goss ihm einen Becher voll und legte in die Schüssel noch ein gebratenes Haselhuhn dazu.

Eilika traute sich nicht zu rühren und atmete ganz flach. So war das also, sie sollte weg von hier und sich einem Kerl unterordnen! Niemals! Und schlechte Manieren hatte sie? Sie liebte ihre Freiheit, ihr Pferd! Der Vater kümmerte sich kaum um sie, er hatte viel zu viel mit dem Hof zu tun. Und wozu bräuchte sie einen Mann!

Eilika wartete, bis der Vater das Zimmer verlassen hatte, und schlich sich dann im Rücken des großen Schrankes zurück in ihre Kammer. Was sollte sie nur tun? Allein konnte sie nicht einfach davonreiten, nein, das ginge wohl nicht an. Sie brauchte die Geborgenheit des Moorhofes, denn allein ernähren konnte sie sich nicht. Nein, einem Manne wollte sie nicht angehören, auf so einen Dummkopf konnte sie gut verzichten! Erziehung – dass sie nicht lachte! Und dann noch eine Gräfin, die vielleicht vor lauter Vornehmheit sich nicht zu furzen traute.

Ihr war übel, aber sicher auch weil sie wieder einmal viel zu viel gegessen hatte. Sie hatte in allem kein Maß! Erleichtert rülpste sie auf.

Von einer Wasserburg war auch die Rede gewesen. „Hm", dachte sie, „ich war noch nie auf einer Burg. Die Leute sagen, dort könne man sich im Fußboden spiegeln, dort sei kein festgestampfter Lehmboden und man habe dort ein Badehaus mit großen Zubern, in denen warmes Wasser sei, und man könne sich wie in einen See ganz hineinlegen." Eilika verstand das zwar nicht, aber sie fand es schön.

Im Sommer, auch noch im Herbst, wenn das Wetter gut war, ging sie oft im See schwimmen. Natürlich war Stromer immer dabei. Einmal hatte sie sogar die so sittsame Frau des Schulzen dort im Schutze des Riedgrases liegen sehen – die sollte die Schwester von ihrer Mutter sein. Aber die Schulzenfrau war da am See nicht allein! Eilika kannte den Kerl nicht, der bei ihr gelegen hatte, sie waren beide nackt gewesen. Oh ..., was sie da zu sehen bekommen hatte, war eine völlig neue Erfahrung für sie gewesen: Die beiden grunzten wie die Schweine und beleckten sich, dass es schon fast ekelhaft war! So soll die Liebe sein? Nein, das war nichts für sie, so etwas wollte sie nicht haben!

Eilika legte sich wieder auf ihre Schlafstatt und träumte vor sich hin. Aber immer wieder sah sie das Bild der Mutter vor sich, warum hatte die Mutter sie nicht geliebt? Sie hatte es genau gespürt. Nicht einmal hatte die ihre Wange gestreichelt oder gar liebevoll gedrückt oder auf die Nasenspitze geküsst, wie das der Vater öfter getan hatte. Sie war wie eine Fremde gewesen, dabei war die Mutter doch eine Schönheit und zu allen so lieb gewesen – nur zu ihr nicht, warum?

Es hatte ihr immer weh getan und Eilika hatte oft in der Nacht geweint. Um ihre Verletztheit nicht zu zeigen, wurde sie störrisch und hart. Der Vater liebte sie, das spürte sie sehr wohl an vielen kleinen Dingen. Aber warum wollte er sie nun unbedingt verheiraten?

Ihr Sinn stand nicht nach einem Ehemann, der würde sie ans Haus anbinden, sie müsste dem, wie er es wollte, zu Willen sein. Sie würde ihre Freiheit verlieren und womöglich auch noch viele schreiende Blagen bekommen, bloß das nicht! Nur wenn sie so einen Mann wie ihren Vater bekommen würde, dann sage sie Ja zur Heirat! Über Eilikas Gesicht liefen Tränen, sie war erschöpft und spürte, wie der Schlaf sie übermannte.

Stromer winselte am anderen Morgen – er lag neben ihrem Bett –, aber sein Frauchen wachte nicht auf, diese Langschläferin! Mit der Schnauze stieß er die Tür auf, die nur angelehnt war, und lief bellend zu seinem Herrn. Alexander ließ ihn zur Tür hinaus.

Er hatte nicht sehr fest geschlafen, zu viel musste er überdenken und war zu dem Entschluss gekommen, er würde Gunter und Lucas zu gleichen Teilen den Hof zur Pacht überlassen. Einmal im Jahr sollten sie zu ihm kommen und Bericht erstatten, die Pacht abrechnen und einen Leiterwagen voll mit haltbarem Gemüse und Obst zu seinem Schloss bringen. Das sei nicht zu viel verlangt, dachte er.

Er würde die kostbaren Gewänder von Juliana gerne für Eilika mitnehmen, eines Tages würden die ihr passen. Auch die von Juliana gewebten Decken und die genähte Felldecke wollte er nicht hierlassen. Das Wenige und Tochter Eilika waren ihm von seinem Weib geblieben.

Unbemerkt rollten ihm Tränen über sein Gesicht, so eine Frau würde er nie wieder finden. Er sehnte sich so sehr nach Liebe, aber immer hatte die Frau in seinen Träumen Julianas Gesicht.

In einem Schloss kannte sich Alexander so genau nicht aus, er wusste nur, dass es im Winter sehr kalt sein würde. Die Holzläden vor den Fenstern würden die Kälte nicht abhalten, er müsste sich einige Räume, die nicht so groß waren, aussuchen und nur die im Winter beheizen. Kamine nannten sie die Brandstätten. Er würde das schon schaffen!

Eilika musste heiraten, immerhin war sie schon im vierzehnten Lebensjahr, es wurde wirklich Zeit dafür. Ganz wohl war ihm nicht! Entweder war der Auserwählte ein Kerl und konnte sich durchsetzen oder der erhängte sich freiwillig. Beides war keine gute Lösung, denn bei Ersterem würde die Tochter wohl mehr Prügel als Nahrung von ihrem Mann bekommen und andererseits landete sie im Schuldturm! Also blieb nur die Gräfin übrig, die helfen konnte, dieses störrische Wesen zu erziehen und ihm Manieren beizubringen! Alles eilte sehr!

Alexander ging zu seiner Tochter, die noch immer schlief. Er sah auf ihr liebliches Gesicht, das so entspannt war, sie lächelte im Schlaf. Vorsichtig rüttelte er an ihrer Schulter. „Wache auf, Tochter!" Eilika sah schlaftrunken zu dem Vater. „Eilika, packe deine Kleidung zusammen und anderes Besitztum, dann komme zum Frühmahl. Ich werde dich noch heute zu der Gräfin Isolde von der Wasserburg bringen. Und ich erwarte keine Widerrede!" Er ging zur Tür, drehte sich dort noch einmal um und wiederholte: „Keine Widerrede!"

Eilika wollte gerade aufbegehren, holte Luft und sah ihren Vater böse an. Der sah sehr wohl ihren Gesichtsausdruck und konnte ihn auch deuten. „Ich bitte dich jetzt, mach keine Schwierigkeiten, sonst muss ich andere Saiten aufziehen!" So einen Ton war sie von ihrem Vater nicht gewöhnt und sie gehorchte stumm. Trotzig warf sie ihre Kleider, die sie kaum oder nie getragen hatte, wahllos in eine Holzkiste, einige Wäschestücke obendrauf und aus lauter Wut die schmutzigen Stiefel dazu! In ihrem Beutel versteckte sie heimlich einige Männerkleidung.

Nachdem sie sich einzig das Gesicht gewaschen hatte, zog sie über ihr Unterkleid, in dem sie auch schlief, den langen grauen Wollrock und die Felljacke über ihr graues Wollhemd. Sie schlüpfte in die neuen Stiefel vom Vater, die liebte sie über alles! Warum um Gottes willen konnte sie kein Mann sein! Alles wäre so einfach. Sie betrachtete sich und stellte fest, sie sah ganz passabel aus.

Alexander sah sie, wenig begeistert, an. „Nun ja, besonders hübsch ist das nicht, aber wenigstens ordentlich." Gunter kam, um die Kiste mit Eilikas Sachen zu holen. Lucas spannte die Pferde vor die Kutsche. Ambrosius, das alte Faktotum des Schlosses, saß bei seinem Frühmahl und genoss es. Kudrun umsorgte die Familie, in diesem Fall Vater und Tochter, das letzte Mal.

Alexander hatte sich kurzfristig dafür entschieden, auch gleich abzureisen. Ein bisschen Wehmut oder gar Abschiedsweh empfand Kudrun nicht. Sie mochte Alexander sehr, aber sie achtete auch seine Entscheidung für einen Neuanfang. Hier konnte er Juliana nie vergessen, zu viele Erinnerungen waren allgegenwärtig.

Nun konnten sie und ihr Mann selber den Hof bewirtschaften gegen eine kleine Pacht und mit Lucas kämen sie schon aus. Der würde sich sicher wieder ein Weib suchen und alle zusammen würden sie, in Frieden und Eintracht, den Moorhof in Ehren halten. Auf dieses neue Leben freute sie sich sehr – Eilika konnte sie dabei sehr gut entbehren! Die war weiß Gott eine Heimsuchung bis dahin gewesen!

Sie legte vor Eilika ein Holzbrett mit Fladenbrot, einer Scheibe Speck darauf und einem Schlüsselchen Haferschleim auf den Tisch. Einen Becher heiße Milch stellte sie dazu. Mürrisch griff Eilika danach. Ambrosius, der sie nicht kannte, sah mit Grausen auf das junge Ding. „Hat Sie denn keine Manieren, Jungfer?", fragte er sie, als er ihr beim Essen zusah. Erbost keifte Eilika den alten Mann an: „Was geht es Ihn an, wie ich esse, he?" Erschrocken sah Ambrosius mit offenem Mund zu Alexander.

„Bitte, Tochter, mäßige dich etwas, außerdem hat unser Gast recht, du frisst wie ein Schwein! Wenn du fertig bist, fahren wir los. Ambrosius, Er setzt sich schon in die Kutsche, nehme Er die Decke mit und lege sie über seine Beine. Ich muss noch einiges verpacken und in die Kutsche bringen."

Er gab dem alten Mann eine Decke. Der stand auf, drehte sich noch einmal zu der Jungfer um, schüttelte seinen Kopf mit dem silbergrauen Haar. „Diese jungen Weiber heutzutage!", sagte er und verließ das Haus.

Alexander nahm das Amulett und hing es sich um, steckte noch einen Beutel voller Gulden ein – den letzten. Er sah sich, Abschied nehmend, um, klopfte Gunter und Lucas auf die Schulter, drückte Kudrun stumm die Hand. Schließlich streichelte er versonnen über die Lehne von Julianas Lieblingsstuhl, auf dem sie immer gesessen hatte, wenn sie webte oder strickte. „Lebt wohl" waren seine letzten Worte und er ging aus dem Haus.

Stromer preschte hinterher und sprang zu den anderen in die Kutsche hinein. Eilika saß dem alten Diener gegenüber und neben ihr der Hund. Der alte Diener war erbost darüber, außerdem besaß er eine empfindliche Nase: Das Vieh stank!

Walther auf dem Bock knallte mit der Peitsche und los ging es in die weite Welt hinaus! Alexander sah vor sich hin. Nun war es wohl endgültig vorbei mit seinem Henkersamt und keiner hatte je davon erfahren! Einen Augenblick dachte er an die vielen Menschen, die durch sein Schwert gestorben waren. So manch entsetzte, traurige und ängstliche Augen würden ihn sein restliches Leben verfolgen und nie würde er das Geräusch vergessen können, wenn sein Schwert den Halsknochen durchschlug.

Dieser so endgültige Abschied vom Moorhof, auf dem er all die Zeit so glücklich mit Juliana gewesen war, tat ihm weh.

Hier hatte er, durch sein geliebtes Weib, eine Heimat gehabt und seine Ruhelosigkeit ein Ende gefunden.

Seine Augen schimmerten verdächtig feucht. Eilika sah es sehr wohl und es tat ihr weh, den Vater so leiden zu sehen. Es schmerzte sie jetzt schon, sich von ihm trennen zu müssen. Nichts auf dieser Welt hatte sie je so geliebt wie diesen Menschen, er war ihr Ein und Alles und in jeder Not für sie da gewesen.

Wie sollte sie ohne den geliebten Vater weiterleben, früh aufstehen mit dem Wissen, dass er nicht da ist. Der Gedanke allein an diese Gräfin von der Wasserburg ließ Wut in ihr hochsteigen, sie hasste sie jetzt schon!

Keiner in der Kutsche sprach ein Wort, denn jeder hing seinen Gedanken nach, außer Ambrosius, der schien gut zu träumen, denn er lächelte im Schlaf. Nach einigen Meilen hielt die Kutsche. Ambrosius erwachte und sah sich um, ihm tat noch immer alles weh von diesem endlosen Ritt! Diese verdammte Kutsche hatte ihn arg durchgeschüttelt, dass er befürchtete, am Ende der Reise seine gesamten Glieder nicht mehr an ihrem Platz vorzufinden. Sein Leib drückte und er verließ die Kutsche sehr schnell, um sich hinter einem Baum Erleichterung zu verschaffen.

Alexander nahm ohne Worte seine Tochter an die Hand und half ihr aus der Kutsche. Walther holte die Holzkiste und trug sie zu der Burg. Ein bisschen schadenfroh sah er hinter Eilika her. Also die vermissen …, nein, das würde er nicht, bei allen Göttern, die hatte doch den Leibhaftigen in sich!

Die beiden Wachen, die die Zugbrücke heruntergelassen hatten, standen stramm und salutierten ihm, ihre Speere fest an sich gedrückt. Beide schielten neugierig zu der Jungfer hin. Alexander ging mit den anderen durch das Mannsloch neben der Zugbrücke und betrat die Burg. Von der Vorburg gelangten sie in die Torhalle, die mit Ziegelsteinen bepflastert war. Dann standen sie vor dem Bergfried, dem größten, aber unbewohnten Turm, in der Burg. Eine Leiter wurde heruntergelassen und sie kletterten diese hinauf.

Sebastian, das alte Faktotum in dieser Burg, verbeugte sich vor den Ankömmlingen. „Willkommen im Namen meiner Herrschaft, ich geleite Euch bis zum Palast, dem Wohnraum meiner Herrin Isolde." Sebastian ging voran und Alexander mit seiner Tochter hinter ihm her.

Eilika sah sich neugierig ihr neues Heim an. Ein Blick aus dem Fenster des Turmes genügte ihr, um zu wissen, es erwartete sie eine bezaubernde Landschaft. Der Wind trug den Duft des nahen Waldes zu ihr. Es war schön hier und die jetzt noch weißen Wiesen vor der Burg würden in Bälde von Blumen übersät sein. Aber der Trotz in ihr wollte das nur schwer zugeben.

Oben auf der Turmzinne wanderte der Turmwächter Frieder hin und her. In der Mitte des düsteren Burginnenhofes war ein Brunnen, davor stand die junge Magd Wentel, die gerade einen Holzbottich herunterließ. Walther zwinkerte der jungen und hübschen Magd zu, die verlegen und verschämt wegsah, schnell an der Kurbel drehte, um den Bottich wieder heraufzubekommen.

Der Kutscher stellte die Kiste auf dem Hof ab und ging zur Droschke zurück. Gräfin Isolde kam gerade hinzu, ein junger großer, schlanker, aber kräftiger Mann begleitete sie. „Sohn, wir müssen jetzt zusammen unseren Gast mit seiner Tochter begrüßen, komm bitte mit", sprach sie zu ihm. Nachdem sie die Leiter hochgeklettert waren, betraten sie den Palas. Sebastian flüsterte ihr den Namen des Gastes zu. „Willkommen, Alexander vom Moorhof, bitte, trete Er ein. Ich habe ein kleines Mahl anrichten lassen. Macht mir und meinem Sohn Moritz die Freude, es anzunehmen."

Alexander verbeugte sich vor der Dame des Hauses. „Danke für Euer Willkommen. Ich bringe Euch hier meine Tochter Eilika zur Erziehung der Vollkommenheit zu einer Dame. Sie lernt leicht, wenn etwas nach ihrem Geschmack ist. Aber Trotz überwiegt so manches Mal. So stur, wie sie ist, ist – mit Verlaub gesagt – kein Ziegenbock. Sie weiß leider mit dem Schwert besser umzugehen als mit Worten. Manieren hat sie leider wenige – um der Wahrheit die Ehre zu geben, edle Frau, sie hat überhaupt keine." Er verbeugte sich ein weiteres Mal, sah aber seine Tochter dabei an. Eilika erwiderte diesen Blick mit bitterböser Miene.

Alexander reichte der Dame Isolde seinen Arm und beide gingen zu Tisch. Eilika schenkte der Gräfin Isolde einen trotzigen Blick und ihre Nase bog sich vor Trotz fast bis zum Himmel! Moritz sah sie schmunzelnd an. „Ei, ei, ei, welch ein harter Brocken weht uns da ins Haus!", dachte er. Sein Herz machte einige unsinnige Sprünge, natürlich hatte er sie sofort wiedererkannt. Besser konnte es doch gar nicht kommen, dachte er in seiner Freude und ahnte nicht, was ihm da bevorstand. An einem der kommenden Tage wäre er wieder zum Moorhof geritten, um nach ihr zu sehen, nun, diesen weiten Weg konnte er sich jetzt ersparen.

Er trat zu der Jungfer, bot ihr galant seinen Arm und deutete eine leichte Verbeugung an. „Sie soll herzlich willkommen sein, ich bin Moritz, der Sohn des Hauses, und geleite Sie in ihr neues Heim." Eilika übersah diese Geste großzügig, pfiff durch die Zähne, stolzierte hinter der Dame Isolde her und trat dieser prompt auf ihre Schleppe. Erschrocken blieb Isolde stehen, drehte sich um, nahm ärgerlich ihre Schleppe auf und ging weiter. Eilika sah keinen Anlass, sich dafür zu entschuldigen, sollte die sich doch anders anziehen!

Als sie bei Tische saßen und speisten, betrat Wentel den Raum. Ihre zarte Gestalt und ihre wunderbaren langen, sanft gelockten haselnussbraunen Haare umrahmten ein liebliches Angesicht. Ihre hellen grauen Augen strahlten Moritz an. Dann sah sie zu Eilika und ihr Herz zog sich zusammen vor Schmerz. Ja, die würde viel besser zu Moritz, dem jungen Herrn, passen. Die besaß sicher ein gutes Stück Geld, was ja auch hier dringend gebraucht wurde. Diese Burg kostete im Unterhalt eine Menge Gulden, das wusste sie sehr wohl …

Dieser Gast war sehr schön und gut gekleidet, wenn auch nicht so zart wie sie selber im Körperbau. Wentel selber liebte den jungen Herrn, so lange sie denken konnte, aber er sah sie gar nicht – na ja, sie war eben nur eine Magd. Dass ihre Eltern einmal vermögende Gutsbesitzer waren, zählte jetzt nicht mehr!

Das Kloster hatte den Grund und Boden ihres Elternhauses zum Bau gebraucht und mit der Macht der Kirche zusammen wurden ihre Eltern enteignet. Sie starben im Kampf um Hab und Gut, sie konnte mit der alten Kinderfrau dem sicheren Tode entfliehen. Aber die Amme starb unterwegs und Wentel kam, halb verhungert und starr vor Kälte, bis vor die Tore dieser Burg, da war sie vier Jahre alt gewesen. Niemandem, nicht einmal der Frau Gräfin, hatte sie davon erzählt, auch wenn sie die manchmal doch sehr seltsam ansah. Isolde wunderte sich nur immer wieder, was für gute Manieren diese Magd hatte!

Wentel kniete vor dem Kamin, fegte die Asche fort und legte Holz nach, dabei fiel ihr ein Scheit daneben. Erschrocken über ihr Ungeschick, drehte sie sich zu Moritz um. „Verzeiht, Herr, es tut mir leid", sprach sie mit ihrer lieblichen Stimme zu ihm. Der nickte ihr freundlich zu. Isolde sah sie lächelnd an und sprach zu dem Mädchen: „Wentel, das hier sind Eilika und ihr Vater Alexander. Eilika wird bei uns auf der Burg bleiben und ich möchte gerne, dass du dich ein bisschen um die Jungfer umtust." Wentel stand auf und knickste vor der Herrin und dann vor Eilika. „Sehr wohl, Gräfin Isolde." Wentel getraute sich, noch einen liebevollen Blick auf Moritz zu werfen, bevor sie den Raum verließ. Isolde hatte diesen Blick sehr wohl bemerkt und wusste ihn auch richtig zu deuten. „Armes Ding, Liebe kann eben auch sehr weh tun, eigentlich hat man weiter nichts als Ärger damit", dachte sie.

Moritz aber zuckte nur mit der Schulter, nachdem ihm Eilika ihre Abneigung gezeigt hatte. „Das ist ja ein Herzchen, das wird wohl hier für einigen Wirbel sorgen", dachte er weise voraus. Else, das Mädchen für alles, kam dazu. „Zeige der Jungfer Eilika ihre Kemenate", befahl sie in einem warmen Ton dem Mädchen. Else knickste wieder. „Jawohl. Komme Sie, Jungfer Eilika."

Sebastian brachte die Kiste mit Eilikas Kleidung in die Kammer. Else schlug ihre Hände über dem Kopf zusammen. „Verzeiht, Jungfer Eilika, wer hat denn die Kleidung so schrecklich in diese Kiste gelegt? Es muss alles gewaschen und mit einem heißen Eisen geglättet werden. Und diese schmutzigen Stiefel gebe ich gleich Sebastian, der putzt sie Ihr wieder, dass die glänzen werden, das kann der besonders gut." Mürrisch sah Eilika Else an „Was geht es dich an, du Trampel, hab vergessen, wer die Kiste gepackt hat!"

Der Ton erschreckte die arme Else sehr, denn der war auf dieser Burg nicht üblich. Hier waren alle herzlich zueinander und es gab kein böses Blut, darauf achteten der Herr und seine Mutter. Die blickte verwundert, so einen Umgang kannte sie hier auf der Burg nicht!

Hier erledigte jeder seine Arbeit, so gut er konnte, und wurde dafür versorgt – hier musste keiner hungern. Auf dieser Burg war alles ein bisschen anders, hier gab es keine Schläge und keine bösen Worte. Ehrerbietung und Achtung herrschten hier, keiner vergriff sich im Ton.

Nun ja, der Hofstallmeister Kunibert war schon etwas eingebildet und dachte von sich, dass er etwas Besseres sei. Ja, Timo, der Hütejunge, bekam öfter eine Tracht Prügel vom Hofstallmeister, die der sich redlich verdiente, der machte aber auch manchmal oft zu derbe Späße.

Alexander aß zwei Stücke von dem herrlichen, in Scheiben geschnittenen kalten Wildbraten, der so herrlich mit Kräutern belegt war, und trank einen Becher Wein dazu, danach verabschiedete er sich herzlich, ohne noch einmal nach Eilika zu sehen. „Komme Er in einem Jahr zur Burg zurück und Er erkennt seine Tochter nicht wieder", versprach ihm die Gräfin Isolde lächelnd. Alexander zweifelte daran, er kannte Eilika besser. Isolde konnte ihm nur leidtun, hoffentlich war diese dazu in der Lage, Eilika zu einer zumutbaren Ehefrau zu formen.

Alle saßen wieder in der Kutsche und es konnte weitergehen. Walther trieb die Pferde an, er hatte den Halt dazu genutzt, um etwas zu essen. In seinem Kopf spukte die Magd herum, die er eben gesehen hatte. So eine müsste einmal sein Weib werden, dachte er. Ambrosius schlief schon wieder. Stromer winselte nach Eilika. Alexander streichelte ihn zum Trost, aber der ließ keine Ruhe. Entschlossen öffnete Alexander die Kutschentür. „Lauf zu ihr und behüte sie gut." Stromer spurtete davon.

Nach ungefährem Stand der Sonne musste es Mittag sein. Walther war froh, aus dem Walde heraus zu sein, schon des Öfteren hatte er einen Wolf gesichtet. Nach diesem harten Winter waren die Tiere ausgehungert und er hatte sehr wohl die Wiese erspäht, wo fast eine ganze Schafsherde von einem Wolfsrudel gerissen worden war. Der weiße Schnee und das viele rote Blut – ihm wurde übel. Immerzu dachte er, dass das einmal sein Blut sein könne. Seine Angst vor allem, was im Walde lebte, war groß, die Angst in ihm einfach ohne Grenzen.

„Brr!" Der Kutscher hielt die Pferde an und holte den Korb mit den Esswaren aus dem Kofferkasten der Droschke. Er war trotz seiner dicken Pelzjacke, die ihm der Herr noch geschenkt hatte, bevor sie losfuhren, ziemlich durchgefroren und deshalb sehr froh, mit in der Kutsche sitzen und essen zu dürfen. „Es ist nicht mehr weit, Herr", sagte Ambrosius zu Alexander. Er erkannte es am Wechsel der Landschaft, dass sie bald da sein würden. Hier war noch nicht so viel Wald gerodet worden und nur einzelne Katen sprachen dafür, dass es wenige Menschen hier gab. Riesige Wälder umgaben das Schloss, der Reichtum war unermesslich!

Vor dem Schloss war nur ein kleines Dorf, das sie erblickten, als sie durchfuhren. Überall ärmlich gekleidete Menschen, Kinder, jetzt im Winter viel zu leicht bekleidet, tobten herum, einige mit Holzschuhen an den bloßen Füßen. Andere Kinder hatten Lumpen um sie gewickelt. Gaffer standen, wie in jedem Dorf, da und würden nun wohl erahnen, der neue Herr war da. Der Schnee überdeckte den Schmutz und den Unrat, der immer, wo Menschen wohnten, mitten auf der Straße lag.

Sie waren mit der Kutsche besser und schneller vorwärtsgekommen, als er gedacht hatte. Die Wege waren festgetrampelt und es hatte nicht wieder geschneit. Die Pferde bekamen den Hafersack um, sie sollten nicht ohne Pause und Nahrung sein. Es war ungemütlich kalt, obwohl die Männer wärmende Felljacken trugen, und vom Frühling nicht der leiseste Hauch!

Nach einiger Zeit musste Walther die Fackeln an der Kutsche entfachen, im Dunkeln konnte der Kutscher den Weg schlecht erkennen.

Endlich erreichten sie das Schloss. Alle Fenster waren hell erleuchtet, was war denn da los? Sie hörten lautes Harfen- und Lautenspiel. Hansjochen gab, in Erwartung, endlich Schlossherr zu werden, ein Fest und hatte die umliegenden Grafen, Barone mit den dazugehörigen Damen eingeladen. Der alte Ambrosius war ihm schon einige Monde zu lange weg – sicher war dem ein Unglück zugestoßen –, der kam wohl nie wieder. Nun ja, das vermaledeite Amulett, das ließ er eben nachmachen, das würde schon keiner merken!

Hansjochen tanzte gerade mit einer Schönheit, die ihn anschmachtete. Ihre ungepflegten Haare und ihre schwarzen Zähne störten ihn nicht, war sie doch die Tochter des reichen Barons Waldemar zu Mühlen. Es brauchte doch niemand zu wissen, dass er ihre Goldtaler viel dringender brauchte als sie selber.

Er war ein Scharlatan ohnegleichen und reiste immer mit ausreichendem Scharfsinn durch die Lande. Er hatte bei den Bauern überall im Umland, auch im Dorf, auf Pump gekauft. Als er dann hörte, dass der hiesige Kasimir der Schreckliche gestorben war und keine Erben da seien, zählte er auf die Unwissenheit und Dummheit der Leute! Wer konnte ihm denn nachweisen, dass er nicht Kasimirs leiblicher Bruder war? Keiner konnte das, nicht einer!

Das Versteck mit den Urkunden oder gar eine Geldkatze hatte er leider noch immer nicht gefunden. Greda trampelte ihm auf seine Füße, das tat weh, verdammt! Sie hatte mindestens seine doppelte Fußgröße und wahrscheinlich auch das doppelte

Gewicht, aber auch die doppelten Dukatensäcke – die waren ihm wichtig!

Hansjochen schob seine Tänzerin zu einem gedeckten Tisch, er ahnte, dass Speis und Trank ihre Laune heben würden. Da war sie seiner Meinung nach am besten aufgehoben. Greda sah begierig auf die Leckereien, die Berta mit Hilfe eines Dorfmädchens hergerichtet hatte. Essen war im Vaterhaus knapp bemessen. Der Vater knauserte mit den Talern, die Mutter hatte nicht viel zu sagen.

Greda griff sich ein Täubchen und knabberte daran herum. Begierig schaute sie zu den Weinkaraffen, aber der Vater hatte ihr verboten, auch nur einen Schluck zu trinken. Der Wein hatte auf sie eine verheerende Wirkung, das wusste sie genau: Bei einem gewissen Maß setzte ihr Verstand aus und sie tanzte auf den Tischen!

Heimlich füllte sie sich einen Becher. Fast hätte sie sich verschluckt, als sie plötzlich eine donnernde Stimme hörte. „Ich bitte die Herrschaften, mein Haus zu verlassen, ich kann mich nicht erinnern, zum Fest geladen zu haben! Ich bin Alexander vom Moorhof, Sohn und rechtmäßiger Erbe von Kasimir dem Schrecklichen und … jetzt der Schlossherr. Ich kann es beweisen!"

Alexander stand an der Tür zum Saaleingang. Er wunderte sich sehr, dass es hier so warm war, vielleicht machten das die vielen Menschen oder die vielen Fackeln an den Wänden, um den Saal zu erleuchten! Die Musiker verschwanden zuerst, denn ihren Lohn hatten sie schon im Voraus erhalten und wollten den auch behalten.

Greda ließ vor Schreck das angeknabberte Täubchen fallen und Hansjochen rutschte darauf aus, als er voller Wut zu dem Fremden eilen wollte. An die fünfzig Menschen standen da und mussten lachen! Die meisten stellten ihre Weinbecher auf die Tische zurück und gingen dem Ausgang zu. Ein Murmeln hörte man derweil doch, alle waren entrüstet.

Was war das hier für ein Überfall! Wer war der Fremde? Alexander winkte den Leuten. „Wartet!" Alle gehorchten ihm und drehten sich zu ihm um. „Der Schlossherr ab jetzt bin ich, Alexander der Gewaltige und Sohn von Kasimir dem Schrecklichen. Hier ist mein Amulett! Ich werde alle bei Gelegenheit neu zum Feste bitten, aber dann unter meinem Namen. Ich bin erst heute angekommen und bedarf etwas der Ruhe, es war ein langer, beschwerlicher Weg."

Grimmig ging er auf Hansjochen zu und zog den Verdatterten an seiner Felljacke zu sich heran. „Mache Er lieber schnell, dass Er mein Schloss verlässt, sonst kommt Er in den Schuldturm!" Nur das nicht, davor hatte Hansjochen mächtig Angst, er gab schnellstens Fersengeld und stob voller Angst, aber auch wütend davon.

Draußen auf dem Hof nahm er eine Fackel von der Mauer, um einen Brand zu legen, aber der Baron Waldemar zu Mühlen konnte es verhindern. Er schlug sie ihm aus der Hand und trat dem enttarnten Hochstapler erbost in seinen Hintern. Jammernd vor Schmerz und Wut verließ Hansjochen mit einem Pferd, das nicht das seine war, schleunigst den Schlosshof.

Baron Waldemar war doppelt wütend auf diesen Kerl, hatte er doch stark gehofft, die Tochter Greda endlich an den Mann bringen zu können. Er wurde sie einfach nicht los! Nur gut, dass die so gut im Futter stand, das konnte so manchen Kerl reizen.

Greda sah für sich auch alle Felle davonschwimmen und hätte vor Wut laut heulen können. Zum Trost hatte sie sich schnell noch eine Hühnerkeule in ihre Rocktasche stecken können. Im Grunde gefiel ihr der neue Schlossherr viel besser, aber Baron zu Mühlen hatte so seine Bedenken, als er den gesehen hatte. Der würde sich kaum für seine Tochter begeistern können, es sei denn, er bräuchte das Geld, das an Greda hing.

Alexander und der alte Diener Ambrosius löschten alle Fackeln und Kerzen zur Nacht. Einen Handkerzenhalter mit einer brennenden Kerze brauchte Alexander nun für den Weg in sein Schlafgemach. Er sah aus dem Fenster, am Horizont fing der Himmel schon an zu grauen, also würde der neue Tag bald da sein – er wollte sich zuerst das Gesinde auf dem Schloss ansehen.

Alexander zog das Fell wieder über das Fenster, er war todmüde und erschöpft von der langen Fahrt. Er zog sein Oberwams aus und schlief auch gleich ein, kaum dass sein Kopf das Kissen berührt hatte.

Eilika aber dachte nicht daran zu schlafen, ihr Tag war nicht von Arbeit geprägt, wovon sollte sie müde sein? Sie legte sich ihr Umschlagtuch über die Schultern und verließ ihre Kemenate. Sie geisterte auf der Wasserburg herum, wollte die Örtlichkeiten aufsuchen und genau kennen lernen, ohne dass sie ständig jemand begleitete – sie war schließlich raus aus den Kinderschuhen und kein kleines Mädchen mehr!

Sie schämte sich nicht, vor den Wachen im Nachtgewand zu erscheinen, um darum zu bitten, doch ihren Hund hereinzulassen. Die beiden Wachen sahen verdutzt das Tier durch ihre Speere huschen. Verdammt! Sie hatten vergessen, die Zugbrücke wieder hochzuziehen.

Erstaunt schauten sie auf Eilika, so ein Anblick war ihnen hier noch nie vor die Augen gekommen. Der Hund sprang an ihr hoch und konnte sich nicht genug freuen! Zusammen gingen sie wieder in den Hof zurück. Es wollte nicht gelingen, den Hund die Leiter hochzuhieven, da schnappte sich Ulrych, ein Wachmann, den schweren Vierbeiner und trug ihn die Leiter hoch. Eilika hatte keinen Dank für ihn übrig.

Moritz hörte in seinem Gemach sehr wohl die Türen der anderen Kammern schlagen – und das um diese Zeit! Eilika dachte nicht daran, dass sie mit diesem Lärm andere stören könne, sie war da genauso wie auch in anderen Dingen nicht sehr feinfühlig! Ärgerlich zog sich der junge Schlossherr ein warmes Wams über seine Bruche und nahm die Zipfelmütze vom Kopf.

Vorsichtig schlich er sich aus seinem Zimmer, um nachzusehen, wer da mitten in der Nacht herumgeisterte. Dann sah er die Jungfer in ihrem weißen langen Nachtgewand im Flur sich mit einer brennenden Kerze an der Wand entlangtasten. An ihrer Seite lief ein schwarzes Ungetüm von Hund!

Soeben betrat sie den großen Rittersaal, die Zugluft blies ihr die Kerze aus. Moritz wartete in einer Nische ab, was sie jetzt wohl tun würde. Eilika erschrak über die Dunkelheit. Der Mond stand zwar sehr hell am Himmel, aber die Fenster waren alle verhängt mit Fellen und verschlossen durch Fensterläden vor der Kälte. Eilika konnte so ihren Weg nur tastend wieder aus dem Saal finden, in dem viele Schränke und Truhen standen.

An den Wänden im Flur wurden die Pechfackeln zur Nacht nicht gelöscht und an einer brannte sie ihre Kerze wieder an. Jetzt konnte die Ruhelose ihren Weg fortsetzen.

Da gelangten kleine, kaum hörbare Geräusche an ihr Ohr, erschrocken drehte sie sich um. Ach ja, Stromer, den hatte sie fast vergessen! „Hast du mich aber jetzt erschreckt." Treuherzig setzte er sich neben seine Herrin. Sie streichelte ihn. „Komm, mein Lieber, gehen wir gemeinsam." Sie holte sich einen weiteren Handkerzenteller, zündete ihn an dem ihren an und stellte den auf einen Tisch, damit es etwas heller wurde.

Sie stöberten nun beide in der Bibliothek. Moritz fing langsam an zu frieren. War die denn verrückt geworden, bei dieser Kälte nur im Nachtgewand in der zugigen Burg herumzulaufen! Und warum kam die nicht wieder aus der Bibliothek heraus? Seine Geduld wurde auf eine harte Probe gestellt. Seine Kerze war fast heruntergebrannt, verärgert betrat er die Bibliothek. Nanu, weder der Hund noch die Jungfer waren zu sehen! Was spielte die hier für Spielchen? Beharrlich sah er unter jedem Tisch und hinter jedem Schrank nach, die Tür zum Schreibzimmer war offen, aber da standen nur das Schreibpult und ein Stuhl. Nichts, einfach nichts! Die Jungfer besaß wahrscheinlich die Gabe, sich in Luft aufzulösen!

Unheimlich war das schon – sollte es hier doch Geister geben? Unsicher sah sich Moritz um, es war alles wie immer. Sein Ärger wich nun der Besorgtheit. Was war da passiert? Wo konnte die Tollkühne nur sein? Auf keinen Fall war sie wieder aus der Bibliothek herausgekommen, das hätte er gesehen, und einen anderen Ausgang gab es seines Wissens nach nicht. Die Schränke waren alle verschlossen und die Schlüssel hatte seine Mutter in Gewahrsam.

Es waren sehr wertvolle und fast alles handgeschriebene Bücher von Mönchen, die einstmals diese Burg übergangsweise als Kloster genutzt hatten, bis sie sich weit unten im Tal eine völlig neue Abtei mit vielen Gärten und einem Spital gebaut hatten. Die Burg hatte einfach nicht die Größe und vor allem keine Krypta, da sie einst in aller Schnelle erbaut worden war.

Moritz war hier geboren, sein Vater und sein Oheim hatten die Burg lange vorher von den Mönchen abgekauft und die hatten ihre Bücher, die sie nachholen wollten, wohl einfach vergessen. Und nun waren diese, zum Teil schon sehr alten und wertvollen, Inkunabeln schon seit über vierzig Jahren im Besitz der Familie von der Wasserburg. Heinrich von der Wasserburg hatte sie mit seinem Bruder Gerholt zusammen ausgebaut. Fast vierzig Jahre lang wurde immer wieder um- und angebaut. Dann waren beide Brüder in einem Jahr verstorben.

Sie waren in einem harten Winter auf der Fuchsjagd – Felle wurden dringend gebraucht, da sie im Winter besonders nützlich waren – und hatten sich beide in einer Waldhütte ein Feuer gemacht. Darüber waren sie eingeschlafen und das unbewachte Feuer hatte die Waldhütte und die beiden Brüder zusammen verschlungen. Das war nun schon über zehn Jahre her. Die Mutter, um etliche Jahre jünger als der Vater, hatte sich dem Schicksal fügen müssen.

Isolde war jetzt vierunddreißig Jahre und Sohn Moritz neunzehn. Normalerweise würde er erst zu seinem einundzwanzigsten Geburtstag zum Ritter geschlagen, aber er hatte eben Glück und es durch seinen Mut schon viel früher geschafft. Isolde hatte fleißig die Wirtschaft ausgebaut, eine große Schafsherde und die Pferdezucht übernommen. Sie als Gräfin hätte es nicht nötig gehabt, so schwer zu arbeiten, aber sie scheute sich nicht, die Pferde zu striegeln oder gar den Schafsmist aus dem Stall zu karren. Rückschläge nahm sie tapfer hin, einmal riss ein Wolfsrudel über Nacht ihre ganze Schafsherde, nur zwei Böcke überlebten.

Ein anderes Mal kam der Bär, der in der Waldhöhle hauste, einem Pferd zu nahe, zum Glück war Moritz in der Nähe und konnte den vertreiben! Eine ganze Wildschweinrotte verwüstete den neu gerodeten und schon bestellten Acker.

Bei dem Gesinde, das sie sich suchte, hatte sie ein gutes Händchen bewiesen. Alle verstanden etwas vom Wirtschaften und Arbeiten. Etliche Schweine, Ziegen, Hühner, Enten, Gänse, sogar Tauben und Puten, wurden gehalten, um die Menschen mit allem zu versorgen, was sie brauchten. Alles wurde verwertet, die Federn oder die Felle, die Eier, die übrig blieben, trug Else zum Markt.

Einmal in der Woche war Markttag, da wurde alles verkauft, was auf der Burg zu entbehren war. Auch der Wirt aus dem kleinen Dorf holte sich regelmäßig seine Fleischportionen ab. Das Geflügel brachte Bruno gleich lebend auf den Markt und schlachtete es auch dort.

Gräfin Isolde konnte gut rechnen und wirtschaften, ihr Sohn lernte es von ihr. Den Wald ließ sie stehen und wachsen, das war ihr Rückhalt, nur im Notfall ließ sie einige Klafter Holz schlagen.

Der Hofstallmeister Kunibert war ihr eine tüchtige und verlässliche Hilfe in allem. Kunibert blieb, aus welchen Gründen auch immer, ledig und dem weiblichen Geschlecht nicht besonders gut gesonnen, so war er ein knurriger Kauz geworden. Aber er hatte sich hier unter dem Gesinde ein Ansehen verschafft!

Berta, die Hausmagd und Köchin, hatte es eines Tages aufgegeben, um ihn zu kämpfen, und dann den Stallmeister Bruno zum Ehemann genommen. Der wusste sehr wohl von der unseligen Leidenschaft seines Weibes zu dem Hofstallmeister Kunibert – die beiden Männer konnten sich absolut nicht leiden! Der lachende Dritte war Sebastian, der in der Burg nach dem Rechten sah. Er hatte sich damals ständig um Berta bemüht mit seiner feinen stillen Art. Aber Berta hatte ihn überhaupt nicht als Mann bemerkt, der war eben zu leise und zu still zu Werke gegangen.

Moritz indessen suchte noch immer in der Bibliothek nach der verschwundenen Jungfer und dem Hund. Mittlerweile war der neue Tag angebrochen und sein Magen knurrte ziemlich laut. Der Hunger ließ ihn erst einmal diesen Ort hier verlassen.

In seinem Schlafgemach wusch er sein Gesicht und zog sich sein warmes Wams über. Er ging in die große Küche, wo Berta schon dabei war, die Brotfladen zu backen. In einer Tiegelpfanne briet der Speck über dem Feuer, es war heimelig warm in der großen Burgküche. Es roch einfach köstlich!

Berta sah den jungen Herrn kommen, sie mochte den sehr, sah er doch aus wie der selige Herr, den sie schon als Jüngling gekannt hatte. „Junger Herr, wollt Ihr schon Euer Frühmahl haben und was soll es heute sein?" Moritz sah Berta freundlich an. „Einen recht schönen guten Morgen wünsch ich Ihr. Berta, mache Sie mir ein gebratenes Speckbrot mit viel Zwiebeln, eben wie immer, Sie weiß schon."

„Aber ja doch, mache ich, setzt Euch nur wie immer auf die Küchenbank in meine Ecke." Moritz freute sich darüber, schon als Kind hatte er sich hier, besonders im Winter, sehr gern bei Berta in der warmen Küche aufgehalten. Immer hatte sie etwas Besonderes für ihn. Trotz ihres Alters – sie musste bestimmt schon über fünfzig sein –wirtschaftete sie noch behände herum.

Der junge Herr setzte sich auf die Bank, die versteckt in einer Nische stand. Sein Vater hatte die hier angebracht, weil er sich so manches Mal mit einem jungen Küchenmädchen heimlich treffen wollte, als er noch jung und ledig gewesen war, hatte ihm Berta erzählt.

Einen Becher heiße Milch, mit Honig gesüßt, stellte Berta schon mal auf den Tisch. Dann folgte ein Tonnapf mit einem großen Stück Fladenbrot und darauf gebratener, herrlich knuspriger Speck. Vorsichtig sah Moritz sich um – nein, seine Mutter war nirgends zu sehen –, er konnte mit den Fingern essen, was mit einem Hornlöffel recht mühevoll war.

Nachdem der junge Herr sich satt gegessen hatte, säuberte er seine Hände mit einem Tuch, bedankte sich freundlich bei Berta und machte sich auf zu seiner Mutter. Er wusste, um diese frühe Zeit war sie schon im Schafstall. Es war ein harter Winter und die Tiere mussten vor Eis und Kälte geschützt werden. An diesem Tag war die Zählung dran und recht schwer, denn ständig wechselten die Tiere von einer Stelle zur anderen. Ende des Winters sollten die wieder mit dem Schäfer Bernt zum Grasen raus, das waren die so gewöhnt. „Frau Mutter, habt Ihr etwas Zeit für mich? Es ist wirklich wichtig, bitte."

Gräfin Isolde steckte ihr Büchlein und die den Federkiel in ihre Rocktasche und kam zu ihren Sohn. „Hast du schon dein Frühmahl gegessen? Ich leider noch nicht, aber es wird jetzt Zeit dazu, komm mit." Unter ihren Schuhen knirschte der Schnee, der nur noch hier so dick lag. Vor dem Tor auf den Wiesen taute es schon.

Bruno, der Stallmeister, wollte ein Pferd zum Schmied bringen, es hatte ein Eisen verloren. Eigentlich sollte das der Bub Timo machen, aber der war wieder einmal nirgends zu finden. Timo, elf Jahre alt, war ein Findelkind, die Herrin hatte ihn bei einem Ausritt zu Pferde im Wald gefunden. Seit dieser Zeit wohnte er in einer kleinen Kate, die gleich hinter dem großen Turm stand, mit dem Schäfer Bernt zusammen. Bruno trat aus seinem Häuschen, zog seinen braunen Kittel mit einem Ledergürtel zusammen. Es war kalt, aber er hatte von seiner Berta eine warme Bruche bekommen und ein warmes Unterhemd, so dass der derbe Kittel reichen würde. Er grüßte die beiden Herrschaften freundlich und zuvorkommend. „Nehme Er doch gleich die Kiepe Eier mit zum Dorfschmied!", rief ihm Gräfin Isolde nach.

Da kam auch schon Wentel, die Kleinmagd, und reichte Bruno den vollen Tragekorb. „Wohl, wohl", sagte Bruno, nahm den und an die andere Hand das Pferd an den Zügeln und trottete los zur Zugbrücke. Die beiden Wachen, Uto und Gero, waren noch nicht an ihrem Platz, sicher hatten sie wieder verschlafen, dachte Bruno.

Im Gemach der Gräfin setzte sich Moritz neben seine Mutter und erzählte über sein nächtliches Abenteuer in der Bibliothek. Gräfin Isolde sah ihn zweifelnd an. „Bist du sicher, dass du das nicht nur geträumt hast?" Moritz schwieg zu diesen Worten. Isolde wusste, ihr Sohn neigte nicht dazu zu lügen oder gar zu übertreiben. „Wir werden die Männer nach ihr suchen lassen. Hol den Kunibert, den Bruno, wenn der wieder da ist, und den Bernt dazu – und du selbst suchst auch noch mit."

Berta und Wentel hatten einige Wortfetzen aufgeschnappt und schnatterten nun aufgeregt durcheinander. „Ich habe das Fräulein wohl gesehen, als es ankam, aber dann nicht wieder", sagte Wentel wissend zu Berta. „Mit dem wird es wohl noch einigen Ärger geben, so etwas sehe ich", antwortete Berta verdrossen.

Moritz und seine Mutter brachten die Schafszählung zu Ende. Dann ging der Sohn zu den Männern in die Bibliothek und wollte mithelfen, die Jungfer zu suchen. Die Männer standen ratlos da. Kunibert, dem es sehr schlecht ging – er hatte einen furchtbaren Husten –, sprach völlig heiser zu ihm. „Herr, wir haben alles abgesucht, aber die Jungfer ist wie vom Boden verschluckt."

Sebastian, der Hausdiener, stand neben einem Pfeiler und sah genauso hilflos aus. Seine alten Knochen vertrugen das Klima in der Burg nicht mehr und er sehnte sich nur nach Wärme und Ruhe. Als Moritz ihn so sah, hatte er fast die gleichen Gedanken: Der Diener müsste endlich ausruhen, er war schon lange ein Greis ... Der junge Herr hatte seine beiden Arme hinter dem Rücken verschränkt und ging immer hin und her. „Hm ..., Leute, geht wieder an eure Arbeit, es wird sich finden. Sebastian, komme Er doch einmal mit zur Gräfin Isolde."

Die Männer verließen die Bibliothek und zogen sich ihre Stiefel, die sie davor stehen gelassen hatten, wieder an – die Herrin wollte das so. Moritz sah noch einmal in die Runde und verschwand dann mit Sebastian.

Seine Mutter war jetzt bei den Pferden und nicht mehr in ihrem Gemach. „Warte Er hier, ich hole die Gräfin", er wollte dem alten Mann die vielen Treppen und die Leiter ersparen. Isolde striegelte ihre Stute. Sie hatte ihren langen Schal, den sie sich immer um den Kopf und Hals band, über die Stalltür gehängt. So unbedeckt war nicht anständig und Moritz gab seiner Mutter ohne ein Wort den Schal in die Hand. „Ja ..., du mit deiner Sittsamkeit!", grollte sie ihrem Sohn. „Kommt, Frau Mutter, wir gehen noch einmal zusammen in die Bibliothek und auch zu Sebastian, Ihr solltet ihm sein Gnadenbrot geben. Er ist alt und krank und einfach zu schwach, um hier weiterzudienen. Frau Mutter, seht ihn Euch doch einmal richtig an."

Isolde blickte voller Stolz auf ihren Sohn. Ja, der war zum Manne gereift und hatte gute Anlagen: Er konnte auch an andere denken und sorgte sich um sie. „Frau Mutter, es muss da etwas geben in der Bibliothek, was wir beide nicht kennen oder übersehen haben!", beharrte er. „Als ob ich nichts anderes zu tun hätte, die Jungfer probt doch nur ihre Machtspielchen, weiter nichts, und wir fallen auch noch darauf rein! Und über Sebastian habe ich auch schon nachgedacht, soll er doch in die Kammer über dem Schweinestall ziehen, da ist es fast immer warm."

„Sollte das so sein und die Jungfer hält uns hier zum Besten, dann, liebe Frau Mutter, vergesse ich meine gute Erziehung und verdresche der so ihren Arsch, dass sie darauf drei Tage nicht sitzen kann!" Jetzt war Isolde lieber ruhig, denn wenn Moritz in diesem Ton sprach, war Vorsicht geboten, dann hatte sogar sie höllische Achtung vor dem eigenen Sohn!

In der Bibliothek saß noch immer Sebastian und wartete. „Höre Er", sprach die Gräfin, „Er kann ab sofort in die Kammer ziehen, die mein Sohn ausgebaut hat. Dort hat Er es warm und Berta wird Ihn immer gut versorgen. Habe Er Dank für die vielen Jahre und genieße sein Gnadenbrot, wir werden für Ihn sorgen, Er wird keine Not leiden." Sebastian verbeugte sich stumm vor seiner Herrin und ging. Er hatte Tränen in seinen Augen und konnte seinen Dank nicht aussprechen. Er war froh, nun nicht mehr den ganzen Tag hier zwischen den feuchten kalten Mauern verbringen zu müssen.

Nach langem Suchen lehnte sich Isolde erschöpft an den Sims einer Wand. Moritz sah seine Mutter besorgt an und bemerkte gleichzeitig, dass die Stundenkerzen fast heruntergebrannt waren. Erschrocken sprang Isolde plötzlich zur Seite, sie bekam einen sanften Stoß – die Regalwand mit den Büchern drehte sich um! Entsetzt sahen sie beide, was da geschah ... Es knirschte im Gebälk und schon stand die Wand mitten im Raum! Mit fester Stimme sprach Moritz zu seiner Mutter: „Das wird wohl des Rätsels Lösung sein."

Da sprang Stromer aus der Dunkelheit erfreut auf sie zu. Moritz wagte sich in den dunklen geheimnisvollen Gang, nachdem er sich noch eine Fackel vom Flur geholt hatte. Er leuchtete vor sich hin und sah Eilika mit dem Rücken an der Wand auf dem Boden sitzen. Ihren Kopf hatte sie auf ihre Arme, die auf beiden Knien ruhten, aufgelegt. Vorsichtig drehte sie ihr Gesicht dem hellen Schein entgegen. Träumte sie das nur oder war es wirklich der junge Herr, der da mit der Fackel in der Hand vor ihr stand?

Zum ersten Mal war sie froh, den zu sehen, stand mühselig auf und ging vorsichtig auf ihn zu. „Es ist also endlich vorbei?", sprach sie, völlig am Ende ihrer Kräfte, zu ihm. Sie berührte unbeirrt den Ärmel seiner Felljacke, um zu spüren, dass sie nicht träumte.

Moritz nahm sie in den Arm und führte sie, die Fackel weit von sich haltend, aus dem geheimen dunklen Gang der Bibliothek. Draußen drückte er sie der Mutter in die Hand und brachte die Jungfer in das Badehaus.

Hier war es immer sehr warm, weil das Feuer im Kamin nie ausging und auf einem Dreigestell immer ein großer Kessel mit heißem Wasser brodelte. Einmal in der Woche mussten sich alle vom Gesinde hier gründlich waschen, wer wollte, durfte auch den Bottich zum Baden benutzen. Wentel war dafür zuständig, das verkochte Wasser nachzufüllen. Die Männer wechselten sich ab beim Nachfüllen mit kaltem Brunnenwasser.

In der Bibliothek besah sich Isolde voller Neugier den langen dunklen Gang – der interessierte sie doch sehr! Eindringlich betrachtete sie den Sims, auf den man drücken musste, um diese geheimnisvolle Wand zu bewegen. Zwanzig Jahre wohnte sie nun schon auf der Burg, aber von diesem Geheimnis hatte sie nichts gewusst, ebenso wenig ihr Gemahl, der hätte ihr das gesagt.

Moritz hieß Eilika, sich auf einen Hocker in der Badestube niederzusetzen. „So, Jungfer, hier kann Sie sich in dem großen Bottich baden, ich schicke Wentel zum Helfen. Dann geht Sie in die Küche zu Berta, damit sie etwas in den Bauch bekommt." Eilika war froh, dieser schrecklichen Dunkelheit entronnen zu sein, dass sie sogar vergaß, ihrer Bissigkeit Ausdruck zu verleihen. „Danke, Herr. Ich weiß gar nicht, wie das alles passiert ist, auf einmal öffnete sich die Bücherwand und als ich mit dem Hund drin war in dem Gang, schloss sie sich wieder. Ich wusste nicht, was ich tun sollte."

„Komme Sie erst einmal wieder zur Ruhe und mache sich sauber, Sie sieht etwas …, nun ja, merkwürdig aus … Dann sehen wir weiter, Sie ist doch nicht verletzt?"

„Nein, nein, es geht mir wieder gut", versicherte Eilika.

Moritz suchte Wentel und erklärte ihr, was zu tun war. Inzwischen lief Eilika noch schnell auf den Abtritt, den die Mönche vor langer Zeit, zum Glück hier oben am Ende des langen Flures, angelegt hatten. Es war wie ein Häuschen im Haus, dachte sie.

Moritz erinnerte sich an die Augen der Jungfer und empfand zum ersten Mal, was das doch für eine holde Maid sei! Solche schönen, fast violetten Augen und so lang geformte Wimpern hatte er noch bei keinem Weibe gesehen. Dann wurde er wieder der liebreizenden Magd Wentel gewahr, schien die nicht viel graziler und liebenswürdiger als die barsche Eilika?

Verunsichert in seinen Gefühlen, fing er an, sich zu verhaspeln, und sprach zu Wentel: „Gehe Sie nun zu ihr ... und dann ..., ach, ist schon gut." Wentel schmunzelte, endlich hatte er sie als Maid und nicht als Magd bemerkt. Glücklich jubilierte sie in ihrem Inneren.

Sie ging mit einem Stapel Tücher zum Badehaus, legte sie ab und eilte in Eilikas Zimmer wegen frischer Kleidung. Sie sah sich in der Kemenate der Jungfer um, wie schrecklich! Überall lagen abgenagte Knochen herum und die Stiefel waren voller Schlamm und lagen auf dem Bett. Der Vorhang des Bettes lag abgerissen vor der Truhe. Das weiße Fuchsfell vor dem Bett war schwarz vor Dreck, das bekam sie doch nie wieder sauber, noch dazu im Winter, wo eigentlich nur das Nötigste gewaschen wurde! Wer wollte das schon gerne im eisigen Bachwasser?

Genau an diesem Bach stand Bruno, nachdem er das Pferd beim Schmied gelassen hatte, einem fremden Mann zu Pferde gegenüber, den er vor der „Einkehr" gesehen hatte. Sicher wollte der dort zu einem Mahle hineingehen. Der Reiter stieg vom Pferd und kam auf Bruno zu. „Höre Er, ich suche eine junge Maid mit einer wilden schwarzen Mähne und einem großen zottigen schwarzen Hund. Ich habe ihre Kutsche an der

Biegung zur Burg verloren. Sie kann doch nur hier sein, denn die Kutsche kam nicht wieder zurück." Alexander und der Diener waren auf dem Feldweg weitergefahren, um die Reserven des Feuerholzes zu begutachten.

Bruno sah den Fremden misstrauisch an, der sah nicht aus, als würde er ein Herr sein. Seine teure Mütze passte nicht zu seiner billigen Nesselkleidung. Sein Gesichtsausdruck war brutal, unbeherrscht. Der war noch recht jung, aber sehr kräftig gebaut und roch nicht gut. Sein Gewand war gewöhnlich und nicht sehr sauber. „Nein, da kann ich nicht helfen, so eine Maid wäre mir aufgefallen. Das ist hier ein kleines Dorf, da kenne ich alle jungen Leut. Fragt einfach in der Wirtschaft nach, die Er ja wohl sicher kennt."

Bruno hatte bei der Beschreibung des jungen Mädchens sofort an die Jungfer auf der Burg denken müssen, genauso sah die aus. Sollte die in Gefahr sein? Er würde mit dem Herrn darüber sprechen müssen, aber er vergaß es wieder.

Indessen erzählte Eilika beim Baden der Magd Wentel, was ihr in der Bibliothek widerfahren war. In ihrer Kemenate fiel sie erschöpft auf ihr Bett, so dass ihr Wentel eine Speise dahin brachte.

Am anderen Tag ging die Jungfer gleich nach dem Frühmahl, ohne zu fragen, in den Pferdestall, sattelte sich ausgerechnet den wilden Fuchs Himmelsstürmer. Der war leider sehr unberechenbar und wurde aus diesem Grunde selten geritten. Die Gräfin hatte schon oft darüber nachgedacht, das Pferd ihrem ärgsten Feind Friedrich von den Weiden zu schenken – sozusagen als Friedensangebot. Plötzlich musste sie laut lachen, wenn sie nur den Gedanken daran hatte, wie der im hohen Bogen aus dem Sattel fliegen würde. Ja, manchmal konnte sie schon gemein sein, dachte sie bei sich.

Friedrich wollte ihre Wiesen haben. Er versuchte wirklich alles, um sie umzustimmen, sogar einen Heiratsantrag hatte er ihr deshalb gemacht. Natürlich hatte sie den nicht angenommen. Ein Mann musste sie lieben – und sie ihn –, wenn er sie haben wollte … Eines schönen lauen Sommerabends hatte der gar mit seiner Laute unter ihrem Schlafgemach von seiner Minne zu ihr gesungen. Es klang nicht schlecht, musste sie zugeben, aber sie fühlte sich nur geschmeichelt – weiter nichts. Doch das wollte der Verschmähte einfach nicht verstehen. Langsam wurde daraus eine Last für sie, so ließ sie sich mehr und mehr verleugnen, wenn er kam. Ihr Leben gefiel der Gräfin, so wie es war – ohne einen Gemahl –, sie hatte in den Jahren als Witwe begriffen, was Freiheit bedeutet.

Nun stand Friedrich, aufdringlich, wieder in vollem Harnisch und bis zu den Zähnen bewaffnet vor dem Tor und begehrte Einlass. Moritz zwinkerte seiner Mutter zu. „Was habt Ihr nur gegen den? Er sieht doch gut aus, hat ein kleines Schloss hinter den Bergen, viel Gesinde und Euch erwartet ein Gemahl in mannbarem Alter." Isolde wurde brennend rot vor Verlegenheit, wie sprach denn ihr Sohn mit ihr? „Lass mich nur machen", antwortete sie. Sprach ein Sohn so zu seiner Mutter, die Jugend hatte wirklich keine Achtung mehr vor dem Alter!

Die Gräfin und ihr Sohn Moritz hatten hier auf dieser einsamen Burg mit großem Vertrauen zueinander gelebt, das jetzt gestört zu sein schien. Isolde wusste auch, dass sie sehr empfindlich war. Warum sprach der Sohn nur so zu ihr? Wollte er sie von der Burg haben?

Sichtlich enttäuscht, lief sie die vielen Treppen hinunter zu dem Gast, den sie nicht eingeladen hatte. „Gott zum Gruße, edle Frau." Sie sah ihm in sein grinsendes Gesicht. „Gott zum Gruße, Herr, kommt nur gleich in den Stall. Den Fuchs, den Ihr so bewundert, schenke ich Euch. Dafür bitte ich für mich, dass Ihr mich für alle Zeit in Ruhe lasst. Die Irmelin von dem hohen Berg wäre Euch sehr zugetan, überdenkt das einmal."

Friedrich sah etwas seltsam zu Isolde. Für den Fuchs hatte er schon immer eine Schwäche gehabt, das wäre kein schlechter Tausch! Das mit der Irmelin, nun, das hatte er noch gar nicht gewusst, auch die war nicht zu verachten. „Edle Frau, ich danke ergebenst für den Hengst, ich dachte nur, dass der bei Euch zur Zucht gebraucht würde, ich nehme den dankend an. Aber eine Wiese könntet Ihr mir doch verkaufen, Ihr habt ja noch genug."

Isolde ging in den Stall und er hinter ihr her. Sie verdrehte ihre Augen: Gott, sollte er doch eine Wiese haben, wenn sie ihn dafür nur nicht wiedersehen müsste! Sie suchte den Stall ab nach dem Hengst, konnte ihn aber nicht finden. Da kam Timo, der Stalljunge, hereingestürmt, hier konnte er sich am besten verstecken. Der Junge wollte nicht zu den Schafen, denn er kam mit dem Leithund Bello nicht aus, der ihn immer wieder angriff. Davor hatte er Angst. „Herrin, die Jungfer ist mit dem wilden Hengst ausgeritten, am frühen Morgen schon. Ich habe sie gesehen, als ich die Streu für die Pferde fertiggemacht habe, und habe sie gewarnt, aber sie hat nur gelacht."

„Lass nur, Timo", die Gräfin strich ihm wie immer zärtlich über sein Haar, „sie wird schon zu spüren bekommen, was sie da getan hat. Dich trifft keine Schuld, mein Kleiner." Sie drückte ihm einen Pfennig in seine kleine, nicht sehr saubere Hand. Timo, solche Zuwendungen nicht gewöhnt, stolperte vor Aufregung über seine eigenen Beine und verlor einen Holzschuh. Er bedankte sich artig, nahm den auf und ging davon.

Isolde schmunzelte, als sie dem kleinen Wildfang hinterhersah. Ach, war das schon lange her, als ihr Moritz so klein war! Nun war der zu einem stattlichen jungen Mann herangewachsen und sollte sich nach einem Weibe umsehen. Sie als Mutter hatte keine Macht mehr, ihn zu zwingen, eine Jungfer zu freien.

Moritz hatte einen starken Willen entwickelt und konnte so starrköpfig sein wie sein Vater. Ja, er war in vielen Dingen wie ihr verstorbener Gemahl. Die Wentel war zwar arm, aber sie hatte alle Voraussetzungen für eine Gräfin: Gute Erziehung, ein angenehmes Aussehen und die konnte sich anpassen. Aber noch nie hatte Isolde bemerkt, dass Moritz sich für diese Jungfer interessiert hätte. Vielleicht musste sie da etwas nachhelfen, denn sie würde zu gerne die Burg voller Enkelkinder haben! Ja …, nun war sie alt, dachte sie wehmütig. Dabei sah sie mit ihrer noch immer jugendhaften Figur und ihrem vollen Haar sehr schön aus. Sie waren zwar grau, aber ihre hellen Augen waren jung geblieben, und ihren Liebreiz hatte sie sich bewahrt und so mancher Freier von nah und fern hatte um ihre Hand angehalten, aber sie hatte sie alle abgewiesen. Hier hatte die Gräfin gelebt und hier wollte sie auch sterben.

„Frau Mutter, träumt Ihr etwa?", Moritz sah seine Mutter verwundert an. Isolde erschrak. „Aber nein. Was willst du denn?" Moritz erinnerte seine Mutter daran, dass es Zeit war, sich zum Essen zu begeben. Ihr Gast, die Jungfer, würde natürlich wieder fehlen, und das wie immer ohne Entschuldigung. Die hatte wirklich keine Manieren! Trotzdem machten sie sich beide Sorgen.

Eilika spürte, dass der Hengst versuchte, seinen Willen durchzusetzen, sie gab dem Pferd die Sporen und das spürte genau die Stärke seines Reiters und parierte folgsam. Sie durchquerte jetzt das Dorf. Die Leute sahen scheu zu ihr auf, keiner kannte sie. Die Weiber sahen Eilika missbilligend nach. „Dreist, dieses Weib, ein Gebaren, wie es sich für eine Jungfer nicht geziemt. Sie hat nicht einmal die Haare gebändigt und ihre weißen Schenkel sehen unter dem Kleid hervor. Da muss ja ein Mannsbild verrückt werden!", beschwerte sich die Schustersfrau bei der Kräuter-Emma. Die betrachtete sich das schamlose Weib auf dem Pferde. „Das könnte die sein, die der Fremde gesucht hat und der in der Schmiede wohnt. Hannes, lauf dahin und erzähl ihm, dass die Jungfer, die er sucht, hier ist!", schrie sie ihrem Sohn zu, der gerade seine schwere Kiepe mit gesammeltem Holz aus dem Walde vom Rücken nahm.

Schon kam der Fremde angeritten. Eilika spürte, dass der Hengst unruhig wurde, sie hielt die Zügel straffer und ritt aus dem Dorf, ohne die Weiber zu beachten. Sie hatte die Worte der Leute nicht ernst genommen, wer sollte sie schon suchen!

Der Fremde ritt mit sicherem Abstand hinter Eilika her. Am Waldessaum hielt sie an, der Fremde versteckte sich schnell hinter einem starkwüchsigen Ahornbaum. Der dicke Fellumhang, so warm der auch hielt, störte jetzt sehr.

Sie warf ihren Degen, den sie immer umhatte, achtlos auf den Waldboden, stieg vom Pferd und besah sich den Vorderhuf des Pferdes. Na, kein Wunder, dass der hinkte, das Eisen hatte er verloren! Kaum hatte sie das Bein des Pferdes losgelassen, verspürte der in Freiheit und ohne seine Last den Drang, sich aufzubäumen. Dann schlug er wild mit der Hinterhand aus, wieherte schrecklich und ließ sich nicht mehr bändigen. So etwas war Eilika mit einem Pferd noch nie widerfahren!

Erschrocken, versuchte sie, den Hengst zu besänftigen und dann schnell aus dessen Reichweite zu entfliehen, das schien ihr weitaus sicherer. Der Hengst widersetzte sich ihr heftig und ließ sich nicht beruhigen. Sie ließ ihn sich austoben, lehnte sich mit ihrem Rücken an den Stamm eines Baumes und sah ihm zu.

Das hielt der Fremde für die Gelegenheit, sie zu bedrängen und einzuschüchtern. Es war schon eine Zeit her, dass sie ihm einmal eine Lektion erteilt hatte, und das vor gaffendem Volk auf dem Markt! Diese Schmach würde er ihr heimzahlen, und zwar jetzt!

Er war ein kräftiger Kerl geworden und ihr jetzt bestimmt gewachsen. Noch einmal würde sie ihn nicht besiegen, er glaubte fest, dass er seither kräftiger sei und seinen Degen länger zum Kampfe bewegen könne.

Der Kerl schlich sich an Eilika heran. Unter seinem Schritt knirschte der Schnee, der sich hier im Walde viel länger gehalten hatte. Eilika schnellte erschrocken herum und sah den

Fremden, der sich behände heranschlich. Sein Gesicht kam ihr bekannt vor – und drückte Wut aus! Jetzt stand er vor ihr.

„Nun, will Sie sich noch immer mit mir anlegen, Jungfer Eilika?" Er zog seinen Degen sehr langsam aus der Scheide. Eilika bemerkte mit Schrecken, dass sie ihren nicht umhatte und der noch immer im Schnee lag!

Da drangen harte Worte an ihre Ohren. „Er wird sich doch wohl nicht an einer wehrlosen Jungfer vergreifen wollen?" Erlöst, sah Eilika Moritz heranpreschen und seine Gesichtszüge versprachen nichts Gutes. Wo kam denn der so schnell her?

Geschwind drehte sich der Fremde um, erschrocken sah er den jungen Herrn an, den er nicht kannte. Eilika aber nutzte diese Gelegenheit aus, eilte schnell zu ihrem Degen und rief Moritz zu: „Überlass Er mir den, mich hat er bedroht und nicht Ihn, ich glaube, ich habe mit dem noch eine alte Rechnung zu begleichen!" Ihr schwirrten plötzlich gewisse Erinnerungen durch den Kopf.

„En garde!", rief sie dem verdutzten Angreifer zu. Jetzt wusste sie es ..., das war Heimo vom Markt ihres Heimatdorfes, den sie im vorigen Jahr so schmachvoll verprügelt hatte. Heimo kämpfte verbissen und voller Wut, er ließ sich zu sehr von seinem Hass leiten und machte so laufend Fehler. Seine Degenstiche gingen immer öfter ins Leere und die Spitze endete schließlich in einem Baumstamm. Verflucht!

Mit Gewalt versuchte er, sie wieder herauszuziehen, und machte dabei eine lächerliche Figur. Als er mit voller Wucht rückwärts in den Schnee fiel, weil er zu viel Kraft angewendet hatte, lachte ihn Eilika wieder mal aus. Sie wartete, bis er wieder auf die Beine kam.

Moritz bewunderte Eilikas Kampfstiel und ihre Ehrlichkeit. Sie war dem Fremden in Gewandtheit weit überlegen, aber nicht in Stärke, leider. Der Degen wurde immer schwerer in ihrer Hand. Heimo schlug verbissen zu und sie parierte diesen Schlag gekonnt. Schließlich schlug sie ihm mit letzter Kraft seinen Degen aus der Hand. Verdattert sah Heimo ihm hinterher. Moritz lachte, dass ihm die Tränen kamen!

Eilika war sehr erschöpft, lange hätte sie dieses Duell nicht mehr durchgehalten. Sie atmete schwer. „Nehme Er seinen Gaul", sie schnappte nach Luft, „und seinen Degen und verschwinde Er auf Nimmerwiedersehen! Das nächste Mal trenne ich seinen Kopf vom Rumpfe!" Entsetzt fasste sich Heimo an seinen Hals und stieg voller Entsetzen auf sein Pferd.

Wieder hatte er verloren, Heimo war nun voller Wut. Er würde einen Weg finden, um sie zu demütigen, vielleicht sogar einen Kopf kürzer machen. Schon bei diesem Gedanken ging es ihm besser.

Moritz gab dem Geschlagenen seinen Degen zurück. „Ich gebe Ihm einen guten Rat: Sie ist unberechenbar, mach Er nur schnell, dass er wegkommt." Er musste schmunzeln. Eilika saß indessen wieder auf dem Hengst, der hatte sich ausgetobt und war jetzt lammfromm. „Komme Sie, wir reiten jetzt heim", sagte Moritz zu ihr. Sein Ton, der sehr bestimmend war, reizte sie zum Widerspruch. „Er hat doch wohl Augen in seinem Kopf und gesehen, ich brauche keine Amme mehr!", entgegnete sie ihm aufmüpfig. Moritz schluckte ob der frechen Antwort.

„Das wohl nicht, aber ein bisschen Benehmen würde Ihr bei Gott nicht schaden. Sie hat viel Ähnlichkeit mit einer einfachen Hure. Verstecke Sie ihre weißen Schenkel etwas oder sucht Sie einen Kerl zum Beischlaf?"

Eilika hatte seine Worte voller Wut vernommen und preschte mit dem Hengst davon. Ihre Röcke schoben sich bei diesem wilden Ritt wieder nach oben und die Spitzen ihrer Unterhose waren zu sehen. Sie spürte es sehr wohl, denn ihr wurde kalt. So ein verdammter Mist, dachte sie erbost! Zu Hause hätte Eilika die Beinkleider des Vaters angezogen, aber hier würde wohl die Dame des Hauses in Ohnmacht fallen, wenn sie die Jungfer in den Beinkleidern eines Mannes sehen würde.

Die Burgherrin konnte ihre Neugier nicht mehr beherrschen, wo wohl der dunkle Gang hinter der Bibliothek hinführte? Sollte sie Sebastian Bescheid sagen oder nicht? Sie zog sich ihre alte Pelzjacke über und nahm eine Pechfackel von der Wand und stieg mit dieser in den geheimnisvollen Gang. Es war kalt hier und schon etwas unheimlich, sie erschauerte. Spinnweben hingen von der Decke und streiften manchmal ihr Gesicht, was sie jedes Mal sehr erschreckte. Der Saum ihres dunkelroten Samtgewandes wirbelte den Staub von vielen Jahren auf.

Der Gang endete in einer großen Höhle. Eine in den Felsen gehauene Treppe schloss sich an. Zaghaft stieg die Gräfin einige Stufen hinab. Die Wände der Höhle glitzerten, war das Silber? Isolde hielt die Fackel, die ihr den dunklen Weg beleuchtete, fest in ihren Händen. Sie erschauerte: Es war gespenstisch ruhig!

Plötzlich stolperte sie über etwas. Entsetzt sah sie auf ein menschliches Skelett! Dessen Totenkopf kullerte über die Steine den Abhang hinunter. Fledermäuse flogen aufgeschreckt von der Decke, wo die zu Hauf hingen. Isolde schrie entsetzt auf, eine Fledermaus hatte sich in ihren Haaren verfangen. Gänzlich verängstigt, versuchte sie mit einer Hand, dieses unheimliche Tier aus ihrem Haar zu entfernen, was ihr auch gelang.

Ihr fiel die Fackel aus der Hand und zu allem Unglück auf den Pelz eines schlafenden Bären. Der brummte ungehalten ob der Störung in seinem Winterschlaf. Er erhob sich in seiner ganzen Größe, um sich die Fackel von seinem Pelz zu schütteln. Die Gräfin wirkte neben dem Bären wie ein Spielzeug. Entsetzt rannte sie in die Richtung zurück, aus der sie gekommen war. Die hohen Stufen waren sehr beschwerlich, oben angekommen, sah sie zurück, die Fackel, die neben dem Bären lag, brannte noch immer und warf auf die Höhle ein gespenstisches Licht.

Der Bär hatte mit sich zu tun und leckte mit seiner großen Zunge das verbrannte Fell an seinem Bein. Ohne Fackel musste Isolde nun im Dunkeln laufen, um endlich den Lichtschein aus der Bibliothek weit oben sehen zu können. Eine brennende Fackel hatte sie zum Glück, bevor sie den Gang betreten hatte, noch dort angebracht. Der Bär geiferte, gab schreckliche Laute von sich und schüttelte sich noch immer, er war noch gar nicht richtig wach.

Die Gehetzte blieb stehen, um einmal richtig durchzuatmen. Da nahm sie eine Tür in der Felswand wahr, die sie vorher übersehen haben musste. „Nein", dachte sie, „da sehe ich jetzt nicht nach, ein andermal, wenn Moritz mit dabei ist, das ist mir sicherer."

Der junge Herr betrat die Bibliothek, um hier auf seine Mutter zu treffen. Er suchte den kleinen Mauervorsprung, auf den er drücken musste, um den Gang, der noch geöffnet war, zu schließen. Dabei drangen Geräusche an sein Ohr und er hielt inne. Seine Mutter kam angerannt, außer Atem rief sie ihm zu: „Schnell ..., schließe den Gang!"

„Was war denn los, Ihr seid ja ganz außer Atem!" Isolde ließ sich erschöpft auf den Boden der Bibliothek gleiten. Der Schreck saß ihr noch in allen Gliedern! Verschmutzt und zerkratzt, sah sie fürchterlich aus! „So ..., so einen großen fürchterlichen Bären habe ich noch nie so nahe gesehen. Der hat dort bestimmt sein Quartier. Es muss also dort auch einen Ausgang geben, wie käme sonst der Bär in die Höhle hinein? Lass uns das morgen ansehen."

Beide wechselten in das gemütliche Turmzimmer, das bekam man sogar im Winter warm. Einige Felle bedeckten den Boden und in einem Kamin flackerte ein Feuer, die Holzscheite krachten im Kamin, war das hier heimelig! Hier hielten sich Mutter und Sohn am liebsten auf.

Sebastian brachte gerade einen Korb Feuerholz herein. „Das braucht Er doch nicht mehr zu tun", sagte Gräfin Isolde zu ihm, „der Tim versorgt uns jetzt mit Brennholz. Er kann nun ausruhen." Sebastian sah sie mit seinen warmen Augen ein bisschen traurig an. „Herrin ..., ich kann solche Kleinigkeiten noch tun, schickt mich nicht weg." Isolde war gerührt über so viel Treue.

Sie nickte ihm freundlich zu. „Tu Er das nur, wenn Er die Kraft dazu verspürt, wir freuen uns sehr, wenn Er noch Freude an der Arbeit hat." Der alte Sebastian lief, schon sehr gebückt, glücklich auf leisen Sohlen aus dem warmen Burgzimmer.

Wentel brachte heißen Tee von Berta aus der Küche, servierte ihn auch gleich. Isolde beobachtete ihren Sohn sehr genau, wie der auf diese liebliche Jungfer sah. Doch Moritz war genervt, er wollte endlich seine Geschichte loswerden – das, was er im Walde mit der Jungfer Eilika erlebt hatte. Nach seinem Bericht runzelte seine Mutter bedenklich die Stirn. „Ab morgen, nachdem ich Bruno angewiesen habe, werde ich mich um diese unerzogene Jungfer kümmern. Das wird ein schweres Stück Arbeit werden. Moritz ..., sie war in Gefahr, wenn der Unbekannte sie nun getötet hätte! Ja, ich weiß, du hast aufgepasst, zum Glück, aber du kannst nicht immer da sein – und was dann?", sprach sie beunruhigt. „Wenn sie mir nicht gehorcht, dann muss ich einen Hauslehrer kommen lassen und sie in ihrer Kemenate einsperren. Du musst frische Tinte sowie einige Pergamenthäute besorgen, Federkiele habe ich noch in meinem Schreibzimmer liegen. Die Jungfer ist sicher unkundig des Lesens und Schreibens und vom Latein hat sie sicher auch noch nichts gehört", seufzte die Gräfin. „Berta erzählte mir, sie soll fressen wie ein Schwein. Mich wundert nur, dass sie so sauber an sich ist."

„Stimmt, jede Magd kann sich besser ausdrücken und benehmen." Moritz musste unwillkürlich an Wentel denken, ihr liebes und freundliches Gesicht. Auch war sie gar schön anzusehen mit ihren langen braunen Haaren, die sie immer sittsam geflochten trug. Ihre warme freundliche Stimme hörte er gar zu gerne und ihre wunderschönen Augen konnten leuchten wie Sterne. Warum musste er ausgerechnet jetzt daran denken?

Sogleich schob sich wieder das wilde Antlitz der Jungfer Eilika vor seine Augen. Sie forderte ihn durch ihre Widerspenstigkeit heraus. Der Teufel persönlich musste bei der Pate gestanden haben! Sie würde nie eine folgsame Burgherrin werden, befürchtete er wohl zu recht. Aber diese kecke Jungfer brachte einiges in seinem Inneren durcheinander. „Aber mit dem Degen kann sie kämpfen wie ein gestandener Kerl", verteidigte sie jetzt der junge Herr, „dass es eine Freude ist, ihr zuzusehen … Sie müsste auch lernen, ihr Haar einzubinden, sie läuft herum wie eine Wilde. Na, Ihr werdet das schon machen, Frau Mutter. Wir müssen am Ende des Winters, wenn der Frühling kommt, die Steuern und Abgaben zum Herzog bringen, hat Sie daran schon gedacht?"

„Die Taler habe ich noch nicht fertig abgezählt und die Zusammenstellung der anderen Abgaben ist des Hofmeisters Aufgabe, da werde ich heute Abend nachfragen müssen."

Sebastian klopfte an die Tür, um Einlass zu begehren. Moritz öffnete ihm. Der Alte verbeugte sich vor seiner Herrschaft. „Herrin, Augusts Weib ist eben gestorben, am Fieber. Der steht hier draußen, darf der zu Ihr kommen?" Isolde sah Sebastian erschrocken an. „Natürlich, herein mit dem armen Kerl!" August sah mit verweinten Augen seine Herrschaft hilflos an, er drehte seinen Hut in den Händen aufgeregt hin und her. Isolde ging zu ihm. „Setze Er sich ans Feuer und erzähle Er mir, nur keine Angst!" August setzte sich vorsichtig auf einen Schemel.

Er begann leise und sacht, so wie es immer seine Art war, zu sprechen. „In der Nacht ist das Kleine gestorben, es war zu schwach, die Wehmutter hat es gleich gesagt. Und am Morgen wachte mein Weib nicht wieder auf. Nun steh ich allein mit acht Blagen da! Die kleine Anna ist gerade erst drei Jahre alt und kann noch nicht arbeiten. Der Paul ist fünf und hütet die Gänse und die Selma ist in der Herrschaftsküche, Arno arbeitet im Pferdestall mit Timo zusammen. Gerda, Rosalind und Annelie arbeiten in der Weberei. Der Große, Hans, will jetzt zum Turmwächter gehen, er soll angelernt werden. Ja, Herrin, wie soll ich die alle versorgen? Ich bin von morgens bis abends bei der Arbeit. Ich kann nicht kochen und waschen …" Bedrückt sah er seine Herrin an. „Ich werde die Mädels aus dem Dienst schicken und sie können zu Hause arbeiten, wäre Ihm das recht? Und einmal im Monat werde ich Ihm zwei Kreuzer geben." August stand auf und verbeugte sich vor ihr. „Dank, vielen Dank, der kommt aus meinem Herzen, Herrin." Er strebte dem Ausgang zu, wandte sich aber noch einmal um. „Herrin, darf ich meine Rosa auf dem Gottesacker hinter der Burg begraben?"

„Aber ja, reite Er ins Dorf zu Pastor Melchior Blankenheim und bespreche alles mit ihm. Wir bezahlen das Begräbnis, keine Angst, so will es der Brauch hier auf der Burg."

Moritz sah seine immer noch sehr schöne Mutter ehrerbietig an, ja, sie konnte gut mit den Leuten umgehen. Er trank noch seinen Tee aus, die traurige Nachricht ging ihm zu Herzen. Er hatte die Rosa gut gekannt, sie sogar ein bisschen bestaunt, wie sie mit ihrem Nachwuchs fertig wurde, die Kinder gehorchten ihr aufs Wort. Er nickte der Mutter zu und ging aus dem Zimmer, ohne ihr zu sagen, was er jetzt tun wolle. Alles musste sie ja nun auch nicht wissen, dachte er und ein Lächeln huschte über sein sonst verschlossenes Gesicht.

Er wollte seine gesammelten Felle prüfen. Er hatte bis jetzt einen Bären und vier Füchse erlegt und deren Pelze säuberlich aufbewahrt. Es sollte ein Geburtstagsgeschenk für die Mutter werden. Die alte Frieda im Dorf sollte die zu einem Mantel zusammennähen. Die Felljacke der Mutter, die sie tagein, tagaus trug, war unansehnlich, sie achtete wenig auf ihr Äußeres – das war ihr noch nie sehr wichtig gewesen.

Moritz fand, dass das sehr ungewöhnlich für ein Weib ist. Aber die Mutter dachte immer an sich zuletzt. Erst vorgestern hatte sie der Jungfer Wentel einen neuen warmen Wollkittel aus ihrem Bestand geschenkt und der armen, aber vielköpfigen Familie des Köhlers ein Fass Honig für die Kinder gegeben. Das war selber ihr letztes gewesen. Berta hatte zum ersten Mal wütende Verwünschungen ausgesprochen. Wer weiß, wann man wieder diese süße Masse bekam! Toben, der Schäfer vom Gut des Vogts, war der Bienenmann, der holte den Honig aus den Bienenwaben, die in den Bäumen hingen. Und jetzt war Winter!

Seine Schwester Trine war eine gar schöne und zarte Maid und drei Jahre älter, als Moritz es war. Sie zeigte ihm, was Mann und Frau miteinander anstellen konnten, um glücklich zu sein. Bis der junge Herr endlich mitbekam, dass sie auch anderen jungen Burschen ihre Liebeskunst angedeihen ließ. Das machte ihn damals sehr wütend und er war wahnsinnig eifersüchtig gewesen. Sie hatte Glück, dass sie nie in gesegnete Umstände kam und Angst vor der Hölle schien sie auch keine zu haben! Wahrscheinlich kam auch der Teufel zu ihr, um in den Nächten mit ihr das Lager zu teilen. Ihr Vater, als ihm das endlich zu Ohren kam, prügelte sie aus dem Haus. Natürlich war es wieder Isolde, die Mitleid bekam und die Trine aufnahm. Das war vor Jahren gewesen. Er selber war damals zwölf Jahre alt gewesen – nun ein Mann von zweiundzwanzig Jahren!

Moritz konnte sich noch gut daran erinnern, eines Nachts hörte er ein fürchterliches Geschrei: Isolde hatte ihren Mann in der Gesindekammer der Trine erwischt. Die beiden waren so miteinander beschäftigt gewesen, dass sie nicht bemerkten, wie die Burgherrin Isolde nahte. Trine machte all die Dinge, die die Männer nun einmal liebten und die die Eheweiber sich scheuten und auch schämten zu tun – Trine hatte absolut kein Schamgefühl! Splitterfasernackt, wie sie war, musste sie die Burg verlassen. Isolde drosch die mit einem Reisigbesen davon. Die Trine fiel in den Burggraben, der ob des Tauwetters hohes Wasser trug. Sie schwamm in dem eiskalten Wasser zum Ufer und rannte um ihr Leben! Keiner hatte je wieder von ihr gehört.

Heinrich, Isoldes Gemahl, war so erschrocken, weil sein Weib plötzlich in der Kammer stand, dass er nicht so schnell umdenken konnte. Sein bestes Stück war noch in voller Größe. Verlegen zog er sich sein Fellwams, das neben dem Bettgestell lag, über seinen Körper, der noch sehr erhitzt war. Isolde kam zurück und nahm den Wasserkrug, der noch voll mit Wasser war und auf dem breiten Fensterbrett stand. Rasend vor Wut und Enttäuschung kippte sie Heinrich das Wasser über den Kopf. „Zur Abkühlung seiner heißen Lieb!", schrie sie ihn an.

Moritz hatte damals an einem Fenster im Gang der Burg gestanden und durch das Fenster in die Kammer der Trine gesehen – ein großes Kerzenlicht erleuchtete diese. Er hatte die ganze Angelegenheit mitbekommen. Er verstand seinen Vater, aber auch die Mutter.

Moritz wurde fünf Jahr später mit Trude vom Schwarzwaldhof verheiratet. Diese Ehe stand unter keinem günstigen Stern. Trude war sittsam, bescheiden und sehr häuslich und auch hübsch anzusehen. Sie gebar nach einem Jahr einen Knaben. Beide, der Knabe und sie, starben noch in derselben Nacht. Die Wehmutter Lieselotte aus dem Dorf hatte es nicht mehr geschafft, in dem fürchterlichen Schneesturm zur rechten Zeit die Burg zu erreichen. Das Kind befand sich in einer Querlage, eine Magd half dann der jungen Frau, das Kind zu gebären. Unter entsetzlichen Qualen endete Trudes junges Leben.

Moritz hatte Trude nicht geliebt, es war eine reine Muntehe gewesen. Aber er konnte ihren furchtbaren Tod so schnell nicht vergessen und trauerte ehrlich um sie.

Trude hatte mit ihren vielen Dukaten die Burg saniert. Isolde legte das Geld wohlweislich in Waldungen und Wiesen an, indem sie Land dazukaufte. Nun musste die Burg unbedingt an vielen Stellen ausgebessert werden, aber dafür wollte Isolde nicht einen Kreuzer hergeben – das rief einen ständigen Streit hervor zwischen ihr und ihrem Sohn.

Die Gräfin sah die Notwendigkeit der Erneuerung sehr wohl, versuchte sie aber trotzdem immer weiter hinauszuzögern. Die Holzläden waren marode geworden und die Dachschindeln auf dem Nebenturm, worunter sich das Zeughaus befand. Auch die vom Haupthaus hatte der letzte Sturm heruntergeholt und die Nässe zog in das Gemäuer ein. Moritz warnte immer wieder vor weiteren Schäden, aber die Mutter war leider taub auf diesem Ohr.

Der junge Herr arbeitete hart, das war er von Kindheit an gewöhnt. Moritz kümmerte sich um die Pferde, um die zwanzig Kühe, vier Bullen, für den Schweinestall war Gesinde da. Er beaufsichtigte den Anbau von Getreide, sah zu, dass die Scheunen gut gefüllt waren. Er ritt die Felder im Frühjahr ab, brachte nach dem Dreschen die Körner selber zur Mühle, die weit weg, einen Tagesritt entfernt, war. Natürlich hatte Moritz für die schwerste Arbeit im Stall Hilfe vom Gesinde, aber er scheute sich nicht, auch selber einmal eine Mistgabel anzufassen.

Irgendwann hatte er zu seinem Entsetzen bemerkt, dass sich die Rosa, die zu seinem Gesinde gehörte, schon wieder in anderen Umständen befand. Die bewohnte mit ihrem Mann August und sechs Kindern eine viel zu kleine Behausung im Gesindehaus. Und die sagten einfach kein Wort …! Das hatte Moritz wütend gemacht: Musste er sich denn hier um alles alleine kümmern?

Schäfer Bernt und Timo mussten raus aus ihrer viel zu großen Bleibe. Moritz steckte die beiden in zwei Kammern des Gesindehauses und die große Familie in die weiträumige Kate.

Und nun war Rosa gestorben ... Dem armen Mann und seinen Kindern galten Moritz' Gedanken. Ein Weib war wirklich schlecht dran, da hatten es die Kerle besser. Die mussten nicht ihr Leben einsetzen, um ein Kind zu bekommen. Das hatte der liebe Gott ungerecht verteilt!

Der junge Herr saß jetzt über seinen Plänen, die er für das Frühjahr machte, das würde ein schwerer Kampf mit der Gräfin werden! Aber in diesem Jahr musste Moritz die Dächer ausbessern lassen, da führte kein Weg dran vorbei! Am teuersten würden wohl die Ziegel sein, die er aus der Stadt herbringen lassen musste. Das Holz für die neuen Fensterläden gab es im eigenen Walde und August und Bruno konnten die nötigen Arbeiten selber verrichten. Die Schreinerei hier machte sich bezahlt!

Plötzlich ertönte ein spitzer Schrei, der aus Eilikas Kemenate drang. Isolde hatte zum ersten Mal ihre Beherrschung verloren und geschrien, weil die Jungfer mit ihren Schlammschuhen auf das weiße Fell getreten war. Auf dem Tisch wartete das Mahl. „Nun esse Sie schon!" Eilika griff zu, sie nahm die Hähnchenkeule und knabberte daran herum, dabei schmatzte sie ungeniert. Isolde war entsetzt, wie schrecklich sich diese Jungfer benahm! Eilika sollte lernen, sich bei Tisch zu benehmen, gerade zu sitzen und manierlich zu essen.

Isolde nahm ihr das Essen genervt wieder weg. „Erst einmal wasche Sie sich die Hände, dafür sind die Schüsselchen da, in denen ist Wasser, und die Tücher liegen daneben. Dann nehme Sie den scharfen Hornlöffel und schabe das Fleisch vom Knochen! Man trinkt nur kleine Schlucke und säuft nicht als Dame gleich den ganzen Becher leer! So kann Sie nie bei Hofe bestehen, dort muss man gute Umgangsformen haben."

Isolde warf ihrem Sohn einen verzweifelten Blick zu, sie war am Ende ihrer Kraft angelangt. Moritz stand aus reiner Neugier und mit verschränkten Armen an der Tür und sah sich diese Lehrstunde an. Oh Mann, die war vielleicht ein harter Brocken für seine feinsinnige Mutter!

Eilika schielte böse zu ihm hin, am liebsten hätte sie ihm eine Fratze geschnitten. Ihr Gesicht war beschmiert und das neue Gewand mit Wein bekleckert. Was klotzte der da so! Sie wollte hier raus! Wütend riss sie, beim zu schnellen Aufstehen, das Tischtuch mit herunter und die Speisen mit dem schönen Geschirr und die Weinkaraffe fielen zu Boden. Das weiße Fell eines Fuchses, den Moritz im Winter bei der Jagd erlegt hatte, färbte sich rot. Das war Eilika aber völlig egal, sie wollte nur hier raus! Der Hund lag vor dem Kamin und bewahrte die Ruhe, der kannte wohl sein Frauchen besser.

Die beiden Wächter der Burg staunten, als die Jungfer an ihnen vorbeilief, es war noch immer sehr kalt und die ohne warme Oberbekleidung! Eilika rannte Heimo, der schon eine ganze Weile vor der Burg stand, genau in die Arme. Das war seine Gelegenheit, das Weibsbild einmal ohne Waffe und so ausgeliefert zu sehen, das kam ihm gerade zupass. Er griff nach ihrem Arm und schleuderte sie in den Schnee, der sich langsam in Matsch verwandelte, weil es zu tauen anfing. Er trat mit seinem Fuß, an dem er einen schweren Stiefel trug, ihr mitten auf die Brust. Sie konnte vor Schreck und dann vor Schmerz schlecht atmen.

In ihrem Kopf arbeitete es auf Hochtouren. „Wie kann ich den überlisten?", fragte sie sich. „Lass Er ab ..., Er hat gewonnen ..., ich gebe Ihm einen Schatz, damit kann Er ... sich ein schönes Lehen kaufen und Gesinde dazu", keuchte sie schwer aus ihrem Mund. Heimo verstärkte noch den Druck mit seinem Stiefel. Eilika konnte nicht einmal vor Schmerz schreien!

Die Kälte kroch ihr in die Glieder und zu allem Unglück brach auch noch das Dunkel der Nacht herein. „Wo hat Sie denn den Schatz?" Eilika jubelte innerlich, die Gier hatte ihn übermannt. „Na warte, du Dummkopf, das sollst du mir büßen!", dachte sie erbost. „Lass Er mich endlich aufstehen, dann folge Er mir heimlich in die Burg. Es ist noch immer ein Geheimnis und ich habe es erst vor ein paar Tagen entdeckt."

Eilika schielte zu der Burg, ob die Brücke schon hochgezogen war, sie konnte es schlecht im Dämmerlicht sehen. Doch die Wachen waren zum Glück jetzt nicht da, das wusste sie. Um diese Zeit saßen die zum Abendmahl im Gesindehaus. Sie musste schnell handeln, ehe die wiederkamen und Posten beziehen würden.

Heimo sah sie misstrauisch an: Wollte die ihn vielleicht gar hereinlegen? Bei der musste er aufpassen, die war ein Luder! Sein Misstrauen spürte Eilika sehr wohl. Er war jetzt derjenige, der sie in der Gewalt hatte, und das gab ihm ein Machtgefühl besonderer Art. Eilika war schlau genug, sie musste sich jetzt einmal anpassen, damit sie den Kerl endlich für immer loswerden konnte!

Ganz langsam nahm Heimo seinen Fuß von ihrem Körper und sie konnte aufstehen, er half ihr nicht dabei, so etwas hatte er nie gelernt. Er kam aus dem Volke und die Umgangsformen der Reichen waren ihm fremd. Die Jungfer putzte sich den schlimmsten Matsch von ihrem Kleid. Sie sah, ihre schönen Schnabelschuhe waren dahin, die Seide war durchnässt, außerdem fror sie erbärmlich. „Komme Er immer hinter mir her und sei Er sehr leise."

Heimo dachte nur daran, dass er jetzt endlich reich werden würde, die Gier saß ihm im Blut. Nie wieder arbeiten oder gar hungern und frieren! Ein Haus haben und Weiber, so viel er wollte! Er könnte sogar seinen verhassten Stiefvater ermorden lassen, der ihn so manches Mal halb tot geprügelt hatte! Viel Taler bedeuten auch Macht – das wusste er nur zu genau.

Misstrauisch, aber vorsichtig, schlich er hinter Eilika her. Die warf einen Stein, um die Wachen abzulenken die eben gerade wieder um die Ecke kamen. Die waren so dumm und fielen auf diesen alten Trick herein und suchten, wo das Geräusch hergekommen sein könnte.

Schnell huschten die Wagehälse durch das Tor. Es war für Heimo ungewohnt, sich in dieser Kleidung zu bewegen, sie engte ihn ein. Sein neues Gewand hatte er aus einer Badestube gestohlen, den Degen dazu. Nicht gerade klein von Wuchs, hatte er Glück, dass das Gewand einem großen Menschen gehört hatte, es passte ihm gut. Kleider machen eben Leute – auch das hatte er gelernt.

Heimos blassblaue Augen wanderten aufmerksam hin und her, aber es war niemand zu sehen. Sein brauner langer Haarschopf war ungepflegt und passte nun nicht zu dem vornehmen Gewand. Erstaunt über die Pracht der Burg blieb er stehen, sein

Mund stand offen und seine Augen konnten sich nicht sattsehen. Dass es so etwas Schönes gab, konnte er so schnell nicht begreifen, er verglich es mit seiner armseligen Kate, in der er seine Kindheit verbracht hatte, und in dem Gasthof war es auch eher ärmlich. Stromer lag auf einem Fell unten im Eingangssaal und knurrte, als er den Fremden mit seiner Herrin sah. „Pst, sei still, Stromer", zischte sie den Hund an.

Jetzt standen sie vor der hohen Steintreppe: Wenn ihnen da jemand entgegenkommen würde, konnten sie nicht ausweichen. Das wäre ein zu großes Risiko! Aber hoch mussten sie! „Komme Er her in diese Nische, hier werden wir warten müssen, bis sie alle zur Nacht auf ihren Schlafstätten liegen werden, das wird bald der Fall sein. Die Gräfin achtet darauf sehr, denn Kerzen sind teuer, nie würde die zulassen, dass diese sinnlos brennen. Die Gefahr ist zu groß, auf der Treppe jemandem zu begegnen, versteht Er das?", sagte sie barsch. Er nickte, das verstand er schon.

Kaum standen sie versteckt unter der Treppe, da kamen der alte Sebastian und Moritz diese herunter. Und ob Eilika nun wollte oder nicht, sie musste die folgenden Worte nun sehr zu ihrem Missfallen hören ... „Wo kann diese unbändige Jungfer denn jetzt im Dunkeln nur sein?", fragte der alte Diener. „Sicher ist sie im Stall bei den Pferden, wenn nicht, dann müssen wir warten, bis sie wiederkommt. Ich werde das Gesinde, das schwer am Tage arbeitet, nicht aus seiner wohlverdienten Ruhe holen. Ihre Launen schlagen mir langsam aufs Gemüt. Was hat sich die Mutter da nur wieder aufschwatzen lassen, sie ist ein unerzogenes Balg und zu nichts nütze!" Moritz war erbost über

Eilika, das war seiner harten und verärgerten Stimme zu entnehmen.

Eilika zuckte zusammen. So war das also, so sah er sie, dieser eingebildete Geck! Ihr fiel vor Wut kein passenderer Schimpfname ein! Wie gerne würde sie den einmal vor ihrem Degen haben! Wütend ballte sie ihre Fäuste. Heimo grinste schadenfroh. „Jetzt können wir schnell die Treppe hochgehen, schnell, beeile Er sich!", raunte sie ihm zu. Beide rannten die Treppe empor. Stromer fasste das als neues Spiel auf und folgte ihnen auf den Fuß. Heimo sah dieses Ungetüm auf sich zurasen und geriet in Angst und Schrecken.

Die schmale Treppe hatte nicht Platz für drei, dafür war der Hund zu groß. Der drängte sich zu seiner Herrin durch, Heimo verlor das Gleichgewicht und landete unsanft in einer breiten Fensterbrettnische in der Wand, eine von vielen, die in der Mauer nach oben eingelassen waren. Eilika zerrte ihn da wieder raus. „Lass Er solche Sachen, wir haben keine Zeit dafür!" Heimo wurde langsam ärgerlich, was nahm sich dieses verdammte Weibsstück da heraus! Er hatte ja eben selber gehört, dass die zu nichts nutze war, und die wollte nicht einmal er in seinem Bette haben, sie war viel zu burschikos.

Oben, in dem dunklen Flur angekommen, erhellte ihnen der flackernde Schein einer brennenden Fackel an der Mauer den Weg zur Bibliothek. Schnell zog Eilika den verdutzten Heimo in den Saal hinein, in dem es stockdunkel war, und sie hatte eine Kerze vergessen! „Pst, sei Er ganz still, ich hole nur eine Kerze und dann zeige ich Ihm den Schatz." Was Eilika da vorhatte, war, gelinde gesagt, ein Verbrechen, aber darüber dachte sie in ihrer Hatz nicht nach!

Sie huschte schnell in ihre Kammer, um den Handkerzenteller zu holen, sie brannte die Kerze an einer Fackel im Gang an. Das heiße Wachs tropfte ihr auf die Hand, das spürte sie in ihrer Aufregung nicht. Eilika sah sich noch einmal um, alles war ruhig ...

Heimo stand im Dunkeln an der Wand, neben ihm eine Ritterrüstung, sicher, es war nichts hier, wovor er Angst hätte haben müssen, aber ihm war trotzdem unheimlich zu Mute. Nun, er war eben nicht der Wackerste!

War da nicht eben ein Rascheln gewesen? Kam da gar das Burggespenst auf ihn zu? Denn – da war er sich ganz sicher – so etwas gab es! Wie sonst sollte man sich zum Beispiel die vielen kleinen Flammen auf einem Moor erklären? Das hatte er selber gesehen, jawohl!

Geister waren unsichtbar, unheimlich! So ganz von allein kamen die Flammen da nicht hin! Und von ganz allein konnten die Götter auch kein Feuer im Himmel machen und auf die Erde schicken – dazu brauchten die ihre Geister! Und hatte seine Mutter nicht, nachdem sie dem Fritz aus der Getreidegasse einen Sack voller Korn gestohlen hatte, eine Missgeburt zur Welt gebracht? Gott hatte sie für diesen Diebstahl bestraft.

Auch Heimo selber hatte angefangen, über sein Leben nachzudenken. Es war nicht gottgefällig, was er bisher getan hatte, und er musste daran denken, einmal in der Hölle zu schmoren. Allein schon der Gedanke an das Höllenfeuer machte, dass er aufhörte, hier in der Kälte zu frieren.

Da kam die Jungfer wieder herein und nun sah er, zum ersten Mal, im Kerzenschein, wie schön sie war. „Starre Er mich nicht so an und komme Er mit mir. Ich werde aber nicht mit da hineingehen, das muss Er allein tun. Dort wird Er einen großen Schatz finden, versprochen, ich habe den selber gesehen", log sie drauflos.

Heimo war so gespannt, er sah verwundert, wie sie auf einen kleinen Mauervorsprung drückte und sich vor ihm dann die Bücherwand drehte. Fasziniert und auch vor Schreck ganz starr, sah er diesem Wunderwerk zu. Eilika leuchtete in den Gang hinein. „Warte Er hier, ich hole Ihm noch eine Fackel, damit Er etwas sieht." Schnell huschte sie aus der Bibliothek in den Gang zurück, um eine Fackel von der Wand zu nehmen, und drückte ihm diese in seine Hand. „Nehme Er die und gehe ein paar Schritte, dann sieht Er eine Tür, ich warte hier auf Ihn." Heimo nahm die brennende Fackel und betrat den geheimnisvollen Boden. Seine Gier nach Reichtum war größer als seine Angst.

Stromer fing an zu bellen, Eilika hielt ihm schnell seine Schnauze zu. „Pst, sei still." Als Heimo in dem Gang war, drückte sie schnell auf den Mauervorsprung und die Bücherwand verschloss den Eingang. Es knirschte furchtbar im Gebälk. Erleichtert atmete sie auf, den war sie los!

Jetzt hatte Eilika Hunger. Sie beeilte sich, um ihre Kemenate aufzusuchen. Die Klinke der Tür – es war eine schwere Eichentür, die zur Küche führte und knarrte – ließ sich schwer herunterdrücken. Ihre Augen blinzelten in das Licht, das von der Fackel an der Wand gegenüber kam. Sie musste sich eine neue Kerze holen von denen in der Küche. Auch dort brannte immer eine Fackel an der Wand.

Stromers Nase erschnüffelte hier die herrlichsten Dinge – und richtig, auf dem großen Hackbrett lag ein ganzer frisch gerösteter Lammrücken! Den wollte Berta sicher am morgigen Tag auf den Tisch bringen. Ohne Bedenken machte sich Eilika gleich darüber her, so dreckig auch ihre Hände waren, brach sie damit Fleischstücke heraus und warf dem Hund einige Bissen zu. Sie sah das Dünnbier in einem Krug, das war für das Gesinde gedacht. Nein, das wollte sie nicht, aber sie hatte großen Durst. Und die Milch da im Krug wollte sie auch nicht haben, die roch schon sauer.

Sie stellte für den Hund etwas Wasser in einer Tonschüssel hin. Sie selber machte sich über einen Krug mit herrlichem Wein her. Sie nahm eine Schöpfkelle, da sie keinen Becher finden konnte, und schürfte sie immer und immer wieder leer. Sie war so satt – der Braten vom Hackbrett hatte ihr gut gemundet – und ihr war so wohlig zu Mute. Das Übermaß an Wein machte sie schläfrig. Langsam ging sie in die Knie und verschwand unter dem Tisch. Die Schöpfkelle versank im Weinkrug und sie selber in den herrlichsten Träumen.

Aus diesen wurde sie sehr unsanft am Morgen geweckt. Berta sah sofort, was diese unselige Jungfer da wieder angerichtet hatte. Ihr schöner Rostbraten! „Jungfer Eilika!", schrie Berta erbost. Der Hund hatte in Ermangelung eines Freiganges seine Notdurft in der Küche verrichtet! „Die Herrin ist gar so penibel", dachte Berta immer wieder verärgert, „als ob schon jemals einer am Dreck gestorben sei!"

Der Lammrücken war, bis auf einen kleinen beschämenden Rest, verschwunden! Und der Höhepunkt war eine gänzlich besoffene Jungfer neben dem Weinfass, die mit ihrem schlimm beschmutzten Kleid und Essensresten im Gesicht auf dem Küchenboden hockte und schlief! Berta schnappte nach Luft, so etwas hatte es hier auf der Burg noch nie gegeben, jedenfalls nicht in den letzten zehn Jahren!

Die Schürze über ihrem langen Kleid war sehr hinderlich und um nicht darüberzustolpern, raffte sie ihre Kleider unzüchtig hoch und rannte, soweit das ihre Körpermassen zuließen, zur Gräfin. Schon von Weitem schrie sie: „Frau Gräfin, also Frau Gräfin, das ist ja wohl bei Gott das Schlimmste, was ich je in meiner Küche erlebt habe!" Dabei hatte sie ganz vergessen, dass sie schon einmal die beiden Grafenbrüder, als die noch unreife Jünglinge waren, nackt und besoffen in einer Holzmolle gefunden hatte.

Isolde hörte Berta schon schreien, sie war gerade munter geworden. Schnell zog sie sich ein Gewand über und ging zur Tür. Berta stürmte sofort in ihr Gemach. „Mache Sie etwas langsamer und leiser, sonst trifft Sie noch der Schlag", versuchte die Gräfin, Berta zu beruhigen. Die stand betroffen vor ihrer Herrin und musste erst einmal Luft holen. Ihr gewaltiger Busen bebte gefährlich nahe vor ihrem Doppelkinn. „Was soll ich denn heute nur zu Tische bringen?"

„Mache Sie sich keine Sorgen, der Bruno schlachtet gleich ein paar Hennen, die legen sowieso nicht mehr gut. Und ich freue mich dann sehr auf die berühmte heiße Hühnerbrühe und am Abend auf das Gesottene." Berta ging, nun wieder ausgesöhnt, in ihre Küche. Immer wieder konnte sie ihrem Gott danken, dass sie so eine gute Herrschaft hatte.

Sie holte Hilfe, um die Jungfer aus der Küche zu entfernen. Mit Wentel zusammen trugen sie die in die Badestube. Wentel brachte die Jungfer Eilika mit viel Mühe nach dem Waschen zu Bette. Eilika ließ alles widerspruchslos mit sich geschehen, ihr war ja so übel ...

Wentel hörte Lärm und ging zum Fenster. Sie machte den Fensterladen davor auf und sah nach unten in den Hof. Moritz versuchte, den verdammten Hengst zu bändigen, um ihn dem Friedrich zu bringen. Bruno kam dazu. „Lasst es sein, Herr, der hat eben seine Mucken. Wenn der sich ausgetobt hat, ist er lammfromm und dann bringe ich den zum Schlösschen zum Baron Friedrich."

„Das ist gut, mache Er das." Der junge Herr ging zu der Leiter, um in den Hauptturm zu kommen. Moritz ließ sich die ganze Geschichte um Eilika noch einmal von seiner Mutter erzählen – die Geschichte wurde immer länger, weil Berta immer noch etwas dazu einfiel. Moritz rieb sich am Hinterkopf, das war immer so ein Zeichen, dass er unsicher war und nicht wusste, war er tun solle.

Stromer saß vor der Bibliothekstür und kratzte immerzu daran. Moritz sah das wohl, konnte sich das aber nicht erklären. „Was willst du denn da drin?", fragte er den Hund. Vielleicht verwechselte der die Türen, es gab ja genug in der Burg. Er brachte den Vierbeiner die Treppe hinunter, half ihm über die Leiter und ließ ihn raus. Die Wächter pfiffen nach ihm, aber Stromer raste durch das Tor über die Wiesen, das war für den

Hund eine Freude! Moritz machte die Tür wieder zu und schüttelte seinen Kopf über den Übermut des Hundes. Jetzt musste er mit der Mutter reden und das würde ein schweres Stück Arbeit werden.

Die saß in ihrer Kemenate und weinte, das hatte er nie wieder gesehen seit dem Tod des Vaters. Schon wollte er die Tür leise wieder schließen. „Komm nur herein!", rief Isolde. „Frau Mutter, die Dachschindeln hat im letzten Winter der Sturm fast alle vom Dach geweht. Die Mauern werden feucht und wir können die Wärme im Winter nicht mehr halten. Davon einmal abgesehen, geht das Mauerwerk kaputt und die Feuchte wird sich auf die kostbaren Möbel legen. Ich muss darauf bestehen, dass das endlich wieder in Ordnung gebracht wird!"

Isolde sah ihn an. „Ich weiß das, aber ich habe etwas falsch gemacht – die Dukaten sind alle! Ich werde nun wohl doch einige Wiesen dem Friedrich verkaufen müssen oder eine Leihe aufnehmen. Die Abgaben für den Herzog habe ich gerade noch einmal zusammenbekommen", sagte sie mit Tränen in den Augen. „Die Jungfer Eilika hat sich wieder angefunden …" Sie erzählte ihrem Sohn noch einmal, was sich in der Küche bei Berta abgespielt hatte. „Mit der werden wir wohl noch so einiges erleben! Aber nun zu der Geldmisere: Eine Geldleihe würde ich nicht aufnehmen, denn dann haben uns fremde Menschen in der Hand, das ist nicht gut. Wir können bestimmt einiges veräußern. Wir hatten doch im letzten Sommer eine gute Ernte, wir können nun sogar einige Säcke Getreide verkaufen. Auch einiges vom Viehbestand, zehn Pferde, kann ich entbehren und die Schweine bringen am meisten Geld. Von denen können wir auch zehn abgeben, dazu noch vier Kälber. Wir könnten auch einige Klafter Holz schlagen lassen und einige Scheffel Getreide noch obendrauf verkaufen. Und den alten Schmuck, ich bitte Euch, Frau Mutter, wer trägt den denn schon!"

Isolde zuckte zusammen – gerade die Geschmeide wollte sie behalten! Nicht weil sie die brauchte, nein, aber es war eben der Familienschmuck. Der lag völlig sinnlos in der Truhe der Bibliothek herum, aber hergeben wollte sie den auch nicht. „Ja, du hast recht, ich werde einige Stücke aussuchen, Krimhilde wollte schon immer etwas davon haben." Das war ihre Schwester, mit der sie sich leider so gar nicht verstand.

Krimhilde war krankhaft eitel, besserwisserisch, dumm und einfach verfressen. So sah sie auch aus! Kein Wunder, dass sich ihr Gatte, der Hinrich vom Walde, ständig nach anderen Weibern umsah. Dort bei ihrer Schwester ging es schrecklich zu, die Herrschaften wussten nicht, was sie mit ihrem vielen Gelde tun sollten! Es wurde geschlemmt, gesoffen, gehurt, sie schlugen sich die Köpfe ein.

„Ich reite dort nicht hin, ein Lakai kann das besorgen", sprach Moritz zu ihr. „Dem muss ich aber gut vertrauen können, denn der Schmuck ist sehr wertvoll, geht jetzt bitte und sortiert welchen aus."

Gräfin Isolde ging zur Bibliothek. Einen Handkerzenteller in der Hand, lief sie den langen Weg entlang. Es war eine eigenartige Stille in der Burg, nur der Sturm brauste um diese und die vor der Kälte schützenden Felle vor den Fenstern bewegten sich gespenstisch. „Wollen wir hoffen, dass das schon die

Frühlingsstürme sind", dachte sie. Obwohl es noch nicht einmal Abend war, wurde es schon dunkel. Schwere Wolken nahmen das Licht und versprachen Regen, zum Schneien war es schon zu warm.

Isolde stellte in der Bibliothek den Handkerzenhalter auf den Tisch, dabei kleckerte etwas Wachs herab. Eine Spinne, die sich von der Decke an einem Spinnfaden herunterließ, wurde in dem heißen Wachs gefangen – für immer.

Isolde hörte plötzlich Geräusche, so als würde jemand gegen die Mauern stoßen. Sie sah sich um, konnte aber niemanden sehen. Sofort musste sie wieder an diesen Geheimgang denken. Nein, da ging sie ganz bestimmt nicht wieder hin! Sie hob den Deckel von der Truhe hoch, deren Scharniere knarrten. Ein Wolltuch lag über dem Geschmeide. Schon ihre Mutter, die Lorgina, und ihre Großmutter, die Gerlinda, hatten ihn getragen. Von ihrem Gatten lagen auch noch Schmuckgeschenke da, sie hatte die nie getragen. Es passte nicht zu der vielen Arbeit, die sie immer gehabt hatte, da störten solch pompösen Ringe an der Hand nur.

Verträumt ergriff sie einige Schmuckstücke und ließ sie wieder zurückgleiten. Das hier war ein Vermögen, sie wusste es wohl. Das Silber war nun schwarz, aber die Steine leuchteten sternenklar.

Die Gräfin sah auf, wieder hörte sie ein Poltern gegen die Wand und dann einen furchtbaren Schrei! Wer konnte das sein? Schnell schloss sie den Deckel der Truhe und lief aus dem Raum. Moritz kam ihr entgegen. „Ihr seht aber nicht gut aus, was ist mit Euch?", fragte er besorgt. „Moritz, in der Bibliothek ertönen gar seltsame Geräusche und einen Schrei habe ich auch gehört", erzählte sie ihm voller Angst. „Ich gehe nachsehen, beruhigt Euch wieder", sprach er in gedämpftem Ton.

Moritz betrat den Raum …, Stille ..., nichts war zu hören. Er setzte sich auf einen Schemel, um auf die seltsamen Geräusche zu warten …, nichts. Er verharrte noch einen Augenblick, denn er wusste, seine Mutter neigte nicht dazu, etwas zu erfinden oder gar zu lügen.

Die Ruhe war damit zu erklären, dass Heimo nach einigen Tagen völlig entkräftet zusammengebrochen war und nun auf dem staubigen Steinfußboden des Ganges lag. Zwei Tage ohne Nahrung und ohne Wasser und diese entsetzliche Dunkelheit! Dieses verdammte Weib hatte ihn doch wirklich belogen und reingelegt, er konnte wohl nur noch auf den Tod warten! Seine Notdurft, die er hier verrichten musste, und auch seinen Kot, den er nicht unterdrücken konnte, lagen in diesem Gang und stanken fürchterlich! Eine Ohnmacht fing ihn gnädig auf und er träumte schon wieder von Reichtum und Völlerei.

Ein entsetzliches Brüllen ließ Heimo wieder erwachen. Was war das! Langsam hob er seinen Kopf. Er horchte gespannt in die Dunkelheit hinein, die Fackel glimmte nur noch. Ein Bär! Wo zum Teufel kam hier ein Bär her! Also musste es hier auch einen Ausgang geben!

Hoffnung auf Rettung gab ihm die Kraft, um auf allen vieren aus dem Gang zu kriechen, und er tastete sich immer an der Wand entlang den Gang weiter. Seine Augen, die nun schon so an die Dunkelheit gewöhnt waren, sahen einen blassen Schimmer von Licht! Schneller kroch er den Gang weiter. Es tropfte nass von der Decke. Weit sperrte er seinen Mund auf und hob seinen Kopf, um nur ja keinen Tropfen zu verpassen! Ihm war schlecht vor Hunger und der Durst quälte ihn schrecklich!

In der Ferne sah er etwas von einem hellen Schein. Er war nun aufgestanden und wollte gerade wieder loslaufen, bremste aber schnell seinen Lauf: ein Bär! Der reckte und streckte sich vor ihm und hatte sicher ausgeschlafen ... und wollte aus der Höhle. Das würde seine Rettung sein, wenn er dem unbemerkt folgen könnte, dachte Heimo. Aber der Bär entschied sich anders, der legte sich wieder hin. „Vorbei komme ich so leicht nicht an dem, hoffentlich wittert der mich nicht", dachte Heimo. Er wankte ein paar Schritte zurück und trat auf ein Skelett, der Lärm machte den Bären so richtig munter. Schnell erhob er sich wieder und machte sich groß. Er konnte schlecht sehen, aber sehr gut riechen.

Heimo klammerte sich an der Felswand fest. Ihn umgab ein eigenartiges schummriges Licht in der Höhle. Wie kam er hier nur schnellstens wieder raus?

Währenddessen saßen Gräfin Isolde und ihr Sohn Moritz beim Abendmahl. Eilika durfte daran so lange nicht teilnehmen, bis sie endlich gelernt hatte, sich bei Tisch gesittet zu benehmen. Die saß, frisch gebadet und sauber angezogen, in ihrer Kemenate und bedauerte sich sehr, sie hatte Sehnsucht nach ihrem alten Leben und nach dem Herrn Vater. Wentel flocht ihr das schwarze unbändige Haar zu einem Zopf zusammen. Kein Gedanke kam ihr an diesen Heimo, den sie da lebendig eingeschlossen hatte, wie in einer Gruft. Ungeduldig beobachtete sie die hübsche Dienstmagd Wentel, die noch immer alle Sachen wegräumte. „Es ist genug, lasse Sie mich allein." Wentel knickste vor der Jungfer und ging, ohne ein Wort des Dankes zu hören, aus dem Zimmer.

Eilika schlich sich zu der Tür, die zum Gemach der Gräfin führte, und lauschte an dieser, nur angelehnt, ob die Herrschaften vielleicht über sie sprachen. Da hörte sie ein Gespräch über die Bibliothek. Die Gräfin erzählte noch einmal, was sie da an Geräuschen vernommen hatte. Eilika erfuhr auch von dem Bären und von Silber an den Felswänden. „Also muss die Höhle auch einen Eingang haben", dachte sie, „da werde ich morgen einmal hinreiten." Kein Gedanke an Heimo. „Aber ich werde mir Männerkleider besorgen, da bin ich beweglicher."

Schnell verschwand sie in der Kleiderkammer und suchte für sich, was sie gut brauchen würde, heraus. Sie versteckte es in ihrer Kemenate unter ihrer Schlafstätte und aß aus Hunger – noch immer voller Trotz – ihr Abendmahl. Das war ein großes Stück Hasenrücken und eine Scheibe Fladenbrot. Sie nahm sich einige Tücher aus der Wäschekammer zum Abtrocknen und schlich sich in die Badestube, hier war der einzige Ort, wo sie sich wirklich wohl fühlte. Stromer trottete hinterher. Ärgerlich stellte Eilika fest, dass im Zuber kein Wasser war. Sie nahm etwas kaltes Wasser aus dem Bottich und mischte es mit dem heißen Wasser aus dem Kessel, dann wusch sie sich eben nur! Nackt stand sie vor der Waschschüssel.

Moritz betrat die Badestube, er konnte nicht wissen, dass Eilika da drin war. Wie erstarrt sah er auf die nackte Gestalt. „Kräftig gebaut ist sie ja, aber trotzdem zauberhaft", dachte er.

Der lange geflochtene Zopf lag über ihrem Rücken. „Wie schön sie doch ist", schwärmte Moritz weiter. Leise und sehr vorsichtig ging er wieder zurück.

Auf dem Gang begegnete er Wentel. Die blieb stehen und knickste vor ihm, ihre Augen strahlten ihn an. Er war noch immer von dem Anblick der nackten Gestalt gefangen und sah Wentel gar nicht. „Herr, habt Ihr noch Wünsche zur Nacht?", fragte sie ihn. „Was …, wie?", fragte er zurück. Wentel wiederholte ihre Frage. „Ja, bringe Sie mir noch eine Karaffe Wein in mein Gemach, bitte." Damit verschwand der junge Herr.

Wentel ging betrübt in die Badestube, die Gräfin wollte noch baden, sie musste den Zuber mit warmem Wasser füllen. Sie fand Eilika dort noch immer nackt vor. Sofort dachte sie an den jungen Herrn, sicher war er deshalb so durcheinander, sie hatte es gespürt. Vielleicht haben sich die beiden auch gerade hier geliebt? Ihre Augen sahen voller Enttäuschung zu Eilika – so ein Gefühl kannte sie noch nicht in ihrem Leben. „Verzeiht, Jungfer Eilika, aber ich muss den Bottich mit heißem Wasser füllen, die Herrin möchte baden." Eilika sah das Mädchen von oben herab an und sprach zu ihm. „Ja, das wollte ich auch, aber es war leider kein warmes Badewasser da."

Inzwischen war sie angezogen und verließ hochmütig die Badestube. Wentel sah ihr bestürzt nach und – ob sie es nun wollte oder nicht – musste weinen. Ihre Tränen flossen nun reichlich. Warum tat die Liebe nur so weh! Die sollte doch fest und warm ein jedes Herz umschließen … Schluchzend ging die Magd vor einer Bank, auf der die Tücher lagen, in die Knie. Sie legte ihren Kopf darauf und schluchzte zum Gotterbarmen.

So fand sie die Gräfin. Sanft nahm sie das weinende Menschenkind in ihre Arme. „Was hat Sie denn für einen so schlimmen Kummer, sage Sie es mir, vielleicht kann ich ja helfen." Alles hätte sie ertragen, Schimpf oder gar Schläge, aber nicht diese warmherzigen, lieben Worte – Wentel weinte nur noch schlimmer. Dann erinnerte sie sich, dass sie den Zuber noch immer nicht gefüllt hatte. Sie löste sich aus Isoldes Armen und wischte sich mit ihrem Schürzenzipfel die Tränen vom Gesicht. „Verzeiht, Frau Gräfin!" Schnell kippte sie das heiße Wasser aus dem Kessel in den Zuber und füllte kaltes nach.

Isolde konnte es sich denken, weshalb diese Maid so entsetzlich litt: Schon öfter hatte sie die liebevollen Blicke, die sie ihrem Sohn schenkte, bemerkt. Nun, sie hätte nichts dagegen, entscheiden aber musste der junge Herr. Wentel hatte sehr gute Manieren, da war es ihr egal, ob die Aussteuer trefflich war oder nicht, auch wenn sie nicht abgeneigt gewesen wäre, wenn einige Batzen Mitgift dabei gewesen wären.

Wentel hatte sich wieder beruhigt und Isolde genoss das Bad im warmen Wasser, hier konnte man so schön nachdenken. Sie wusste sehr genau, als Weib allein konnte sie nicht viel ausrichten in dieser Welt, aber einem Manne wollte sie auch nie wieder angehören. Die Freiheit, die sie jetzt genoss, war einfach herrlich, obwohl ihr Gatte sehr liebevoll zu ihr gewesen war. Manchmal vermisste sie die körperliche Liebe, aber man konnte eben nicht alles haben … Sie stieg aus dem Zuber, das Wasser wurde langsam kalt.

Eilika ritt am anderen Tage – wieder wie eine Wilde – aus der Burg. Sie umrundete die, um den Weg zur dieser Höhle zu finden. Ein breiter Fluss schleppte sich träge dahin. Sie ritt an seinem Ufer entlang und betrachtete die Felswände, die sich zu ihrer Linken aufbauten. Da! Das musste die Höhle sein! Ein dunkles Loch klaffte in der Felswand. Eilika band das Pferd an einem Baum fest und lief zu der vermeintlichen Höhle. Sogleich entfachte sie einen Kerzenstummel und betrat sie. Nach wenigen Schritten schon stolperte sie über etwas. Sie sah nach und ein Schrei löste sich aus ihrem Mund: Es war ein Totenschädel! Weiter konnte sie nicht gehen, es wurde zu dunkel, sie bräuchte eine Fackel. Hilflos blieb die Abenteurerin stehen, da spürte sie, wie etwas sich in ihren Rücken bohrte.

Heimo hatte sie schon eine Weile beobachtet. Nachdem er sich davon überzeugt hatte, dass der Bär nicht mehr in der Höhle war, hatte er sich weiter vorgetastet. Der Hunger, der in seinen Därmen wühlte, war schrecklich und schwächte ihn. Seinen Durst hatte er am Fluss löschen können. Weil es zu regnen anfing, hatte er wieder Schutz in der Höhle gesucht.

Einen starken Knüppel hielt er in der Hand und sah bedrohlich aus. Eilika stand da und rührte sich nicht. „Jungfer ..., ich suche noch immer den Schatz! Wo mag der nur sein? Komme Sie und zeige Sie mir den! Und bei Gott, sollte Sie das nicht können, dann wird das ihre letzte Stunde sein!"

Eilikas Gedanken überschlugen sich: Was sollte sie jetzt nur tun? Langsam drehte sie sich um. „Da oben im Gang ist noch eine Tür, hat Er die nicht gesehen? Dahinter liegt der Schatz." Heimo war verunsichert, nein, diese Tür hatte er nicht gesehen.

„Nun ..., dann gehen wir beide jetzt zurück, die Steintreppen hoch – dann werden wir ja sehen!" Eilika wurde brennend rot. Sie hatte vom Vater auf den Weg mitbekommen, nie zu lügen, aber das war eben aus der Not heraus, dachte sie. Heimlich bekreuzigte sie sich und bat im Stillen Gott um Vergebung für diese Sünde.

Ächzend kletterten sie die Steintreppen hoch und es wurde immer dunkler. Eilikas Gedanken arbeiteten blitzschnell. Wenn sie es richtig bedachte, musste doch so ein Mauervorsprung auch in der Höhle sein, damit man hier wieder herauskonnte. In ihrer Angst damals hatte sie daran nicht gedacht. Ihre Hände tasteten an den Wänden entlang, in der Hoffnung, einen solchen zu finden, um diese verdammte Wand drehen zu können. Jetzt konnten sie beide nichts mehr sehen, es war stockdunkel.

Heimo fühlte sich unbehaglich in seiner Haut. Diese angebliche Tür in diesem dunklen Gang hatten sie nicht gefunden. „Das hat doch keinen Zweck, ohne Licht finden wir nichts", kapitulierte Eilika. Ehe Heimo antworten konnte, drehte sich die Wand vor ihnen und eine Fackel, die an der Wand in der Bibliothek brannte, warf Licht in den dunklen Gang.

Moritz hatte über die Worte seiner Mutter nachgedacht. Die Felswände in dem Gange und in der Höhle würden wie Silber glänzen – hatte er da einen Silberberg vor sich? Aber er bräuchte auch ausreichend Gulden, wenn er das Silber abbauen ließe! Doch mit der Ausbeute des Berges könnte man die Schäden an der Burg endlich beseitigen – das musste er sich selber ansehen.

Moritz nahm eine Fackel und ging in die Bibliothek. Er drückte auf den Mauersims und die Wand ging auf. Er leuchtete in den Gang und erblickte diese beiden Menschen, die etwas ratlos und verängstigt vor ihm standen. Damit hatte er nicht gerechnet, wo kamen die her? Eilika erkannte er sofort, den hinter ihr stehenden Burschen dann auch. Nachdem sich zu dritt von dem Schreck erholt hatten, fragte Moritz: „Das möchte ich aber jetzt doch wissen, was die Jungfer da mit dem Fremden zu tun hat!" Erleichtert blickte Eilika Moritz an, zum ersten Mal, solange sie den jungen Herrn kannte, war sie froh, ihn zu sehen: Der war ihre Rettung!

Heimo wusste nun nicht, wie er sich verhalten solle, er war in einer misslichen Lage, verdammt! Aber dann sprach er zum Burgherrn: „Herr, sie hat mich hier eingesperrt und einen Schatz versprochen, wenn ich sie freigebe." Moritz betrachtete sich die beiden. „Das eine ist so schlecht wie das andere. Wieso denn freigeben, hat Er sie denn gefangen gehalten?" Nun war Heimo wieder in Nöten und wusste keine Antwort darauf. Aber Moritz ging nicht weiter darauf ein und sprach zu Eilika: „Was man verspricht, muss man auch halten, Jungfer Eilika, man lügt nicht. Und Er sollte lernen, wie man eine Dame behandelt!"

„Die und eine Dame ..., mein Herr ..., da fehlt aber viel!" Und der Herr hatte recht, es war falsch, wie Heimo vorgegangen war! „Aber junger Herr, Hunger tut weh und ich habe einen verdammten Hunger!"

„Kommt mit mir mit, wir haben etwas zu besprechen. Vielleicht kann ich beidem abhelfen – dem Hunger und wildem

Herumstrolchen." Heimo sah Moritz misstrauisch an. Noch nie war ein Mensch zu ihm nett gewesen oder hatte ihm etwas umsonst gegeben.

Der Stiefvater hatte ihn grün und blau geschlagen, schon als Kind musste er lernen, sich zu behaupten. Heimo hatte mehr auf der Straße gelebt als in einem Zuhause, sich im Winter die Füße fast erfroren, weil er nur diese verdammten Holzschuhe besaß. Der Hunger war sein ständiger Begleiter geblieben. Er musste stehlen und sich prügeln, um sein erbärmliches Leben zu erhalten.

Moritz war da ein Gedanke gekommen ... Es würde sicher nicht leicht sein, diesen Vagabunden zu einem ehrlichen Menschen zu erziehen, aber er würde Arbeitskräfte brauchen, wenn er das Silber abbauen wollte. Nun, er konnte nicht ahnen, dass er sich mit dem das Unglück auf seine Burg holte.

Nun standen sie in der Bibliothek. „Eilika, gehe Sie mit dem da in die Küche zu Berta und esse Er sich satt. Dann kommt Er zu mir in das Turmzimmer. Er findet es leicht, eine Kettenritterrüstung hängt davor an der Wand." Wenn Moritz nur eine Ahnung von dem gehabt hätte, was er sich da mit diesem Heimo aufbürdet, er hätte den schnellstens wieder zum Teufel gejagt. Aber Moritz war voller Vertrauen gegenüber dem Fremden, so wie er selber nichts Böses im Sinn hatte.

Moritz wandte sich an Eilika: „Sie gehe schleunigst zur Gräfin, Sie hat heute wieder eine Lehrstunde." Der Jungfer drehte sich der Magen um, als sie das nur hörte, aber sie gehorchte – oh, Wunder!

Moritz schritt gedankenversunken dem Turmzimmer zu: Er brauchte Arbeiter, die ihm halfen, das Silber abzubauen. Er hatte ganz kurz sehen können, dass die Wände wirklich glitzerten, das musste er natürlich noch etwas genauer untersuchen lassen. Zuerst brauchte er einmal einige Dukaten dafür. Er suchte Kunibert, den Hofhausmeister, auf und beauftragte den, einigen Viehbestand auf dem Markt zu verkaufen, was er zuvor mit der Gräfin besprochen hatte.

Wieder im Turmzimmer, wartete er auf diesen Heimo, diesen kleinen Halunken. Verschüchtert klopfte der an die Tür. „Komme Er herein und höre! Ich biete Ihm im Gesindehaus eine Schlafstatt an und tägliches Essen, dafür wird Er mir helfen, im Berg das Silber abzubauen. Was sagt Er dazu?" Heimo staunte über diese vertraulichen Worte. „Wie kann man nur so dämlich und saublöd sein!", dachte er abwertend über seinen neuen Herrn. „Wenn Ihr mich dazu brauchen könnt, gerne, Herr." Er verneigte sich vor Moritz. „Gut, gehe Er zu Kunibert, ich habe schon alles mit dem besprochen, er wird Ihm alles zeigen. Und ..., Heimo, hier sind wir alle ehrlich zueinander und hier wird nicht geprügelt! Hat Er das verstanden? Und gewaschen wird sich jeden Tag, im Gesindehaus steht dafür eine Badestube bereit." Heimo dachte, er habe sich verhört – jeden Tag waschen, das war ja entsetzlich! Hier würde er doch nicht lange ausharren, sowie er genug zusammengeklaut hatte, würde er über Nacht verschwinden.

Auf dem Weg zu Kunibert überlegte sich Heimo die ganze Geschichte noch einmal. Man konnte also mittels eines Mauervorsprunges aus der Bibliothek heraus in diesen geheimen

Gang – dann musste man auch irgendwie von der anderen Seite hineinkommen! Wenn das so wäre, dann könnte man über Nacht die Burg ausrauben und so reich werden, ohne sich krummzulegen!

Diese Gedanken ließen Heimo nicht mehr zur Ruhe kommen, er stahl sich eine Fackel – Feuersteine hatte er selber – und zog eines Nachts los. Er überlistete die Wachen vor der Burg, sah, dass die Zugbrücke noch unten war, und lief schnellen Schrittes um die Burg herum zum Höhleneingang.

Heimo kletterte behände die Steinstufen empor. Tatsächlich fand er nach einigem Suchen genauso einen Mauervorsprung, wie er ihn in der Bibliothek gesehen hatte. Es war nachts und man konnte jedes Geräusch weithin hören, also ließ er den Versuch lieber bleiben, daran herumzudrücken. Jetzt musste er sich nur noch wieder ein Pferd besorgen und vielleicht noch einen Gehilfen dazu. Die Wahl dessen war nicht schwer, ein passendes Geschöpf lungerte nicht weit von ihm herum.

Es war Gert, ein junger und gänzlich verdorbener Kerl, der schon lange durch die Lande zog. Er saß am Ufer des Flusses und zählte die restlichen Kreuzer, die noch in der Geldkatze waren, die er eben einem Edelmann abgenommen hatte, den er erdolcht und in den Fluss geworfen hatte. Leider konnte er das Pferd des Fremden nicht wieder einfangen, das hätte er gut brauchen können, denn er war schwach vor Hunger und seine Füße waren wund vom Laufen.

Der Fremde hatte ihm nicht freiwillig seine Schätze überlassen wollen, so musste der eben sterben. Das machte ihm, Gert, nichts aus, sein Weg war mit Leichen gepflastert. Dieser Kerl war gewalttätig und brutal, bar ohne jegliches Mitgefühl. Und diesem schrecklichen Gesellen begegnete Heimo, als er aus der grübelnd Höhle trat.

Es war ungewöhnlich hell in dieser Nacht, der Vollmond ließ sein sanftes Licht über die Erde gleiten. Gleich und gleich gesellt sich gerne, hatte hier seine Berechtigung. Heimo erzählte dem anderen Müßiggänger von seinem Wissen. Beide schmiedeten einen schrecklichen Plan … Keiner in der Burg dachte daran, dass, wenn man aus der Burg durch einen Geheimgang herauskommen kann, man dann auch von außen hineingelangen konnte! Nein, an diese Gefahr dachte keiner.

Die Gräfin bemühte sich im Schweiße ihres Angesichts, der Jungfer Eilika Benehmen beizubringen, und war davon so erschöpft, dass sie tief schlief in dieser Nacht. Nach einigen Wochen war die Jungfer immerhin so weit, dass sie manierlich essen konnte. Nur ihre Wutanfälle zu unterdrücken fiel ihr noch immer schwer.

Den Federkiel zum Schreiben warf sie mehrmals voller Wut gegen die Wand, ließ das aber dann bleiben, nachdem sie mühevoll die Wand wieder schrubben musste, um die rußige Tinte davon wieder abzubekommen. Die Tanzschritte und die Verbeugungen schaffte sie mühelos mit einer Grazie, die ihr wahrscheinlich angeboren war. Ja, es machte ihr sogar Spaß, sich auf diese Weise auszutoben. Wentel sah alldem manchmal zu und lernte so einiges dabei mit.

Moritz wurde immer unsicherer, was seine Gefühle für Wentel und Eilika anging. Er fühlte sich zwischen den beiden Jungfern hin- und hergerissen. Er mochte Wentel sehr, aber auch Eilika noch immer. Bei Wentel war es ihre ruhige, liebevolle Art zu reden und ihr bezauberndes Lächeln. Bei Eilika das mutige Draufgängertum, ihr schnippisches Wesen. Ihr einmal im Kampf zu beweisen, dass er sie bezwingen könne, wenn er nur wollte, war sein sehnlichster Wunsch.

Für welche sollte er sich nur entscheiden? Seine Mutter wäre wohl eher mit Wentel einverstanden gewesen, dies hatte er aus vielen ihrer Worte entnommen. Eilika aber war genau das Gegenteil von der Jungfer Wentel, die anschmiegsam und leider etwas zu unterwürfig war. Eilika aber war frech und sie hatte weiß Gott ihren eigenen Willen, das war genau das, was er an dieser Jungfer so mochte.

Eilika dachte auch oft an Moritz, sah er doch ihrem Vater so ähnlich, war es ihm auch im Reden und Handeln. Aber als ihr Ehegatte hatte er leider auch Rechte – und das war ihr nicht angenehm. Sie wollte nur sich selbst gehören, wie konnte sie das nur anstellen?

Und Kinder, pah! Solche kleinen Scheißer, auf die konnte sie gut verzichten. Nachts nahmen die einem den Schlaf, den ganzen Tag über mussten sie beaufsichtigt werden und, und, und … Nein, so was hatte in ihrem Leben keinen Platz. Dabei wusste sie genau, als Weib hatte sie nichts zu sagen oder gar zu bestimmen, das war eben eine Männerwelt. „Oh, könnte ich doch nur ein Mann sein", dachte sie oft verzweifelt.

Vorsichtig lugte sie aus der Tür ihrer Kemenate und sah Moritz zum Küchentrakt gehen. Der hatte Hunger und Durst und wo konnte er beides besser stillen als bei seiner alten Berta. Die alte Frau war so glücklich, wenn sie dem Jungen, der er noch immer in ihren Augen war, etwas zukommen lassen konnte. „Na also", dachte Moritz, „mache ich eine alte Frau froh und mich satt."

Keiner war so glücklich wie Wentel, weil der junge Herr sie jetzt öfter viel freundlicher ansah, sie spürte das genau. Er hatte sich verändert. In ihrem Glück – wessen Herz voll ist, dessen Mund geht über – musste sie sich Berta anvertrauen.

So lief sie einmal schnellen Schrittes in die Küche, nachdem sie in der Badestube das Wasser wieder aufgefüllt hatte. Sie umarmte die alte Magd etwas zu stürmisch, dabei fiel der vor Schreck ihr Mörser aus der Hand. Sie hatte den getrockneten Thymian damit kleingerieben, mit dem sie das Fleisch einreiben wollte, bevor sie es auf den Rost legte. „Also ein bisschen mehr Beherrschung wäre wohl angebracht, Jungfer Wentel!", wehrte die Magd ab, sie mochte solche Überfälle nicht und war verärgert. „Ach, Berta, ich bin ja so glücklich, der junge Herr wird die Jungfer Eilika sicher nicht zum Weibe nehmen, er ist jetzt immer so freundlich zu mir." Sie drehte sich mit Berta im Kreise, die japste nach Luft. „Lass Sie mich aus, Sie denkt da bestimmt in die verkehrte Richtung. Ein Herr bleibt immer bei seinesgleichen und eine Magd braucht er nur für sein Vergnügen, das war schon immer so." Aber Wentel frohlockte weiter.

Keiner ahnte auch nur im Geringsten, dass Moritz schon eine Weile in Bertas Ecke saß und etwas essen wollte. Erstaunt hörte er den Worten von Wentel zu, hatte er da Wünsche geweckt, die er nicht erfüllen konnte? Als Berta ihn erblickte, legte er schnell seinen Zeigefinger auf den Mund. Sie verstand.

Wentel wandte sich dem Fischtopf zu und naschte heimlich aus dem eine kleine Zwiebel, sauer Eingelegtes aß sie für ihr Leben gerne. Berta konnte das vorzüglich zubereiten. Nanu? Warum war es denn plötzlich so still? Nur das Feuer knisterte. Wentel sah sich um, Berta kam nachdenklich aus ihrer Ecke. „Gehe Sie nun wieder, ich muss das Mahl fertigmachen für die Herrschaften. Sie kann schon die Tafel decken", erinnerte sie die Magd an ihre Pflichten. „Mache ich, Berta." Wentel verließ die Küche. Moritz nahm Berta in die Arme. „Danke, meine Gute." Schon kreisten seine Gedanken wieder um die Burg.

Draußen in der Natur wurde es langsam Frühling. Man konnte wieder öfter eine Laute hören mit gar lieblichen Versen dazu. So mancher Ritter war wieder zum Minnesänger geworden.

Tim kam weinend über die Zugbrücke gelaufen. Die beiden Wächter wollten ihn anhalten, um zu fragen, warum er denn traurig sei. Aber er wandte sich ab und rannte in die Burg hinein. Er war im Dorf gewesen, der Schäfer Bernt hatte es ihm erlaubt, nachdem er mit seiner Arbeit fertig war.

Tims Freund Karl hauste dort im Dorf mit seiner Sippe, mit dem wollte er in den Wald gehen, dort hielten sich die beiden Jungen am liebsten auf. Der Wald mit all seinen Düften der vielen Gewächse und Kräuter betörte sie immer wieder. Was gab es da nicht alles zu entdecken! Dort sollten sich jetzt Bärenjunge allein herumtreiben.

Die alte Bärin hatten die Bauern aus dem Dorf gemeinsam erlegt, keiner wusste, dass die Junge hatte. Nun wollten sich die Buschen das einmal ansehen. Sie wussten, dass sie sich in Acht zu nehmen hatten, besonders die Wildschweine, ja, die

Bachen mit ihren Frischlingen, konnten sehr gefährlich werden. Aber als Tim in die Kate des Freundes trat, lag Karl lag mit schwerem bösen Fieber darnieder. Der kleine Tim, ohne Schutz des zwei Jahre älteren Freundes, lief durch das Dorf zurück. Als die Dorfjungen ihn sahen, nutzten sie die Schwäche des Kleinen aus und rissen ihm seine guten Sachen vom Leibe. Sie gaben ihm dafür ihre Lumpen, so dass der nicht nackt herumlaufen musste. Die Kerle schupsten ihn in den Unrat, der überall herumlag, und sie lachten, als der sich an diesem beschmierte.

Weinend erreichte er Bernt, den Schäfer, der tröstete ihn väterlich. Aber auch er konnte für den Kleinen keine Schuhe herzaubern, da würde sicher die Gräfin wieder helfen, so hoffte er.

Wentel war in der Badestube und wischte auf Knien den Boden sauber, sie summte vor sich hin. Es war jetzt schon spät und die Nacht schon lange hereingebrochen, aber sie hatte heute ihre Arbeit nicht geschafft und musste sie nun mitten in der Nacht zu Ende bringen. Alles schlief schon auf der Burg. Als sie mit ihrer Arbeit fertig war, dachte sie daran, sich den Zuber mit heißem Wasser zu füllen und zu baden. Das hatte sie sich noch nie gewagt. Aber die Herrin schlief sicher schon und der junge Herr auch, wer also sollte sie hier überraschen?

Sie füllte den Zuber mit warmem Wasser. Vorsichtig nahm sie das kleine silberne Fässchen mit der Seife in ihre Hände. Sie roch daran. Hm, das duftete so herrlich gut nach Veilchen! Berta machte die Seife immer selber und mischte fein gemahlene Rosenblätter oder Veilchenblüten darunter. Wentel zog sich ihre Kleider aus und stieg in den Zuber. War das herrlich!

Sie tauchte unter und wusch ihre langen Haare. Sie hatte jedes Zeitgefühl verloren, jetzt konnte sie die Gräfin verstehen, warum die so oft badete. Prustend tauchte sie wieder aus dem Wasser auf.

Schade, langsam wurde das Wasser kalt! Sie würde es in kleine Bottiche tun, um frühmorgens gleich damit die Gänge in der Burg zu säubern, dachte sie und stieg aus dem Zuber. Es gefiel ihr, so nackt in der warmen Badestube herumzulaufen.

Plötzlich wurde die Tür aufgerissen und zwei Kerle mit Messern standen vor ihr. Wentel erstarrte vor Schreck! Die Kerle stierten sie schamlos an. „Ei, ei, das nenne ich aber einen Empfang ...", Gert drückte sich immer so geschwollen aus. Er war einmal Diener in einem herrschaftlichen Hause gewesen, aber wegen Diebstahl entlassen worden.

Er grunzte heiser vor Erregung, als er die nackte Jungfer sah. Er warf sie auf den Boden und vergewaltigte sie brutal. Angeekelt von seinem schrecklichen Mundgeruch und voller Angst, wendete Wentel ihren Kopf zur Seite. Ihr Wehren half ihr nichts. Heimo sah gierig und erregt zu. Als der eine Gauner fertig war, musste die arme Maid dem anderen auch noch zu Willen sein.

Wentel lag auf dem Ziegelsteinboden der Badestube und wimmerte vor sich hin. „Lieber Gott, so hilf mir doch", dachte sie immer und immer wieder ... Gert nahm sein Messer und stach kurzerhand auf das Weib ein, ehe das ihn noch durch sein Wehklagen verraten konnte, es war wohl auch das Beste für ihn selber.

Heimo erschauerte, als er diese Barbarei sah, so weit wollte er nun doch nicht gehen. Das konnte bedeuten, dass, wenn man die Meuchler fangen würde, sie ihr Leben an einem Baum beendeten, man würde sie hängen! So rief er seinem Kumpan zu: „Lass uns schnell von hier verschwinden – Beute haben wir doch genug –, ehe noch einer aufwacht!" Sie hatten in der Bibliothek die Schmucktruhe geplündert und reichlich ihre Beutel damit gefüllt, die silbernen Kerzenleuchter alle eingesteckt ... – der Mord war nicht vorgesehen.

„Ich werde die Jungfer Eilika in ihrem Gemach aufsuchen", dachte sich Heimo, „dann hierherschleppen, das soll meine Rache sein." Man würde sie bei der Leiche finden und sie dafür hängen! „Gib mir das Messer, ich hab eine Idee. Man wird uns nicht suchen oder verdächtigen, es gibt eine Mörderin für diese Tat ... Komm mit."

Sie schlichen, eine Fackel in der Hand, in der Burg herum und fanden auch das Gemach von Eilika. Stromer schlief ausgerechnet diese Nacht bei Tim und dem Schäfer Bernt! Die beiden hatten sich angefreundet und der Kleine war überglücklich. Eilika wusste nicht, wie ihr geschah, sie hatte tief und fest geschlafen, als eine Gestalt sie aus dem Bette riss.

Zwei Kerle stießen sie vorwärts bis zur Badestube. Der eine hielt ihr den Mund zu. Die Fackel flackerte so sehr, dass sie das Gesicht der beiden nicht richtig sehen konnte. Sie biss dem einen in die Hand und trat den anderen mit ihren Füßen, der schrie auf: „Na warte, du Biest!" Und er schlug zu, leider so hart, dass sie in eine gnädige Ohnmacht fiel.

Sie zerrten die Jungfer zu zweit in die Badestube, drückten ihr das blutige Messer in die Hand und beschmierten ihr Nachtgewand mit Blut. Dann verließen die beiden die Burg genauso ungesehen, wie sie die betreten hatten.

Moritz konnte nicht schlafen, er drehte sich von einer Seite auf die andere. Immerzu musste er an die beiden Jungfern denken: Eilika oder Wentel? Das war hier jetzt die Frage ... Eilika brachte sein Blut in Wallung, darum entschied er sich für sie. Bei Wentel dachte er mehr an einen ruhigen Abend am wärmenden Kamin. Da hörte er eine Tür schlagen, sollte die Unstete mitten in der Nacht wieder die Burg unsicher machen? Er nahm seine Zipfelmütze ab, zog sich einen Kittel über – den Lederriemen ließ er weg – und öffnete seine Tür leise.

Geräuschlos schlich er sich den Gang des Turmes entlang. Nichts ... Ruhe ... Da hörte er das Knirschen der Wand in der Bibliothek – er stand genau vor deren Tür. Er nahm eine Fackel von der Wand und ging in die Bibliothek hinein. Er suchte nach der Ursache für diesen Lärm, konnte aber nichts Außergewöhnliches bemerken und ging wieder in seine Schlafkammer zurück. Er versuchte, noch für eine Weile etwas Schlaf zu bekommen.

Einige Meilen von der Burg entfernt, hatte sich Alexander nun schon gut in seiner neuen Heimat auf dem Schloss seines Vaters eingelebt. Nun war der Frühling endlich mit all seiner Pracht da: Die Bäume boten mit Abertausenden betörenden, duftenden Blüten einen wunderschönen Anblick. Die Vögel jubilierten um die Wette.

Alexander saß auf einer Bank in dem weitläufigen Garten und genoss diesen Lenz. In seiner Brust zehrte ein brennender Schmerz, ein Sehnen nach Zärtlichkeit und Liebe. Er war so vielen Damen und Weibern begegnet, aber keine hatte sein Herz berührt.

Er dachte an Eilika. Im Sommer wollte er seine Tochter zu sich holen, die hoffentlich eine Dame geworden war. Er hatte jetzt ganz andere Aufgaben und trug Verantwortung für einen großen Landstrich. Zwei kleine Dörfer, einige Lehen kamen da zusammen. Als Landesvater musste er oft Recht sprechen in einem Zwist zwischen den Menschen und er ritt oft übers Land, um sich umzusehen und nach dem Volk zu schauen. Über dessen fatales Unwissen beschwerten sich der Pastor und der Vogt gar zu oft.

So war sein Tag ausgefüllt mit viel Arbeit und sein Henkersamt geriet bei ihm langsam in Vergessenheit. Da kam eines Tages ein Bote an mit einer merkwürdigen Botschaft von einem Herzog: Der wusste noch nichts vom Tode des Fürsten Kasimir dem Gewaltigen und bat in seinem Schreiben, ihm schnellstens den Henker zu schicken zu den üblichen Geldsätzen.

Nun war Alexander in Not. Was tun? Er musste, ob er wollte oder nicht, noch einmal dieses furchtbare Amt ausüben. Er hatte versäumt, das abzugeben und für Ersatz zu sorgen, das war ihm völlig entfallen! Schweren Herzens holte er sein Schwert und sein Henkersgewand wieder hervor.

Ambrosius sah es und machte sich so seine Gedanken darüber, er ging auf seinen Herrn zu. „Muss Er wieder sein schweres Amt tun? Er sollte sich einen neuen Anwärter dafür heranziehen, sonst bekommt Er seine Ruhe nie wieder."

„Ja, Ambrosius, das habe ich leider versäumt und nun muss ich zu meinem Wort stehen. Es braucht ja niemand zu wissen, ich rechne auf seine Verschwiegenheit." Ambrosius verbeugte sich. „Da kann Er sicher sein, Herr."

Alexander ritt in die dunkle Nacht hinein. Am Morgen kam er beim Herzog an und wurde in seine Zimmer geführt, die auf dem Gesindehof, ganz hinten, fast schon am Ende des Reiches des Herzogs in einer kleinen Kate lagen. Es wurde allgemein das Henkershaus genannt. Er kannte sich schon aus, nicht zum ersten Mal hauste er in einem solchen.

Sein Mahl für den Tag stand schon auf dem Tisch. Die Mägde brachten es immer, wenn er nicht da war, sie hatten Angst vor dem schwarzen Mann. Nach dem langen Ritt legte sich der Henker noch ein Weilchen hin. Seine Delinquentin würde er erst am Abend sehen, um ihr zu sagen, was am Tage der Hinrichtung zu tun war.

Es sollte eine junge schöne Frau sein, wieder mal. Die wurde des Mordes aus Eifersucht beschuldigt, sie sollte eine Jungfer erstochen haben. Er hatte wie immer das Gift bei sich, um der zum Tode Geweihten die Angst zu ersparen – die schlief dann in ihren eigenen Tod hinein. Bei einigen Delinquenten hatte das Gift zum Glück sofort gewirkt und sie waren schon tot, bevor er sein Schwert sprechen ließ! Er fand das barmherziger, als den Verurteilten bei voller Geisteskraft zu töten.

Unruhig erwachte Alexander aus seinem Schlaf. Er zog sich seinen Henkersmantel über, setzte seinen Hut auf und ging zum

Schuldturm – er hatte jederzeit dort Zugang. Er konnte sich seine Unruhe nicht erklären. Der Wächter vor dem Turm salutierte ihm, als er ihn erkannte, und schob den Riegel an der Tür zurück, gab dem Henker noch eine Fackel in seine Hand. „Herr, passe Er auf, die ist gefährlich und wirft mit allem, was sie hat, die spuckt und tritt aus wie ein Gaul." Alexander antwortete ihm nicht und betrat den Turm.

Auf reichlich Stroh saß eine Maid, ihre Arme auf den Knien und den Kopf darauf, und schluchzte vor Kummer. Ob die nun schuldig war oder nicht, für ihn als Henker war es immer gleich schlimm. Er hatte keinen Einfluss, weder auf das Opfer noch die Richter. Er musste nur seines Amtes walten: töten!

Als er den Turm betreten hatte, spürte er sofort, dass es hier nicht so bestialisch stank wie anderswo: Sicher achtete man hier auf saubere Strohschütten. In anderen Türmen war es nie so sauber gewesen, da verpesteten Urin und Kot die Luft, es roch manchmal nach Erbrochenem und dem Angstschweiß der Gefangenen.

Alexander sah nach oben, wo ein kleines Fenster etwas Luft und Licht hereinließ. „Hm", machte er sich bemerkbar und trat auf die am Boden hockende Gestalt zu. „Höre Sie mir zu, ich mache das nicht gerne, aber es ist meine Arbeit. Erzähle Sie mir, was Sie getan hat. War der Pastor schon da und hat er Ihr die Beichte abgenommen?"

Das Mädchen hob seinen Kopf ... Alexander dachte, der Schlag treffe ihn: Seine Tochter Eilika saß da vor ihm! Sie war die Delinquentin, die er köpfen sollte – das konnte doch nicht wahr sein! Was war das Schicksal grausam! Nein, das konnte er nicht – das nicht!

Eilika blickte ihren Vater an, sprechen konnte sie nicht. Sie sah die Fackel in seiner Hand und seine Augen, die sich mit Tränen füllten ... Also hatte der Hein damals nicht gelogen und ihr Verdacht stimmte doch: Ihr Vater ist ein Henker!

„Oh, Herr Vater", die Tochter stand auf und umarmte ihn, „so glaube Er mir nur dieses eine Mal, ich bin wirklich unschuldig." Sie zitterte am ganzen Körper. „Oh, mein Gott! Eilika!" Alexander nahm sein Kind in die Arme. Er schämte sich nicht der Tränen, die ihm über sein Gesicht liefen. „Oh, mein Kind ..." Zum ersten Mal in seinem Leben verlor er seine Fassung und war ratlos wie nie zuvor.

Die beiden saßen im Stroh und weinten um ein Leben, das anderntags beendet sein würde. „Lieber Gott, hilf mir", dachte Alexander. Noch nie in seinem Leben hatte er sich so hilflos und elend gefühlt! Wo hatte es das schon einmal gegeben, dass ein Vater seine Tochter töten musste! Er selber kannte aus der Geschichte nur einen Fall.

Es geschah im vierten Jahrhundert nach Christi, da hatte ein Vater in seiner maßlosen Wut seine Tochter Barbara mit dem Schwert getötet, weil sie dem christlichen Glauben nicht abschwören wollte. Lieber sollte sie sterben als anders glauben! Auf ihrem Gewand hatte sich zum Gang zu ihrem Kerker ein Kirschzweig verfangen, den die Barbara ins Wasser stellte und der am Tage ihres Todes dann blühte. Seitdem pflückte man vor Weihnachten, am vierten Dezember, die Zweige vom Apfel- oder Kirschbaum, eben die Barbarazweige, die blühten dann an Weihnachten.

Wohin verirrten sich nur seine Gedanken? „Höre mir zu, Eilika, ich werde versuchen, solange es mir möglich ist, diesen Tag hinauszuziehen, um dich vielleicht zu retten – und wenn ich bis zum König muss! Habe Mut und erzähle mir noch einmal diese Geschichte mit allen noch so kleinen Einzelheiten …"

Alexander hörte genau zu, was Eilika ihm erzählte, den Heimo konnte sie am besten beschreiben. Wenn der so dumm war, wie er den einschätzte, dann wusste er, wo er den zu finden hatte. „Ich muss jetzt gehen, sonst wird der Wärter stutzig", murmelte Alexander. Er blickte zu der Henkersmahlzeit auf dem Holzklotz. Er küsste seine Tochter auf die Stirn und verließ diesen unfreundlichen Ort.

„Sie ist schön wie ein Engel, wild wie der Teufel, stimmt es, Herr?" Alexander nickte dem Büttel nur zu. Er begab sich schnell zum Herzog, um für einige Tage Aufschub zu bewirken, den er auch bekam, als dieser die Geschichte zu hören bekam. Danach holte er sein Pferd aus dem Stall und obwohl es schon wieder dunkelte, ritt er in aller Hast in die Nacht zur Wasserburg der Gräfin Isolde. Er hatte sich vorher noch schnell umgezogen, wenn es nicht sein musste, wollte er seinen Berufsstand nicht verraten.

Der Mond schien und den Weg kannte er genau, er hätte ihn abkürzen können, aber den dunklen Wald zu durchreiten barg Gefahren. Im Dunkel der Nacht konnte das Pferd schnell über eine Baumwurzel stürzen, was dann? Nein, das Wagnis durfte er nicht eingehen, das Leben seiner Tochter lag jetzt allein in seiner Hand –im wahrsten Sinne des Wortes.

Der Reiter nahm die ausgetretenen Trampelpfade, die auch nicht sicher waren, denn Wegelagerer machten den Reisenden das Leben schwer. Nur kurz gönnte er dem Pferd eine Rast und sich selber auch, an einem Fluss ließ er es saufen. Auch er stillte seinen Durst.

Etwas entfernt bemerkte er ein Feuer, an dem Leute saßen und sich wärmten, und ging darauf zu. „Ist es gestattet, dass ich mich dazusetze und verweile, mein Pferd und ich haben eine Rast nötig", sprach er freundlich. „Wohl, wohl, komme Er nur näher, so Er ein guter Mann ist", erwiderte ein älterer Mann. Alexander setzte sich dazu und genoss die Wärme des Feuers. „Warum ist Er in der Nacht unterwegs, reicht Ihm nicht der Tag dazu?", fragte ihn der Alte. „Ich muss zur Burg, es eilt, denn ich muss schnell wieder zurück", gab Alexander zur Antwort. „Wir sitzen hier, weil unsere Kate abgebrannt ist, dabei ist meine Tochter von einem brennenden Balken erschlagen worden, sie war vierzehn Jahr und sollte in die Munt des Schreiners gehen. Aber daraus wird ja nun nichts … und ich und meine Kinder", er zeigte auf die vier Buben, die mit ihren schmutzigen und traurigen Gesichtern um das Feuer saßen, „wissen nicht, wohin."

Alexander hatte wirklich seinen Kopf voll, aber er konnte diese Leute nicht in ihrem Elend allein lassen. „Gehe Er mit seinen Kindern zu dem Schloss Alexander des Gewaltigen – dort wird er Brot und Lohn finden – ungefähr sechs Meilen über den Fluss. Halte Er sich immer rechts und gehe an der

Köhlerei vorbei, dann sieht Er das Schloss schon. Melde Er sich bei dem Diener Ambrosius und sage Er ihm einen Gruß von mir: Ich bin Alexander, der Herr." Der Alte sah voller Ehrfurcht zu ihm auf. „Danke, Herr, Er wird es nicht bereuen, meine Kinder sind fleißig und ich kann schreinern, wenn Er da Bedarf haben sollte."

„Ich muss jetzt weiter, wir sehen uns in Bälde wieder", antwortete Alexander und saß wieder auf seinem Pferd.

Am frühen Morgen, die Nebel wallten über den Wiesen, erreichte er die Burg. Der Turmwächter oben auf der Zinne hatte ihn gehört. „Freund oder Feind?", rief er hinunter. „Freund!" erhielt er als Antwort zurück. Nach einer Weile ging die Zugbrücke herunter. Sebastian stand, ohne Tim, da und empfing seinen Herrn freundlich. „Ich werde Ihn der Herrin melden, habe Er etwas Geduld." Alexander übergab dem Jungen sein Pferd und der führte es dem Stalljungen zu, welcher sich um das erschöpfte Pferd kümmerte.

Alexander eilte zur Gräfin Isolde. „Will Er schon seine Tochter holen? Dann muss Er erst einmal mit mir reden, es ist etwas Furchtbares geschehen, komme Er in das Turmzimmer." Sebastian machte gerade Feuer im Kamin. Berta brachte eine Weinkaraffe und zwei Becher dazu.

Die Gräfin sagte kein Wort, der schreckliche Tod von Wentel, die wie eine Tochter für sie war, drückte ihr aufs Gemüt. Obwohl sie Eilika nie gemocht hatte, konnte sie schlecht an deren Schuld glauben. Keiner tat das hier. Berta ging wieder in ihre Küche zurück.

Nachdem die Gräfin ihrem Besuch alles berichtet hatte, was es zu sagen gab, schwiegen sie beide. „Es sieht demnach schlecht für meine Tochter aus, es sei denn, ich finde den wahren Mörder der Jungfer Wentel", sprach Alexander zu der Gräfin. Moritz kam dazu. „Ich glaube, ich weiß, wer der wahre Mörder ist, ein Bursche befand sich seit Kurzem in meiner Gesindeschar und ist seitdem spurlos verschwunden – und mit ihm der gesamte Schmuck meiner Mutter."

Alexander sah den jungen Herrn hoffnungsvoll an. „Wenn Ihr da helfen könntet, wäre das Rettung in schlimmer Not." Natürlich verschwieg Alexander das Grausige, dass er der Henker seiner eigenen Tochter sein sollte. Sie nahmen ein Frühmahl zu sich und die beiden Männer ritten dann ins Dorf, um nach Heimo zu suchen.

Der hatte sich erst einmal mit Wein einen kräftigen Rausch angesoffen. Der andere, der Gert, hatte sich bald, nachdem er seinen Spießgesellen näher kannte, schnell davongemacht und das Weite gesucht. Sein Pech war, dass er wieder eine Jungfrau am Wasser fand, die gerade die Wäsche ihrer Herrschaft wusch. Er überfiel sie hinterrücks mit seinem Messer. Aber Kati wehrte sich und trat dem Fremden ins Gesicht, das hatte der nicht erwartet.

Sie hatte Glück, dass ihr Vater, der Jäger Hubertus, nicht weit von ihr den Wald durchstreifte. Er sollte im Auftrage seiner Herrschaft Bäume zum Fällen kennzeichnen. Er hörte, wie seine Tochter um Hilfe schrie. Schnell sprang er durch die Büsche zu jener Stelle, um sich auf den Angreifer zu stürzen. Der ließ vor Angst sein Bündel, in dem sich kostbarer Schmuck befand, im Gras zurück.

Das brachte der ehrliche und brave Mann schnell zu dem Vogt des Dorfes. Dann ging er zurück zum Bache zu seiner Kati. Die lag im Grase und blutete aus einer Wunde an ihrem linken Arm. Das Messer steckte noch im Fleisch, vorsichtig zog es der Vater heraus. Kati weinte schrecklich! Die Wäsche im Bach würde davonschwimmen, keiner von beiden achtete darauf.

Der Dorfvogt wollte zur Burg gehen und das Geschehene melden, er hatte den Beutel mit dem Schmuck in der Hand. Da kam ihm Moritz entgegengeritten. Alexander wollte schnellstens zu Eilika zurück, Moritz sollte nachkommen, hoffentlich mit einer guten Nachricht. Der Vogt das dem jungen Herrn. „Habt Dank, den hole ich noch ein, der ist nur zu Fuß!", rief Moritz dem Vogt zu. Der stand nur da und staunte, wie schnell der seinen Augen entschwunden war.

Er machte sich auf den Weg zur Burg, um der Herrin die gestohlenen Sachen zurückzubringen, und hoffte auf einen guten Finderlohn – für sich selber und für den Jägersmann, der den Beutel erspäht hatte. Kati schleppte sich mit Hilfe ihres Vaters der Burg entgegen. Der Vater hatte noch schnell der Herrschaften Wäsche aus dem Bach geholt und auf die Wiese gelegt.

Isolde sah erschüttert auf die leere Truhe in der Bibliothek. Den Mord an der armen Wentel konnten doch nur die verschuldet haben, die des Nachts hier heimlich eingestiegen waren und den Schmuck stahlen. Vielleicht hatte Wentel die Halunken dabei überrascht und musste deshalb sterben!

Wie aber passte Eilika da in das Geschehen? Und weshalb lag die, ihrer Sinne nicht mächtig, mit dem Messer in ihrer Hand neben der toten Wentel? Irgendetwas stimmte da nicht! Alles wegen dieses verdammten heimlichen Ganges in der Bibliothek, keiner hatte da an eine Gefahr gedacht.

Die Gräfin hatte Eilika nicht sehr gemocht, aber der Gedanke daran, dass die jetzt – gar unschuldig – sterben müsse, behagte ihr gar nicht. Und wenn sie an die arme Wentel dachte, kamen ihr die Tränen! Männer aus dem Gesinde hatten sie ins Beinhaus geschafft. Sie selber war dort hingeritten und nur mit großer Überwindung hatte Isolde es geschafft, die Stätte zu betreten.

Vier alte tote Männer, drei gestorbene Kinder und sieben entschlafene Weiber lagen dort und warteten auf ihre Beerdigung. Es roch fürchterlich! Die Gräfin legte auf die tote Wentel drei Stiefmütterchen und verließ schnellstens den grausigen Ort. Wieder draußen, erbrach sie sich. „Moritz muss den Gang in der Bibliothek zumauern, das ist das Sicherste für alle hier in der Burg", dachte sie.

Inzwischen saß Alexander wieder bei seiner Tochter im Schuldturm. Er erzählte ihr, was er an diesem Tag erlebt hatte. Die Fackel an der Wand warf bizarre Schatten, eine Ratte huschte durchs Stroh. Eilika seufzte schwer auf und lehnte ihren Kopf an die Schulter des Vaters. Alexander dachte daran, was er tun könne, wenn der Schuldspruch nicht aufgehoben werde … Dann würde nur noch ein Wunder helfen und das hatte er in seinem Leben noch nie erlebt.

Seine letzte Hoffnung war, wenn der Richter „Wer würde diese Jungfrau zum Weibe nehmen?" in die Menge schrie, dass sich ein Kerl dazu finden werde! Dann war Eilika vor dem Henker für ewig sicher, gerettet und das Todesurteil hinfällig! Aber welcher Mann nehme sich eine angebliche Mörderin zum Weibe, es sei denn, er würde jemanden finden und mit vielen Dukaten dazu überreden ...

„Tochter, höre mir zu, ich glaube, ich habe einen Weg zu deiner Rettung gefunden." Alexander weihte sie ein in seinen Plan. Eilika war alles einerlei, nur raus hier, nur raus! Sie nahm die Decke, die der Vater ihr mitgebracht hatte, legte sich nieder und deckte sich zu. Bald war sie eingeschlafen.

Leise verließ Alexander den Schuldturm. Der Büttel lief, mit seinem Säbel bewaffnet, immer hin und her. Die Nacht war ungewöhnlich lau für diese Jahreszeit, es war Ende Lenzing, es würde bald in den Ostermond gehen. Der Wind rauschte in den Bäumen. Das Pferd verharrte noch immer an dem Baum, sein Reiter hatte vergessen, es anzubinden. „Brav", er klopfte auf dessen Hals. Der Hengst wieherte und tänzelte.

Alexander setzte sich in den Sattel und ritt davon, er musste unbedingt mit Moritz sprechen – aber an diesem Tage nicht mehr. Er ritt zu seiner Kate am Rande des Dorfes und legte sich schlafen, ohne das Essen, das für ihn wieder auf dem Tisch stand, anzurühren.

Am anderen Morgen, als Alexander die Kate verlassen wollte, stand der Herzog vor ihm. „Er hat nun wirklich Zeit genug gehabt, seine Sach zu erledigen! Heute, kurz vor der Mittagszeit, wird das Urteil vollstreckt, dass Er das wisse. Das Volk wird rebellisch, das will Gerechtigkeit haben! Mit Knüppeln und Sensen hat es gedroht!" Alexander erschrak – so schnell?

Schweren Herzens ging er wieder in die Kate zurück und zog sich, wie im Traum, seine Henkerssachen an, band sein Schwert um, legte seine Maske vor die Augen und steckte das Gift in seine Tasche. „Alles umsonst", konnte er nur noch denken, „alles umsonst …, sie wird sterben durch meine Hand! Oh, Juliana, unsere Tochter muss ich töten!" Zum ersten Mal war er froh, dass sie, seine Liebste, schon in der ewigen Ruhe weilte und nicht mehr erleben musste, was er ihrer Tochter antun muss.

Auf dem Platz, wo das Urteil vollstreckt werden sollte, standen die Menschen in großen Massen und warteten auf das grausame Schauspiel. Kinder drängten sich ängstlich an ihre Mütter.

„Ich mochte diese Jungfer nie leiden, aber dass die unsere Wentel erstochen haben soll, nein, das glaube ich nicht, warum hilft ihr denn keiner?" Die Köchin von der Burg, die dicke Berta, stand neben Moritz, der sein Fäuste geballt hatte. „Wart es ab, Berta, wart es ab", beruhigte er sie.

Als der Henker den Platz betrat, wurde es unheimlich still. Der stellte sich neben den Richtblock – sein Schwert mit der Spitze nach unten, seine Hände obendrauf – und wartete. Der Richter verlas das Urteil, dann brachten Häscher die Verurteilte zur befohlenen Hinrichtung.

Man hatte ihr die langen schwarzen Haare abgeschnitten, so dass ihr Nacken frei war. Ihre Augen blickten ängstlich in die Runde, aber sie wehrte sich nicht. Jetzt müsste Alexander ihr das Pulver geben, aber wie, alle starrten auf ihn! „Ich muss zu einem Trick greifen", dachte er. „Herr", rief er dem Herzog zu, „ich muss selber in diesem Fall Abschied nehmen, gestattet mir das." Der sah den Henker an und nickte nur.

Alexander griff in die Tasche seines Mantels, entnahm mit einer Hand etwas Pulver. Er trat zu seiner Tochter und sprach ganz leise zu ihr: „Leck schnell meine Handfläche leer, du brauchst dann keine Angst mehr zu haben. Schnell, mein Kind." Er tat so, als wolle er mit seiner Hand ihr über den Mund streichen. Eilika leckte hastig in ihrer Angst das bittere Pulver aus seiner Handfläche. Ihr wurde nach kurzer Zeit schwindlig und sie taumelte. Die gaffende Menge raunte „Ah!" und „Oh!". Schnell ergriff Alexander die Jungfer und legte ihren Kopf auf den Richtblock.

„Wenn einer von den anwesenden Männern sich hier einfindet, um diese Jungfrau zum Weibe zu nehmen", hörte er den Herzog sagen, „dann ist ihr Leben gerettet und der Schuldspruch ungültig – und sie ist in dessen Munt!" Stille … „Wenn sie nicht meine Tochter wäre, würde ich sie nehmen", dachte Alexander – wie schauerlich! Keiner meldete sich, doch Eilika bekam das gar nicht mit, sie schlief. Alexander beobachtete ihren Gesichtsausdruck, gleich würde sie zur Seite kippen, dachte er erschrocken. Er drückte behände die Schlafende an den Richtblock heran.

Da rief eine jungenhafte Männerstimme: „Ich nehme sie zum Weib!" Alexander blickte zu dem Rufer – es war Moritz! „Mein Gott", dachte er voller Schrecken, „Eilika wird schon tot sein!" Jetzt war schnelles Handeln angesagt. „Herr!", rief er zu dem Herzog. „Sie ist ohnmächtig geworden, gestattet, dass ich sie schnell ins Haus bringe." Wieder raunte die Menge.

Der Henker hob die Jungfer auf seine Arme und rannte mit ihr in das Haus, das dem Platz am nächsten stand. „Schnell, Weib, flöße Sie ihr Salzwasser ein!", schrie er die erschrockene Gestalt an, die am Fenster stand und allem zugesehen hatte. Die machte schnell in der Küche einen Becher zurecht und kam in das Zimmer gerannt. Alexander nahm den Becher und versuchte, dessen Inhalt der Schlafenden einzuflößen. Er sah seine Tochter an. „War es möglich?", fragte er sich erstaunt. „Sie müsste doch schon tot sein, sollte das Gift bei ihr eine andere Wirkung zeigen?" Plötzlich spuckte Eilika und erbrach sich. Kaum zu glauben, das hatte er noch nie erlebt!

Moritz kniete vor der Ohnmächtigen. Die erbrach sich wieder, brachte das restliche Gift zusammen mit ihrem Magensaft heraus. Eilika legte sich erschöpft auf die Seite und schlief ein. „Es ist nicht zu fassen, sie schläft", flüsterte Alexander ergriffen und atmete erleichtert auf. Das war in der Tat ein Wunder und im Stillen dankte er Gott dafür, dass der seine Gebete erhört hatte. „Holt eine Kutsche", sagte Alexander zu Moritz, „und fahrt sie zu Eurer Burg, sie wird einige Zeit schlafen. Der Schreck ..., versteht Ihr?" Von dem Gift brauchte keiner zu erfahren.

Mit seinem Pferd ritt Alexander voraus. Die Menge hatte sich murrend verlaufen.

Mehr Historisches von Rosemarie Altenstein bei DeBehr

Die Hexe im Moor - Historischer Roman

... Mit Karren holten die Menschen die Leichen aus den Häusern, gleich mehrere auf einmal übereinander, wenn es denn sein musste. Die kleine Stadt in der Lübecker Bucht glich einem einzigen Beinhaus. Säuglinge, junge Frauen, alte Männer, Kinder jedes Alters - alles lag zusammen, im Tode vereint, auf einem Haufen. Der Leichenberg stank entsetzlich!... Man schrieb das Jahr 1347. Im Land wütete die Pest. Der schwarze Tod raffte alle dahin, Rettung war nicht in Sicht. Im Moor, am Rande eines abgeschiedenen Dorfes, lebte einsam eine junge Frau. Sie sammelte Pflanzen und Kräuter. Die Menschen hatten Angst vor ihr, doch kamen sie in großer Not, um Rat einzuholen. Dass die Furcht nicht gänzlich unbegründet war, sollte sich alsbald herausstellen.

ISBN: 978-3944028347, 9,95€

Hexenfeuer - ... Elisabeth, lauf um dein Leben - Historischer Roman

Anfang des 17. Jahrhunderts wird in einem Dorf ein Mädchen geboren. Ihr Leben verläuft mehr schlecht als recht. Hungersnöte bedrohen die Bauern. Jahre später. Inquisitoren durchstreifen das Land. Ihr Augenmerk gilt Frauen und Mädchen, jung und alt. Sie klagen an - HEXEN sollen brennen. Manche Dörfer sind bald ohne eine weibliche Menschenseele. Und auch Elisabeth ist nicht mehr sicher. Denn die Vertreter der mächtigen Kirche durchkämmen auch ihr Dorf. Der Roman der Autorin Rosemarie Altenstein ist ein beklemmender Rückblick auf eine Zeit voll Wahnsinn in den dunkelsten Zeiten des Mittelalters.

ISBN: 978-3941758667, 14,95€